Jennifer Schwermer

Lichterglanz und Herzklopfen

Roman

Bibliografische Information der Deutschen Nationalbibliothek:

Die Deutsche Nationalbibliothek verzeichnet diese
Publikation in der Deutschen Nationalbibliografie;
detaillierte bibliografische Daten sind im Internet über
http://dnb.dnb.de abrufbar.

TWENTYSIX
Eine Marke der Books on Demand GmbH

2. Auflage
© 2021 Jennifer Schwermer

Herstellung und Verlag:
BoD – Books on Demand, Norderstedt

ISBN: 978-3-7407-8634-2

KAPITEL 1

Erschöpft schloss Emily die Wohnungstür hinter sich, streifte ihre vom Regen durchnässten Schuhe ab und warf ihre Jacke auf den Garderobenständer. Dann stapfte sie ins Wohnzimmer, wo sie sich frustriert aufs Sofa fallen ließ.

Was für ein Abend, dachte sie niedergeschmettert.

Als würde dieses nasskalte Novemberwetter sie, die die Sonne liebte, nicht schon trübselig genug machen, war ihr Date heute auch wieder mal ein totaler Reinfall gewesen. Sie fragte sich, was sie wohl verbrochen habe und ob ihr das Glück in der Liebe vergönnt war.

Markus, mit dem sie sich soeben verabredet und den Abend verbracht hatte, entpuppte sich – um es direkt zu sagen – als ziemlicher Idiot. Einer von vielen, wohlgemerkt.

Leider passierte ihr das immer wieder. Sie lernte Männer kennen, traf sich mit ihnen und wurde enttäuscht. Entweder erwiesen sie sich wie Markus sofort als absoluter Fehlgriff oder es lief erst einige Zeit gut und Emily dachte, sie hätte nun endlich mal den passenden Mann gefunden und aus der Sache könne wirklich etwas werden – und dann zerplatzte die Seifenblase. Plötzlich fiel dem Kerl ein, dass er doch noch nicht bereit für eine

Beziehung war – sei es, weil er noch an seiner Ex hing oder weil er derzeit einfach keine Lust auf eine feste Bindung hatte. Oder aber der Typ besaß nach mehreren Verabredungen ganz plötzlich kein Interesse mehr an ihr.

Man sollte ja meinen, dass man in einer Großstadt wie Berlin, in der sie lebte, eine ebenso große Auswahl an potenziellen Partnern hätte. Aber aus irgendwelchen Gründen machte Emily immer wieder die gegenteilige Erfahrung.

Vielleicht pickte sie sich genau die Falschen heraus, vielleicht lag es an der Anonymität in der Millionenstadt oder vielleicht wurde sie einfach vom Pech verfolgt. Sie hatte keine Ahnung, woran es lag. Was sie aber wusste, war, dass es in solch einer riesigen Stadt wie Berlin so viele Trottel gab und es gar nicht so einfach war, aus diesen vielen Trotteln einen gescheiten Mann herauszusuchen.

Sie war neunundzwanzig und hatte keine Lust mehr auf Dates, die zu nichts führten und – wenn überhaupt – in einem One-Night-Stand oder bestenfalls in einer Affäre endeten. Abgesehen davon, dass sie noch nie der Typ für etwas Lockeres gewesen war, hatte Emily in ihren Anfangs- und Mittzwanzigern genügend Männer kennen gelernt und ihre Erfahrungen gesammelt. Sie wünschte sich nichts mehr als eine glückliche, stinknormale Beziehung mit der Aussicht darauf, mit diesem Partner an ihrer Seite eine Familie zu gründen und alt zu werden.

Sie war nun in einem Alter, da wollte sie ihre Zeit nicht mehr mit unbedeutenden Flirts verschwenden. Viele ihrer Freundinnen und

Bekannten bekamen Kinder, heirateten und kauften oder bauten Häuser. Ganz spießig also. Und genau das wollte sie auch.

Vor einiger Zeit war Emily sich sicher gewesen, dass sie all das mit ihrem Exfreund Nick haben würde. Sie hatte gedacht, er wäre der Richtige für sie. Jedoch hatte Nick das anscheinend anders gesehen und war der Meinung gewesen, nach drei Jahren Beziehung diese zerstören zu müssen, indem er Emily wochenlang mit irgendeiner dahergelaufenen Tussi betrogen hatte. Wer weiß, ob sie je davon erfahren hätte, hätte sie Nick nicht zufällig in flagranti erwischt, als sie damals in seiner Wohnung eine Überraschung für seinen bevorstehenden Geburtstag hatte vorbereiten wollen. Der Typ war ja nicht mal schlau genug gewesen, daran zu denken, dass Emily einen Zweitschlüssel für seine Wohnung besessen hatte.

Unfassbar, dass er ihr die ganze Zeit über die heile Welt vorgespielt hatte, während er sich nebenbei mit einer anderen vergnügt hatte.

Die Trennung von Nick war mittlerweile nun eineinhalb Jahre her. Seitdem konnte Emily zahlreiche Dates verzeichnen, die zu nichts Ernstem geführt hatten.

Vor einiger Zeit hatte sie sich nach den erfolgreichen Überredungskünsten ihrer Freundin Anna hin eine Dating-App namens *Love Letter* heruntergeladen. Anna war der Meinung, dass Emily dort möglicherweise die große Liebe finden könne. Nur hatte Emily selbst eher das Gefühl, dass der Großteil der Männer sich lediglich etwas für die nächste Nacht suchte. Von manchen Männern erhielt sie äußerst sonderbare Nachrichten, sodass sie direkt darauf verzichtete, überhaupt erst digital mit diesen Personen zu kommunizieren geschweige denn sich jemals mit ihnen zu treffen.

Markus war bereits der vierte Mann, den sie über diese App kennengelernt und getroffen hatte, und Emilys Hoffnung, dort jemand Anständiges zu finden, sank erneut.

Früher hatte sie gedacht, dass sie mit dreißig die Familienplanung abgeschlossen hätte, verheiratet und erfolgreich im Job wäre und in einem netten Häuschen mit ihrem Mann und ihren Kindern leben würde. Und nun würde sie in ein paar Monaten die dritte Null erreichen und konnte sich bei der Aussicht darauf nicht wirklich freuen, sondern wurde eher deprimiert.

Nicht, dass sie mit ihrem Job nicht zufrieden war. Ganz im Gegenteil. Das war das Einzige, was sie von ihren Plänen bisher erreicht hatte und sie glücklich machte. Als Erzieherin in einem deutsch-englischen Kindergarten hatte Emily ihren Traumberuf gefunden. Für sie war es aber nicht nur ein Beruf, sondern eine Berufung. Trotz der oft hohen psychischen Belastung – unter anderem bedingt durch die ständigen personellen Engpässe – liebte sie die Arbeit mit den Kindern. Die Kleinen konnten sie gut von ihren Sorgen ablenken. Und mit den lustigen Sprüchen, die Kinder manchmal so sagten, brachten sie die junge Frau immer wieder zum Lachen. Ebenso machte es Emily aber auch glücklich, die Kleinen in ihrer Entwicklung zu begleiten, ihnen die Welt zu zeigen und sie auf die Schule sowie auf das Leben vorzubereiten.

In der Weihnachtszeit, die nun bevorstand, machte ihr der Job ganz besonders viel Spaß. Emily war ein riesiger Weihnachtsfan und als Erzieherin hatte sie den perfekten Beruf, um diese Vorliebe auszuleben. Jedes Jahr aufs Neue freute sich darauf, mit den Kindern Weihnachtslieder zu singen, Dekorationen oder kleine Geschenke für die Eltern zu basteln und Plätzchen zu backen und zu verzieren.

Das Klingeln ihres Handys riss Emily aus ihren Gedanken. Sie griff nach der Handtasche neben sich, kramte das Telefon heraus und blickte auf das Display, welches ihr den eingehenden Anruf von Anna ankündigte.

„Hey", begrüßte Emily sie.

„Hi, wie war dein Date?", platzte Anna heraus, gespannt darauf, was ihre Freundin zu berichten hatte.

„Na ja. War nicht so prickelnd", antwortete Emily niedergeschlagen.

„Oh, wirklich? Du klangst zuvor so begeistert von ihm. Was ist passiert?"

„Ach, der Typ hat die ganze Zeit nur von sich erzählt. Hat sich gar nicht wirklich für mich interessiert. Immerhin hat er das Essen gezahlt. Danach konnte er sich allerdings auch gar nicht schnell genug aus dem Staub machen."

„Ach Mensch, das tut mir leid, dass es nicht so lief", erwiderte Anna. „Na ja, dann datest du halt weiter. Der Richtige wird schon noch kommen."

Anna hat leicht Reden, dachte Emily. Sie war schließlich seit fünf Jahren mit ihrem Tom zusammen und nun erwarteten die beiden ihr erstes Kind. Anna war im neunten Monat schwanger mit einem Mädchen. In vier Wochen, Mitte Dezember, war der errechnete Geburtstermin. Einen Heiratsantrag hatte Tom ihr inzwischen auch gemacht. Die Hochzeit sollte im späten Frühjahr stattfinden. Sie planten, auf die Malediven zu fliegen und ganz intim unter sich zu feiern.

„Na ja, wir werden sehen. Ich glaube ja nicht so wirklich dran. Vielleicht war das mit dem Onlinedating doch nicht so eine tolle Idee. Irgendwie hab' ich das Gefühl, dass da nur Spinner unterwegs sind."

„Nun gib nicht gleich auf", ermunterte Anna sie. „Manchmal muss man eben erst viele Frösche küssen, um seinen Prinzen zu finden. Hab' ein wenig Geduld."

„Und wie viele Frösche soll ich deiner Meinung nach noch küssen?"

„Emily, ich weiß, dass du bisher nicht das größte Glück mit Männern hattest, aber du machst dir selbst zu viel Druck, glaube ich. Geh' das Ganze doch entspannter an und lass es auf dich zukommen. Ich kenne mehrere Paare, die sich über *Love Letter* kennen gelernt haben. Deshalb glaube ich fest daran, dass auch du den Richtigen dort finden kannst. Und wenn nicht übers Onlinedating, dann wirst du ihn anderswo finden."

Vielleicht hat Anna ja Recht, dachte Emily. Vielleicht machte sie sich selbst das Leben schwerer als nötig.

„Mag schon sein", gab sie zu, „aber genug von mir und meinen Männergeschichten und jetzt mal zu dir! Geht´s dir und der kleinen Maus gut?"

„Bisher ist alles super", sagte Anna. „Ich muss mittlerweile jede Woche zum Frauenarzt, wo ein CTG gemacht wird. Du weißt schon, mit dem die Herztöne des Kindes gemessen werden. Die sind nach wie vor unauffällig. Ich fühle mich noch ziemlich fit, aber man merkt auf jeden Fall die zwölf Kilo mehr, die man mit sich herumträgt", lachte sie.

Anna erzählte noch ein wenig von ihrer Schwangerschaft und ihrer Vorfreude auf das Kind. Emily gönnte ihr dieses Glück. Vor rund zwei Jahren musste Anna die traurige Erfahrung machen, einen Embryo in den ersten Wochen zu verlieren. Umso schöner war es, dass in dieser Schwangerschaft mit dem Kind alles in Ordnung war. Und bis auf die anfängliche typische Übelkeit und hin und wieder ein bisschen Sodbrennen hatte Anna selbst auch keine Beschwerden.

Zehn Jahre war Emily nun schon mit ihr befreundet. Die beiden kannten sich aus der Erzieherausbildung, die sie gemeinsam absolviert hatten.

Nachdem Emily zuvor eine Ausbildung zur Staatlich anerkannten Fremdsprachensekretärin gemacht und bereits währenddessen gemerkt hatte, dass sie in einem Bürojob nicht glücklich werden würde, hatte sie sich wenig später beruflich umorientiert. Da sie zu Schulzeiten bereits ein Praktikum in einer Kita absolviert und in ihrer Jugend hin und wieder kleine Jobs als Babysitterin angenommen hatte, wusste Emily, dass die Arbeit mit Kindern ihr lag. So war es gekommen, dass sie sich für eine zweite Ausbildung zur Erzieherin beworben und sich im Nachhinein gefragt hatte, warum sie diesen Weg eigentlich nicht gleich gegangen war.

Dies war nun schon einige Jahre her. Inzwischen hatte Emily zweimal die Stelle gewechselt. Das erste Mal, weil sie irgendwann mit der Kitaleitung nicht mehr klargekommen war, und in der letzten Einrichtung, in der sie gearbeitet hatte, war das Team schrecklich gewesen. Das ausschließlich aus Frauen bestehende Kollegium kannte weder Zusammenhalt noch Empathie und Emily hatte sich vom ersten Tag an nicht willkommen und angenommen gefühlt. Sie erinnerte sich daran, wie sie oftmals mit Bauchschmerzen zur Arbeit gefahren war, sich durch den Alltag gequält und die Stunden bis zum Feierabend gezählt hatte.

Also hatte sie sich nach kurzer Zeit wieder auf Jobsuche begeben und war vor zwei Jahren schließlich in der deutsch-englischen Kita gelandet, in der Anna ein paar Monate zuvor angefangen hatte. Anna hatte ihrer Freundin immer von den tollen Kollegen und dem Konzept der Einrichtung vorgeschwärmt und sie dazu animiert, sich ebenfalls dort zu bewerben, denn zu diesem Zeitpunkt waren ohnehin mehrere Stellen frei.

Emily war froh darüber, in der deutsch-englischen Kita auch endlich auf ein paar männliche Erzieher zu treffen. Mit ihnen empfand sie die Arbeit als deutlich angenehmer, weil Männer häufig entspannter waren als Frauen und die Stimmung auflockerten. Außerdem war die Altersmischung im Team sehr groß und die Menschen an sich viel netter und weltoffener als in dem Kindergarten, in dem sie zuvor gearbeitet hatte.

Es war ebenfalls toll, gemeinsam mit einer Freundin im gleichen Betrieb zu arbeiten. Emily und Anna hatten immer gemeinsam Pause gemacht, nach der Arbeit oftmals spontan etwas unternommen und sind häufig zusammen mit ihren Gruppen spazieren gegangen bis zu jenem Zeitpunkt, als Anna nach Bekanntgabe ihrer Schwangerschaft direkt das Beschäftigungsverbot ausgesprochen bekommen hatte.

Die beiden hatten schon so viel zusammen erlebt und nun durfte Emily ihre Freundin bei deren nächstem Lebensabschnitt begleiten – eine Mutter zu werden.

Mal sehen, wann es bei mir so weit sein wird, dachte Emily wehmütig.

KAPITEL 2

Um fünf vor sieben erreichte Emily mit der U-Bahn den Alexanderplatz im Herzen Berlins. Sie war mit Christoph verabredet, einer neuen Bekanntschaft von *Love Letter*. Er hatte vorgeschlagen, etwas trinken zu gehen, und als Treffpunkt ein Pub in der Innenstadt vorgeschlagen. Emily schrieb seit ein paar wenigen Tagen mit Christoph. Normalerweise bevorzugte sie es, sich nicht so schnell mit den Männern, die sie online kennen lernte, zu treffen. Sie empfand es als angenehmer, die Person vorweg über das Schreiben ein wenig kennen zu lernen und sich ein Bild von ihr zu machen. Beispielsweise achtete sie darauf, ob sich ein Typ die Zeit nahm, längere und ausführlichere Texte zu schreiben oder ob er nur in einsilbigen Sätzen kommunizierte und das Gespräch somit eher oberflächlich blieb.

Natürlich war es etwas ganz Anderes, eine Person im realen Leben zu treffen als mit dieser digital zu kommunizieren, aber bei Emily konnte man punkten, wenn sie merkte, dass ein Mann ihr Aufmerksamkeit schenkte. Der ihr das Gefühl gab, nicht nur eine von vielen zu sein. Und gerade beim Onlinedating kam es schnell zu Letzterem.

Als sie sich kürzlich mit ihrer Freundin Nina über dieses Thema unterhalten hatte, hatte diese gegenteilige Argumente gebracht. Sie sah es als Zeitverschwendung, wochenlang mit jemandem zu schreiben, der, wenn man ihn dann endlich traf, nicht dem Bild der eigenen Vorstellung entsprach und man womöglich eine große Enttäuschung erlebte. Wobei man erwähnen sollte, dass Nina ohnehin nicht wirklich auf der Suche nach etwas Festem war. Trotzdem hatte sie mit ihren Einwänden auch irgendwie Recht, wenn Emily darüber nachdachte.

Wie oft schon hatte Emily intensiv über Wochen mit Männern, die sie im Internet kennen gelernt hatte, geschrieben, gelegentlich auch telefoniert, war total begeistert gewesen und überzeugt davon, ihren Traumprinzen gefunden zu haben, um anschließend bei dem ersten persönlichen Treffen festzustellen, dass der Typ gar nicht so war, wie sie ihn sich vorgestellt hatte? Dass er ganz anders aussah als auf den Fotos – was nicht unbedingt schlecht war, sie war ja nicht oberflächlich, aber eine gewisse Anziehungskraft sollte schon vorhanden sein – , ja, dass einfach die Chemie nicht stimmte zwischen ihnen? Man konnte es so und so sehen. Emily war einfach zu romantisch veranlagt, was manchmal zu ihrem Nachteil war, denn dadurch war sie dummerweise oft auch ein wenig naiv.

Also hatte sie sich dazu entschieden, es heute einmal auf Ninas Art auszuprobieren und zugestimmt, als Christoph sie nach ein paar kurzen Nachrichten bereits nach einem Treffen gefragt hatte. Was hatte sie schon zu verlieren? Immerhin war es auch besser, an einem Freitagabend auszugehen als allein zu Hause zu sitzen. Und wer weiß – vielleicht passte es dieses Mal ja tatsächlich.

Emily schaltete das GPS auf ihrem Handy an und ließ sich mit Hilfe von Google Maps zu dem Pub, welches ihr bis dato unbekannt war, navigieren. Auf dem Weg dorthin beobachtete sie das bunte Treiben auf den Straßen. Sie war in Berlin geboren und aufgewachsen und liebte diese Stadt und den Trubel, der hier herrschte. In ein paar Wochen würden hier wie jedes Jahr in der Adventszeit bunte Lichter glänzen und funkeln und der Stadt eine romantische und besinnliche Atmosphäre verleihen. Emily konnte es kaum erwarten.

Als sie das Pub betrat, blickte sie sich suchend nach Christoph um, dessen Aussehen sie ja nur von seinen Profilbildern kannte. Das Pub war gut gefüllt, was ihr die Suche nicht gerade erleichterte. Sie konnte ihn nicht entdecken und warf einen weiteren, ganz genauen Blick durch den Raum.

Dann dachte sie sich, dass Christoph sich womöglich etwas verspätete, und suchte einen freien Platz in der Ecke, in der ein schmaler hoher Tisch und zwei Barhocker standen. Sie ließ sich auf einem der Hocker nieder und legte ihren Mantel auf den anderen.

Emily blickte auf ihr Handy, um zu überprüfen, ob Christoph sich vielleicht gemeldet hatte. Allerdings zeigte es keine neuen Nachrichten an.

Na gut, dann warte ich einfach, dachte sie.

Zehn Minuten später entschied sie sich dazu, Christoph eine Nachricht zu schreiben, in der sie ihn wissen ließ, dass sie im Pub auf ihn wartete.

Kurz darauf kam die Antwort. Er teilte ihr mit,

dass er eingeschlafen sei und sich sofort auf den Weg machen würde und circa zwanzig Minuten bräuchte.

Emily seufzte. Sie dachte kurz darüber nach, wieder zu gehen, beschloss dann aber, zu bleiben. Nun war sie ja bereits hier, dann konnte sie jetzt auch noch warten. Christoph würde sich allerdings etwas einfallen lassen müssen, um das wieder gut zu machen.

Während Emily hoffte, dass er bald erscheinen würde, überbrückte sie die Zeit, indem sie sich ein Guinness bestellte.

Fünfundzwanzig Minuten später war Christoph immer noch nicht da. Emily tippte nochmals eine Nachricht an ihn und fragte, wie lange er noch brauchen würde. Langsam wurde ihr das hier zu bunt. Sie fand es schon etwas unverschämt, dass ihr Date sie so lange warten ließ. Ihr Handy blieb vorerst ruhig.

Wenn er in zehn Minuten nicht hier ist, dann gehe ich wirklich!, dachte sie wütend.

Mit einer heißen Schokolade hatte Emily es sich auf der Couch gemütlich gemacht und schaute einen Thriller auf Netflix. Sonst sah sie sich gern Liebesfilme an, aber heute war ihr überhaupt nicht danach. Sie hatte genug von Romantik und der ganzen Gefühlsduselei.

Tatsächlich war dieser Christoph nicht mehr im Pub aufgetaucht und schlecht gelaunt war Emily wieder nach Hause gefahren. Ihre Zeit hätte sie auch anders verbringen können als damit, auf einen Kerl zu warten, der sie versetzte. Nicht nur, dass Christoph nicht zu ihrem Date erschienen war, er hatte einfach gar nichts mehr von sich hören lassen. Was wohl vermuten ließ, dass er keine Lust mehr hatte, Emily kennen zu lernen – aus welchem Grund auch immer. Schließlich hatte er das Treffen doch vorgeschlagen. Dass er ihr aber nicht einmal den Respekt entgegengebracht und die Verabredung zumindest abgesagt hatte – und das auch rechtzeitig, bevor sie mit der Bahn jeweils eine Stunde durch die Stadt hin- und hergefahren war –, machte sie noch wütender. Es war einfach frustrierend, was für Männer, die keinerlei Anstand besaßen, sich auf dem Berliner Singlemarkt herumtrieben.

Gern hätte Emily sich jetzt bei ihrer Mitbewohnerin Leonie ausgeheult und gemeinsam mit ihr über Christoph hergezogen, wie sie es sonst machten, wenn Emily wieder einmal von einer erfolglosen Verabredung nach Hause gekommen war. Doch heute Abend war Leonie unterwegs.

Seit drei Jahren lebten die beiden Frauen zusammen in einer WG. Damals war Emily auf der Suche nach einer neuen Bleibe gewesen und Leonie, die bereits in dieser Wohnung wohnte, hatte eine neue Mitbewohnerin gesucht, nachdem ihre vorherige mit ihrem Freund zusammengezogen war. Bereits beim ersten Kennenlernen hatten sich die jungen Frauen, die nur ein Jahr Altersunterschied trennte, sehr gut miteinander verstanden. Bis heute hatte Emily es nicht bereut, zu Leonie gezogen zu sein. Im Gegenteil, sie waren im Laufe der Zeit enge Freundinnen geworden.

Mit einem kurzen Piepton kündigte sich eine neue Nachricht auf Emilys Handy an. Sie schielte auf das Display und sah, dass ihr jemand auf *Love Letter* geschrieben hatte. Etwas zerknirscht, angesichts der frustrierenden Ereignisse heute, öffnete sie die Nachricht in der App. Die Worte *„Hallo Schöne!"* sprangen ihr entgegen.

Genervt verdrehte Emily die Augen. Was war denn das für eine plumpe Anmache? Anscheinend wollte der Kerl ihr ein Kompliment machen, auf sie wirkte es allerdings wie eine leere Floskel. Wie ein Standardspruch, den dieser Typ – laut Profil hieß er David – wahrscheinlich jeder Frau schrieb, die er bei *Love Letter* kontaktierte.

Trotzdem antwortete Emily ihm. Schließlich besaß sie Anstand. Außerdem konnte sie sich einen Kommentar zu seinem einfallslosen Annäherungsversuch nicht verkneifen.

„Hallo! Du bist ja richtig originell, wenn es darum geht, eine Frau anzusprechen."

Möglicherweise wirkte Emily mit dieser Antwort ganz schön zickig, aber da ihre Laune immer noch im Keller war, sie gerade einen Groll gegen alle Männer hegte und sie sich ohnehin nicht viel von dieser Konversation versprach, war ihr das in diesem Moment ziemlich egal.

„Es klingt so, als schwinge in deiner Nachricht leichter Sarkasmus mit. Habe ich da jemanden auf dem falschen Fuß erwischt?", schrieb David in seiner Antwort.

„Tatsächlich ist heute wirklich nicht mein bester Tag", schrieb Emily, *„aber unabhängig davon, klingt deine Begrüßung wie eine 08/15-Nachricht. Vielleicht*

solltest du dir mehr einfallen lassen, wenn du Erfolg bei einer Frau haben möchtest. Ich bin nur ehrlich."

„Es tut mir leid, dass dein Tag anscheinend nicht so positiv verlief. Dass meine Begrüßung so plump herüberkommt, war mir nicht bewusst. Ich meine, wenn ich mir deine Bilder anschaue – und davon kann ich zum gegenwärtigen Zeitpunkt ja nur ausgehen, da ich dich leider (noch?) nicht persönlich kenne –, siehst du wirklich sehr hübsch aus. Ist es also ein Verbrechen, wenn ich mit diesem Wortlaut den Anfang eines Gesprächs wage? Ich bin nur ehrlich." Am Ende der Nachricht hinterließ er ein zwinkerndes Emoji.

Emily verdrehte wieder die Augen, musste dabei allerdings ein wenig schmunzeln. Frauen schmeicheln konnte er immerhin.

„Vielleicht war ich etwas forsch. Ich habe hier bisher nicht so positive Erfahrungen gemacht, deshalb bin ich wohl etwas voreingenommen."

Sie überlegte und tippte noch hinterher: *„Um ehrlich zu sein, wurde ich heute bei einer Verabredung sitzen gelassen."*

Emily wusste selbst nicht, warum sie gleich so offen gegenüber diesem Fremden war. Aber es tat ihr ganz gut, sich den Frust von der Seele zu schreiben. Stattdessen hätte sie natürlich auch eine ihrer Freundinnen anrufen können. Allerdings hörten die sich bereits oft genug ihre Leidensgeschichten an und Emily wollte sie nicht aufs Neue damit nerven.

Die Antwort von David ließ erneut nicht lange auf sich warten: *„Wer versetzt denn bitte so eine hübsche Dame wie dich?"*

„Tja, der wusste wohl nicht zu schätzen, mit wem er

seine Zeit hätte verbringen können."

„*Das kann nur ein Idiot sein*", schrieb David. „*Aber ich weiß gut, was du meinst. Hier sind nicht nur verrückte Männer, sondern mitunter auch ziemlich komische Frauen unterwegs, glaube mir. Deshalb kann ich gut nachvollziehen, dass du skeptisch bist, aber vielleicht solltest du netten Männern wie mir trotzdem eine Chance geben, dich davon zu überzeugen, dass es hier nicht nur Idioten gibt.*" Wieder ein zwinkerndes Emoji.

Mit seiner Aussage hatte er wohl nicht ganz so Unrecht, wie Emily sich eingestehen musste. Sie dachte kurz nach, bevor sie eine Antwort schrieb.

„*Das heißt, du hast hier auch schon die Erfahrung mit seltsamen Dates gemacht?*", fragte sie.

„*Oh ja! Und ich erhalte auch immer mal wieder sehr fragwürdige Nachrichten*", schrieb David zurück.

„*Da haben wir ja schon was gemeinsam!*"

Das Gespräch nahm seinen Lauf. Emily stellte fest, dass dieser David gar nicht so übel zu sein schien, wie sie anfänglich gedacht hatte. Tatsächlich war er sehr nett und Emily war erstaunt darüber, wie gut sie sich mit ihm unterhalten konnte.

Irgendwann schaute sie auf die Uhr und merkte, dass die Zeit nur so davongeflogen war und die beiden schon eine Stunde lang miteinander chatteten. Es war Zeit fürs Bett. Morgen erwartete sie der Frühdienst um sechs Uhr.

„*Ich muss jetzt leider schlafen gehen. Muss morgen früh raus*", schrieb Emily und bedauerte es tatsächlich, dass sie das Gespräch beenden musste. Gern hätte sie sich weiter mit David unterhalten. Das Schreiben mit ihm hatte ihr wirklich gut getan und sie etwas aufgemuntert.

„Schade. Es hat mich sehr gefreut, mit dir zu plaudern und dich ein wenig kennen zu lernen, Emily. Vielleicht können wir das bei Gelegenheit ja fortsetzen?"

„Ich hätte nichts dagegen", antwortete sie ihm. Und meinte es auch so.

„Super! Dann freue ich mich, wenn wir uns bald wieder hören, und wünsche dir eine gute Nacht!"

„Dir auch eine gute Nacht, bis bald!", verabschiedete Emily sich.

Sie legte ihr Handy beiseite. Während sie sich die Zähne putzte und ihr Make-up entfernte, ließ sie die Unterhaltung mit diesem David in Gedanken noch einmal Revue passieren. Er wirkte – zumindest über das Schreiben – sehr sympathisch und auf seinen Profilbildern sah er darüber hinaus auch gar nicht schlecht so aus. Wobei das eine Untertreibung war, wenn Emily ehrlich war. Tatsächlich war er richtig attraktiv.

Emily zog ihren Pyjama an und griff nach ihrem Handy, als sie sich ins Bett legte, um nochmals einen Blick aufs Davids Fotos zu werfen.

Ihr gefiel der Out-of-Bed-Look, zu dem er sein mittellanges dunkelbraunes Haar trug. Seine braunen Augen blickten freundlich in die Kamera und ein dezentes Lächeln umspielte seine Lippen, welches ihn sympathisch und sehr sexy wirken ließ. Das markante Kinn und die prägnanten Wangenknochen machten ihn besonders anziehend und der Drei-Tage-Bart umspielte Davids Gesichtszüge perfekt. Sicherlich hatte er schon so mancher Frau den Kopf verdreht.

Und doch ist er richtig nett, dachte Emily.

Jedoch wollte sie sich nicht zu früh freuen und nicht mehr in die Sache hineininterpretieren, als am Ende womöglich herauskommen würde. Sie hatte aus ihren Erfahrungen gelernt.

Nichtsdestotrotz huschte ein winziges Lächeln über Emilys Gesicht, als sie die Augen schloss und einschlief.

„Ich habe übrigens eine Idee für die Weihnachtsfeier", sagte Emily zu ihrer Kollegin Samantha, als die beiden in ihrem Gruppenraum zusammensaßen. Soeben waren sie die Wochenplanung durchgegangen, während die Kinder sich frei beschäftigen konnten. Emily beobachtete Ava, Noah und Ella, die mit den Puppen spielten, Jack und Helene, die dabei waren, ein Haus aus Bauklötzen zu bauen, und sah Charlie verträumt am Tisch sitzen und malen, während Ida und Emil es sich in der Leseecke mit einem Buch gemütlich gemacht hatten.

„Dann lass mal hören", sagte Samantha interessiert. Im Hintergrund fielen ihr Aaron und Elias auf, die wie so oft miteinander rauften.

„Boys, stop it, please! Get off each other!", rief sie den Jungen zu, die daraufhin etwas widerwillig voneinander abließen.

Emily ließ sich von Samanthas Zwischenrufen nicht beirren. Schließlich war das ganz normal im Alltag einer Erzieherin. Man musste immer ein Auge auf die Kinder werfen und vor allem bei bestimmten Kandidaten ganz besonders auf der Hut sein. Da verlief auch häufiger ein Gespräch mit der Kollegin nicht ganz ungestört.

Emily und Samantha betreuten die Löwen, eine Vorschulgruppe, und es gab hier so einige starke Charaktere, von denen die jungen Erzieherinnen nicht selten herausgefordert wurden. Trotz aller Nerven, die die Kinder einem manchmal kosteten, waren sie Emily sehr ans Herz gewachsen.

Seit sie vor zwei Jahren in dem deutsch-englischen Kindergarten angefangen hatte zu arbeiten, leitete sie mit Samantha die Gruppe.

„Was hältst du davon, wenn wir ein kleines Theaterstück aufführen? Ich dachte da an die Weihnachtsgeschichte von Charles Dickens."

„Die mit den drei Geistern?"

Emily nickte. „Genau die."

„Das ist eine schöne Idee", sagte Samantha.

Jedes Jahr, in den letzten Tagen vor der Weihnachtsschließung, fand im gesamten Kindergarten eine Weihnachtsfeier statt. In der großen Turnhalle versammelten sich alle Kinder und Erzieherinnen und Erzieher. Gemeinsam wurde gesungen und auf der provisorisch eingerichteten Bühne ein kleines Unterhaltungsprogramm aufgeführt, für das die verschiedenen Gruppen zuvor jeweils etwas einstudiert hatten. Danach ging der Weihnachtsmann in den Gruppenräumen herum und verteilte Geschenke.

Die Eltern waren bei diesem Event, das vormittags stattfand, nicht dabei. Dafür konnte jede Gruppe individuell entscheiden, ob sie zusätzlich ein Beisammensein mit den Eltern am Nachmittag organisieren wollte.

Emily und Samantha legten viel Wert auf die Zusammenarbeit zwischen Eltern und Erziehern, da dies die Erziehungspartnerschaft stärkte. Dazu gehörte auch das gemeinsame Feiern von Festen, in denen sich in lockerer Atmosphäre unterhalten werden konnte und nicht wie in den Bring- und Abholzeiten häufig nur zwischen Tür und Angel. Die Eltern lernte man so oft auch von einer anderen Seite kennen. Deshalb planten Emily und Samantha für die Familien der Löwen neben dem Osterbasteln und dem Laternenumzug jedes Jahr ein Weihnachtscafé.

„Ich dachte mir, dass wir nicht nur die Texte mit den Kindern lernen, sondern auch die Kostüme selbst basteln könnten. Als Projekt in den nächsten Wochen quasi", fuhr Emily fort.

Samantha nickte. „Find´ ich gut. Vielleicht könnten wir die Eltern bitten, alte Kleidungsstücke mitzubringen, aus denen wir mit den Kindern etwas zusammenschustern können."

„Und das Bühnenbild könnten wir auch gemeinsam mit den Kindern gestalten."

„Ja", stimmte Samantha begeistert ein, „die hätten bestimmt totalen Spaß daran!"

Zufrieden lehnte Emily sich in ihrem Stuhl zurück. Sie war froh darüber, dass sie und Samantha Hand in Hand arbeiteten. Wie Emily aus Erfahrung nur zu gut wusste, war das nicht mit jeder Person möglich. Gerade in ihrem Berufszweig arbeiteten manchmal die unsozialsten Menschen. Doch mit Samantha stimmte die Chemie. Die Arbeit mit ihr war unkompliziert und die beiden ergänzten sich gegenseitig.

Auch privat waren sie und Emily auf einer Wellenlänge. Sie waren fast schon so etwas wie Freundinnen, besprachen sie oft persönliche Probleme miteinander oder trafen sich gelegentlich auch nach der Arbeit zum Shoppen oder für einen Restaurantbesuch.

Samantha war zwei Jahre jünger als Emily. Wie ihre Kollegin war auch sie in Berlin geboren worden. Allerdings hatte sie das Glück gehabt, zweisprachig aufzuwachsen. Samanthas Vater war Amerikaner und sprach selbst zwar gutes Deutsch, doch es war ihm wichtig gewesen, seiner Tochter ebenfalls seine Muttersprache beizubringen.

Emily hatte andere Sprachen schon immer interessant gefunden und hätte gern die Möglichkeit gehabt, bereits in früher Kindheit mehr als nur eine Sprache zu erlernen. Immerhin schuf Bilingualität Vorteile beim Erlernen weiterer Sprachen, brachte kognitive Vorteile und machte Menschen zu sehr aufmerksamen Kommunikationspartnern. Die veralteten Mythen, dass Mehrsprachigkeit Kinder verwirren und zu schulischen Problemen führen solle, waren durch Studien längst widerlegt worden.

Gerade deshalb fand Emily die Arbeit in ihrer Einrichtung so interessant. Es war erstaunlich, wie schnell Kinder eine Sprache verstanden, selbst, wenn sie zuvor nie mit ihr in Berührung gekommen waren. Das hatte sie selbst miterlebt, als sie damals ihre Stelle in der deutsch-englischen Kita angetreten hatte.

Zuvor hatte Samantha aufgrund der personellen Engpässe über mehrere Monate allein die Arbeit in der Gruppe schmeißen müssen. Gelegentlich hatte sie Unterstützung von anderen Kollegen bekommen, wenn diese nicht gerade in ihrer eigenen Gruppe alle Hände voll zu tun gehabt hatten, ansonsten war Samantha auf sich gestellt gewesen. Da einige Kinder aus der Einrichtung zu Hause nur Englisch sprachen, hatte es ihnen durch die fehlende Kraft an Samanthas Seite an Input der deutschen Sprache gemangelt, denn aufgrund ihrer amerikanischen Wurzeln war Samantha nur für den englischen Part zuständig. Emily konnte sich noch gut daran erinnern, wie sehr ihr das anfangs bei einigen Kindern aufgefallen war. Doch sie hatte erlebt, wie schnell diese Kinder die deutschen Wörter aufgesaugt, verstanden und dann selbst angewandt hatten und innerhalb von zwei bis drei Monaten schließlich problemlos auf Deutsch mit Emily kommunizieren konnten.

Emily schnappte sich einen Zettel sowie einen Stift, um sich Stichpunkte dafür zu machen, was für das Theaterprojekt alles benötigt werden würde.

„Ich mache einen Aushang für die Eltern, damit sie die Stoffe mitbringen", bot Samantha an.

„Ja, je eher, desto besser", antwortete Emily. „Wir wissen ja, wie oft wir unsere Eltern immer erinnern müssen".

Sie rollte mit den Augen und ihre Kollegin tat es ihr nach.

„Allerdings."

Dann machten sie sich an die Arbeit.

KAPITEL 3

„Wir sehen uns dann nächste Woche", sagte Anna, als sie Emily zum Abschied umarmte.

Die beiden hatten eine zweistündige Shoppingtour in einem der großen Einkaufszentren in der Berliner Innenstadt hinter sich. Danach hatten sie sich im Café mit einem Cappuccino und einer heißen Schokolade gestärkt und Klatsch und Tratsch miteinander ausgetauscht.

Anna hatte ein paar neue Errungenschaften für ihren Nachwuchs machen können – inklusive zwei zuckersüßen Kleidchen in gelb und rot mit weißen Punkten – und Emily hatte eine neue Jeans und zwei Oberteile zum Schnäppchenpreis für sich ergattert.

„Klar, bis dann!"

Als Emily sich zum Gehen wandte, grinste sie breit. Denn was Anna nicht wusste, war, dass sie sich in Wahrheit bereits morgen wiedersehen würden.

Emily und Annas andere Freundinnen hatten eine Babyparty für die werdende Mama geplant. Seit Monaten besprachen die Mädels in einer WhatsApp-Gruppe die Details der Party miteinander und organisierten alles: Welche Dinge Anna und Tom noch für ihren Nachwuchs benötigten und geschenkt bekommen sollten, welche Spiele sie auf der Babyshower spielen würden und wer welche Speisen zubereiten würde. Und natürlich durfte die passende Dekoration nicht fehlen, die fleißig gekauft und gebastelt wurde.

Annas Verlobter Tom war auch eingeweiht. Seine Aufgabe war es, seine Liebste aus der Wohnung zu lotsen und eine Kleinigkeit mit ihr essen zu gehen, während ihre Freundinnen die Zeit nutzen würden, um das Wohnzimmer zu schmücken und alles andere für die Party vorzubereiten.

„Achte darauf, dass Anna nicht zu viel im Restaurant isst!", war Tom ermahnt worden. Schließlich sollte Anna doch noch von den ganzen Köstlichkeiten probieren können, die ihre Freundinnen mitbringen würden.

Anfangs war die Idee gewesen, dass Tom mit Anna spazieren gehen könne, solange die Wohnung für die Babyparty vorbereitet wurde. Doch dann kam einigen Leuten in den Sinn, dass sich Anna zum Zeitpunkt der Party bereits im neunten Schwangerschaftsmonat befände und ein langer Spaziergang somit nicht sehr sinnvoll wäre. Schließlich wollte niemand vorzeitige Wehen riskieren. Da sollten die baldigen Eltern lieber bei einem gemütlichen Essen die Zeit zu zweit genießen – in den nächsten Monaten würden sie dazu vermutlich keine große Gelegenheit mehr haben.

„Seid ihr bereit? Wir wollen jetzt zahlen und würden uns dann auf den Rückweg machen. In circa zehn Minuten wären wir da." Emily las Toms Nachricht laut den anderen vor.

„Alles fertig. Schick sie her", rief Annas Freundin Jasmin.

„Ihr könnt kommen", schrieb Emily an Tom zurück.

„Alles klar", antwortete er und setzte ein Emoji mit hochgestrecktem Daumen an das Satzende.

Emily steckte ihr Handy weg und sah auf. „Okay, ich würde sagen, wir gehen alle auf unsere Position, oder?"

Die Frauen riefen ganz aufgeregt durcheinander und jeder suchte sich einen Platz auf der Couch und den umherstehenden Stühlen, und zwar so, dass sie von der Wohnungstür aus nicht gesehen werden konnten.

Den Großteil von Annas Freundinnen kannte Emily bereits von Geburtstagen und anderen Feiern. Eine Freundin, Leila, hatte mit ihr und Anna die Berufsschulklasse in der Erzieherausbildung besucht.

Dann waren da noch Sophia, Franziska, Isabelle, Marie, Jasmin, Emma und Désirée.

Sophia und Franziska waren im Rahmen ihrer Ausbildung zur Sozialassistentin vor einiger Zeit Praktikantinnen im deutsch-englischen Kindergarten gewesen, wo sie sich mit Anna angefreundet hatten. Sophia war nun auch eine angehende Erzieherin und Franziska arbeitete in einem Zentrum für Kinder- und Jugendrehabilitation.

Mit Isabelle verband Anna seit dem Kindergarten eine enge Freundschaft. Bis heute waren sie unzertrennlich.

Marie war eine Freundin aus Annas Volleyballverein und Jasmin und Emma kannten sie aus der Oberschule.

Désirée war mit Niclas, einem Freund von Tom, liiert. Durch die vielen gemeinsamen Treffen zu viert hatten sie und Anna gemerkt, wie gut sie sich verstanden, und sich ebenfalls miteinander angefreundet.

Neben den ganzen Freundinnen waren auch die Mütter von Anna und Tom anwesend. Die Organisatorinnen waren sich einig darüber gewesen, dass auch die angehenden Omas bei der Babyparty ihres Enkelkindes dabei sein sollten.

Emily bekam eine weitere Nachricht von Tom, in der er sie wissen ließ, dass er und seine Verlobte soeben das Wohnhaus betreten hatten.

„Sie kommen!", rief Emily dem Rest zu.

Kurz darauf hörten sie, wie sich der Schlüssel im Schloss der Wohnungstür drehte. Alles war still. Mit angehaltenem Atem lauschten die Frauen und warteten darauf, die Stimmen des Paares im Flur zu hören.

Ein paar mussten sich ein Kichern verkneifen und hielten sich schützend die Hand vor den Mund, damit ihnen nicht versehentlich ein Laut entfuhr. Das würde die ganze Überraschung kaputt machen.

Schließlich war zu hören, wie Anna und Tom in die Wohnung eintraten, während sie sich miteinander unterhielten. Tom spielte seine Rolle hervorragend und ließ sich nichts anmerken.

Als Anna ein paar Sekunden später das Wohnzimmer betrat, sprang die ganze Meute von ihren Plätzen auf und rief im Chor: „Überraschung!"

Anna fuhr vor Schreck zusammen und blickte verdutzt in die Gesichter ihrer engsten Freundinnen sowie in das ihrer Mutter und ihrer angehenden Schwiegermutter.

„Was macht ihr denn hier?", fragte sie völlig perplex.

Dann verzog sich ihr Mund zu einem fröhlichen Lächeln, denn Anna entdeckte die riesige Girlande mit dem Schriftzug *Baby girl*, die sich quer über das Zimmer erstreckte, und sie verstand, was hier los war. Sie hatte sich schon gewundert, was sie eben vom Flur aus im Wohnzimmer hatte hängen sehen.

Nun ließ Anna ihren Blick durch den gesamten Raum wandern und betrachtete die rosa- und silberfarbenen, weinroten und weißen Luftballons, die an Bändern von der Decke baumelten. Dann entdeckte sie eine weitere Girlande. Passend zu den Luftballons, war diese zusammengesetzt aus vielen kleinen aus Pappkarton geschnittenen Bodys in den Farben weinrot und rosa, die abwechselnd aneinandergereiht hingen. Auf jedem „Body" klebte ein Buchstabe, die alle zusammen das Wort *Babyparty* ergaben.

Franziska verkündete stolz, dass dies ein Werk von Sophia war, die sich die Mühe gemacht hatte, die Girlande zu basteln.

Überall hingen Luftschlangen in den gleichen Farben wie die der Luftballons.

Annas Blick fiel auf das Buffet. Auf dem Esstisch standen allerlei Leckereien, darunter Cupcakes, Blätterteig in Form von kleinen Füßchen, bunte Doughnuts, in deren Mitte Schnuller platziert waren, ein Nudelsalat, Würstchen und Gemüsesticks. Und in der Mitte des Tisches, riesengroß, prangte eine Babytorte. Sie war überzogen mit rosafarbenem Fondant und die Spitze der Torte zierte ein aus weißem Fondant modellierter Kinderschuh.

„Wow!", rief Anna, während sie sich verblüfft umsah. „Was habt ihr denn da auf die Beine gestellt? Das ist total toll!"

Sie war überwältigt und konnte nicht glauben, dass das alles für sie organisiert worden war. Die Dekoration war so hübsch und das Essen sah unheimlich lecker aus. Anna vermutete, dass es den anderen viel Aufwand gekostet haben musste, diese Babyparty vorzubereiten, und sie freute sich riesig über die schöne Überraschung.

„Hast du davon gewusst?", fragte sie Tom, der neben ihr stand. Ihr Verlobter grinste und nickte.

„Wir brauchten ja schließlich die Schlüssel und einen Vorwand, um dich aus der Wohnung zu locken", sagte Emily, während sie ihrer Freundin zuzwinkerte.

Anna schüttelte ungläubig den Kopf, wobei sie lächelte. Dann stellte sie fest, dass sie ihre Gäste gar nicht begrüßt hatte. Gemeinsam gingen sie und Tom reihum, um allen „Hallo" zu sagen und sich tausendfach zu bedanken.

Emily, der die Idee für die Babyparty gekommen war und die die WhatsApp-Gruppe für die Organisation erstellt hatte, blickte zufrieden in die Runde, aber vor allem auf Anna, die vor sich hin strahlte. Die Überraschung war eindeutig gelungen.

„Ich würde sagen, das haben wir gut hinbekommen", hörte Emily jemanden sagen und entdeckte Marie und Emma neben sich, die sie triumphierend ansahen.

„Allerdings!", stimmte sie ihnen freudig zu.

Wenig später wurden Anna und Tom die Geschenke überreicht, die hübsch angeordnet in einer Babybadewanne lagen. Das Paar nahm auf dem Boden daneben Platz, um die Präsente zu bestaunen und auszupacken.

Zuallererst öffneten sie einen weinroten Umschlag, in dem sich ein Gutschein für einen Babyschwimmkurs befand. Anna hatte ihren Freundinnen erzählt, dass sie und Tom mit ihrer Tochter solch einen Kurs besuchen wollten.

Danach fischten die beiden einige Krabbeldecken in verschiedensten Farben und Mustern aus der Badewanne, Bilderbücher aus Stoff, Spielzeug, das raschelte und knisterte, Milchfläschchen, unzählige niedliche Babykleidung, klitzekleine Wintermützchen und Schühchen für die kalte Jahreszeit und ein Babyalbum, in das Anna und Tom alle wichtigen Meilensteine und Details eintragen konnten, um sich später an diese Momente zurückzuerinnern.

Am Ende überreichte Annas Mutter ihrer Tochter und ihrem Schwiegersohn in spe noch eine Windeltorte, die sie gebastelt hatte. Zwischen den Windeln waren kleine Holzspielzeuge und Utensilien wie Löffel, Beißringe, eine Haarbürste speziell für weiches Babyhaar und Pflegeprodukte wie Waschgel und Cremes versteckt.

Anna und Tom waren hin und weg und bedankten sich bei allen für die wundervollen Geschenke.

Anschließend schnitten sie die Torte an und nachdem alle den leckeren Vanillekuchen mit der Füllung aus Himbeeren und Erdbeeren genüsslich verputzt hatten, riefen Annas Freundinnen zu den Spielen auf.

Emma stellte das erste Spiel vor, in dem es darum ging, mit verbundenen Augen Babybrei zu verkosten und zu erraten, welche Zutaten oder Gerichte sich in dem Gläschen verbargen. Es sollten immer zwei Leute gegeneinander antreten und wer nach drei Runden die meisten richtigen Antworten gegeben hatte, war der Gewinner und würde eine kleine Überraschung erhalten.

Als Hahn im Korb hatte Tom es an diesem Nachmittag nicht leicht und Emily musste schmunzeln, als sie sich insgeheim fragte, wie er das Gekreische und Gelächter der vielen Frauen wohl ertrug.

Sie erinnerte sich an die Wochen der Planung und die unzähligen Nachrichten im Gruppenchat, in denen an den ein oder anderen Stellen der Ton auch mal etwas schärfer und bissiger geworden war. Wie Frauen unter sich nun eben manchmal waren. Am Ende hatten sich die Mädels zum Glück aber gut einigen können und, wie man sah, eine tolle Babyparty auf die Beine gestellt und Anna glücklich gemacht. Das war die Hauptsache.

Für das nächste Spiel hatten alle ein Foto aus ihrer Kindheit von sich mitgebracht. Das Spiel bestand darin, zu erraten, wer von den Anwesenden auf welchem Foto zu sehen war. Die Babyfotos von Tom und Anna hatten ihre Mütter mitgebracht. Alle Bilder wurden auf dem Boden verteilt und die Raterei konnte losgehen. Bei einigen Fotos kam schnell die richtige Lösung, bei anderen war es gar nicht so einfach, herauszufinden, wer darauf abgebildet war.

Zum Schluss konnte sich die Truppe beim Bemalen von Bodys kreativ ausleben. Dafür hatten Emily und Leila Textilfarbe und -stifte besorgt. Es entstanden tolle Kunstwerke und Anna freute sich schon darauf, ihre Tochter damit einzukleiden.

Die Party neigte sich langsam dem Ende. Nach und nach verabschiedeten sich Annas Freundinnen.

Als irgendwann nur noch Emily, Isabelle und Jasmin sowie Annas und Toms Mütter da waren, begannen sie gemeinsam mit dem Aufräumen. Sie stellten die benutzten Gläser in den Geschirrspüler, ließen die für das Essen benutzten Pappteller in den Mülleimer wandern und stellten die Essensreste in den Kühlschrank. Die Dekoration wollte Anna unbedingt bis zur Geburt hängen lassen. Ihr gefiel der Gedanke, ihre Tochter mit den vielen Luftballons und den bunten Girlanden zu Hause willkommen zu heißen, wenn sie aus dem Krankenhaus zurückkehrten.

„Das war ein wirklich schöner Tag", sagte Anna, als sie alle mit einem Glas Sekt in der Küche standen und den mittlerweile eingetretenen Abend ausklingen ließen. Der Schampus in Annas Glas war natürlich alkoholfrei.

„Damit hättest du heute wohl nicht gerechnet,

was?", fragte Isabelle schelmisch.

Lachend schüttelte Anna den Kopf, wobei ihr kupferrotes, zu einem Pferdeschwanz gebundenes Haar wild herumwirbelte. „Ganz und gar nicht. Aber ich habe mich riesig gefreut. Nochmals vielen, vielen Dank für diese tolle Babyparty!" Sie strahlte immer noch bis über beiden Ohren.

„Für dich doch gerne", sagte Emily.

„Sie freut sich auch", erwiderte Anna, erneut lachend, wobei sie auf ihren kugelrunden Schwangerschaftsbauch deutete.

Emily sah sie entzückt an. „Darf ich?"

Anna nickte und vorsichtig legte Emily ihre flache Hand auf die große Murmel. Und da – sie hatte einen Tritt gespürt! Und noch einen!

„Wow, die Kleine ist gerade ja richtig aktiv!"

„Oh, ich will auch!", rief Jasmin begeistert und nach und nach betasteten auch alle anderen Annas Bauch in der Hoffnung, ebenfalls eine Bewegung des kleinen Wunders darin zu erfühlen.

Gemeinsam mit Jasmin und Isabelle machte sich Emily eine halbe Stunde später auf den Heimweg. Annas und Toms Mütter blieben noch bei ihren Kindern.

Jasmin war so nett, Emily ein Stück mit dem Auto mitzunehmen, da sie in die gleiche Richtung fuhr, in die Emily mit dem Bus hätte fahren müssen. Am Bahnhof setzte sie Emily ab, wo diese direkt mit der S-Bahn zu sich fahren konnte.

Während sie in der Bahn saß und aus dem Fenster auf die bunten Lichter der Stadt schaute, ließ Emily zufrieden den heutigen Tag Revue passieren. Wenn schon ihr eigenes Privatleben nicht so verlief, wie sie es sich wünschte, so hatte sie wenigstens ihre schwangere Freundin glücklich machen können.

In diesem Moment fiel ihr ein, dass sie vorhin eine neue Nachricht von David bei *Love Letter* bekommen hatte. In freudiger Erwartung, zu lesen, was er ihr geschrieben hatte, zückte sie ihr Handy.

KAPITEL 4

„Guten Morgen!" Als sie die Küche betrat, wurde Emily freudestrahlend von Leonie begrüßt.

„Dir auch", erwiderte Emily. „So gut gelaunt heute?"

„Ich bin doch immer gut gelaunt", sagte Leonie.

Emily lachte. „Tagsüber vielleicht ja, aber normalerweise bist du nicht so der Morgenmensch."

Leonie rollte mit den Augen, grinste dabei aber, weil sie wusste, dass ihre Freundin Recht hatte.

„Wie auch immer – heute ist ein besonderer Tag. Marlon kommt endlich zurück von seinem Auslandseinsatz!"

„Ach ja!" Das hatte Emily ganz vergessen. Leonies Freund arbeitete bei der Bundeswehr als Übersetzer und bekam gelegentlich Angebote, für ein paar Wochen im Ausland zu arbeiten. Da es immer gute Prämien für solche Einsätze gab, nahm Marlon diese Möglichkeiten des Öfteren in Anspruch.

„Ich mache mich gleich auf den Weg zum Flughafen, um ihn abzuholen. Heute Abend wollen wir seine Rückkehr feiern", sagte Leonie.

„Klingt gut. Was habt ihr geplant?"

„Ein paar seiner Freunde wollen ins *Golden River* gehen."

„Ach, das kenne ich, da war ich früher oft."

Emily dachte an die Zeit vor ein paar Jahren zurück, in der sie ständig mit Nina, Anna und anderen Freundinnen die Abende an den Wochenenden in diesem Club verbracht hatte. „Das waren Zeiten."

„Wie passend, ich wollte dich nämlich sowieso fragen, ob du Lust hast, mitzukommen. Da wird sogar ein Speeddating angeboten." Leonie zwinkerte ihr zu.

Skeptisch zog Emily die Augenbrauen zusammen. „Ein Speeddating? Was willst du mir damit sagen? Dass ich da mitmachen soll?"

„Ja, die Idee kam mir in den Sinn", antwortete Leonie grinsend. „Du suchst doch nach deinem Mr. Right?"

„Das stimmt, aber ich denke nicht, dass ich ihn auf diese Weise finden werde. Also, Feierngehen klingt wirklich gut und da bin ich gern dabei, aber auf das Speeddating verzichte ich lieber."

„Wie du magst." Leonie zuckte mit den Schultern. „Aber cool, dass du mitkommst! So, jetzt muss ich aber wirklich los, ich will meinen Liebsten doch nicht warten lassen."

Sie trat auf Emily zu, um sie zum Abschied zu umarmen.

„Wir sehen uns später!"

„Schönen Gruß an Marlon!"

„Richte ich aus. Ach, und Emily ...", beim Gehen drehte sich Leonie noch einmal zu ihrer Freundin um und grinste verschmitzt, „vielleicht überlegst du es dir ja doch noch mal mit dem Speeddating."

Emily warf ihr einen bösen Blick zu, woraufhin

Leonie sich lachend ihren Mantel schnappte und die Wohnung verließ.

Wenig später saß Emily mit Anna in einem Café in Pankow, einem Bezirk im Nordosten Berlins. Die Freundinnen hatten sich hier zum Frühstück verabredet. Anna, die um die Ecke wohnte, hatte vor einiger Zeit das nette kleine Lokal in dem Kiez entdeckt und kam nun regelmäßig hierher.

Emily nahm sich ein Croissant und das Schälchen mit der Erdbeermarmelade aus dem Etagère, das sie und Anna sich gemeinsam bestellt hatten.

„Heute Abend gehe ich ins *Golden River* mit Leonie, ihrem Freund und Freunden von ihm. Leonie erzählte mir, dass dort in dem Club auch ein Speeddating stattfinden soll. Und meinte, ich könne doch daran teilnehmen", erzählte Emily lachend, als wäre das völlig undenkbar.

„Cool, mach das doch!", sagte Anna euphorisch, während sie genüsslich an ihrer Eisschokolade schlürfte.

„Speeddating? Ernsthaft?"

„Was spricht denn dagegen?"

Ungläubig blickte Emily ihre Freundin an. „Nun fang du nicht auch noch an! Anna, ich gehe doch nicht zum Speeddating. So verzweifelt bin ich nun auch nicht."

„Aber das hat doch mit Verzweiflung nichts zu tun!"

„Da sind doch bestimmt nur Freaks. Mir reicht schon, was ich bei *Love Letter* so kennen lerne."

„Und wer sagt dir, dass da nur Freaks hingehen? Vielleicht gibt es einen ganz tollen, vernünftigen Kerl, dem es genauso wie dir ergeht, der die wahre Liebe sucht und noch nicht gefunden hat, und der sein Glück mit dem Speeddating ausprobieren möchte und den du eben genau dort treffen könntest. Solange du es nicht ausprobierst, kannst du es nicht wissen."

Emily verdrehte die Augen. Einerseits wegen Annas verrückter Ideen, um für sie den Traumprinzen zu finden, andererseits weil sie Recht hatte mit dem Argument, dass Emily nicht wissen konnte, was passieren würde, wenn sie keine neuen Dinge ausprobierte.

„Du beschwerst dich immer, dass du keinen Freund hast, aber wehrst alles ab, was man dir vorschlägt", fuhr Anna fort.

Emily hielt verteidigend den Zeigefinger in die Luft. „Hey, bei *Love Letter* hab´ ich mich angemeldet und einige Dates von dort gehabt, wie du weißt."

„Das stimmt, allerdings auch nur auf meine Überredungskünste hin."

„Und was hat es mir gebracht? Ich habe Typen kennen gelernt, die mich versetzt haben, Typen, die sich mit mir getroffen, aber sich überhaupt nicht für mich interessiert und mir das auch deutlich gezeigt haben, und Typen, die mir perverse Nachrichten schreiben."

„Du hast mir doch letztens von einem erzählt, der ganz nett zu sein scheint?", fragte Anna.

Emilys Miene hellte sich auf. „Ja, du meinst David. Mit ihm schreibe ich seit knapp einer Woche und ich muss gestehen, dass es mir gut tut. Und wir haben ein Date für morgen."

„Hey, das ist doch super!" Anna klatschte begeistert in die Hände. „Und das erwähnst du so nebenbei?"

„Ich bin mir noch nicht sicher, ob es zu früh ist. Aber er hat darauf bestanden und mich immer wieder gefragt und dabei seinen ganzen Charme spielen lassen. Da konnte ich nicht nein sagen."

„Ich finde es gut, dass er so hartnäckig ist. Manchmal musst du zu deinem Glück gezwungen werden. Genieße es, dass er dich umwirbt, und lass es einfach auf dich zukommen. Freue dich auf die Verabredung morgen. Aber versteife dich nicht auf ihn, solange ihr euch noch nicht näher kennt. Deshalb solltest du erst recht bei dem Speeddating heute mitmachen."

Emily sah ihre Freundin fragend an. „Inwiefern ergibt das Sinn?"

„Na ja, dann hast du nicht so hohe Erwartungen, weder an das Speeddating noch an das Date morgen, und gehst die Dinge vielleicht viel lockerer an", erklärte Anna. „Wie heißt es doch so schön? Man findet etwas genau dann, wenn man nicht danach sucht."

Emily rollte wieder mit den Augen, musste dabei aber lachen. Anna und ihre Weisheiten!

Zu Hause angekommen, grübelte Emily. Sollte sie wirklich an diesem Speeddating heute Abend im Club teilnehmen? Bei dem Gedanken daran kam sie sich immer noch ziemlich dämlich und verzweifelt vor. Was dachte sich Leonie denn, wie der Abend ablaufen sollte? Dass sie an dem Speeddating teilnahm, während die anderen nebenan auf der Tanzfläche auf sie warteten? Und dann sollten noch Freunde von Marlon dabei sein. Das wäre doch total peinlich alles. Gab es von den Freunden denn auch Singles, die mitmachen wollten?

Andererseits – was hatte sie denn schon zu verlieren? Vielleicht waren es nur ihre eigenen Gedanken, die ihr das Ganze so lächerlich erscheinen ließen. Vielleicht stand Emily sich einfach nur selbst im Weg. Wenn sie es locker und ohne Erwartungen anging, wie Anna ihr geraten hatte, dann konnte sie doch eigentlich keine Enttäuschung erleben. Aber sie würde eine neue Erfahrung machen. Und wer weiß – vielleicht würde das Speeddating ja tatsächlich entgegen ihrer Erwartungen ganz gut laufen und sie gar nicht so uninteressante Männer kennen lernen.

Allerdings wollte Emily da nicht alleine mitmachen. Falls das alles doch ein totales Fiasko werden sollte, wollte sie eine mentale Unterstützung haben und sich nicht allein blöd vorkommen.

Ihre Freundin Nina kam ihr in den Sinn. Sie war Single, liebte es, zu feiern und Emily konnte sich gut vorstellen, dass Nina offen für das Speeddating wäre. Schließlich datete sie ständig neue Typen und ließ nichts anbrennen. Generell war sie ein sehr aufgeschlossener und kontaktfreudiger Mensch, der stets gute Stimmung verbreitete und kein Problem damit hatte, sich mit fremden Leuten über Gott und die Welt zu unterhalten.

Emily kannte Nina seit der achten Klasse, als Nina das Schuljahr hatte wiederholen müssen, und in Emilys Klasse gelandet war. Von da an waren sie ein eingeschworenes Team und pflegten bis heute eine enge Freundschaft.

Emily griff nach ihrem Handy und wählte Ninas Nummer, um sie zu fragen, ob sie heute Abend mitkommen würde.

Bereits nach dem ersten Klingeln nahm Nina das Gespräch an und sagte sofort begeistert zu.

„Das könnte lustig werden", kicherte sie.

„Schön, dass wenigstens du das so siehst", sagte Emily. „Vielleicht schaffst du es ja, mich auch noch davon zu überzeugen."

„Aber klar!", antwortete Nina selbstbewusst.

Emily war froh darüber, Nina gefragt zu haben, und schon jetzt kam ihr die Vorstellung an das Speeddating gar nicht mehr so schlimm vor. Mit ihrer Freundin an ihrer Seite könnte es tatsächlich sogar Spaß machen. Und die Party im Club danach sowieso – so wie immer, wenn sie mit Nina feiern ging.

KAPITEL 5

Es war 22 Uhr, als Emily, Nina, Leonie, Marlon und seine Freunde Patrick, Dennis und Simon vor dem *Golden River* eintrafen. Normalerweise öffnete der Club erst um diese Zeit, aber da das Speeddating seit 20 Uhr stattfand, war der Einlass heute früher gewesen, und auch die Tanzflächen waren bereits geöffnet. Vor dem *Golden River* hatte sich eine kleine Schlange gebildet, es schien also bereits ordentlich was los zu sein.

Um vorbereitet zu sein auf das, was sie erwarten würde, hatte Emily sich zu Hause auf der Internetseite des *Golden River* schlau gemacht und herausgefunden, dass zu jeder vollen Stunde eine neue Runde des Speeddatings starten würde. Bis spätestens dreißig Minuten vor dem nächsten Durchlauf hatte man Zeit, sich vor Ort anzumelden. Das würden sie und Nina gleich nach dem Einlass tun, damit sie bei dem letzten Durchlauf um 23 Uhr teilnehmen konnten.

Als Emily Leonie erzählt hatte, dass Nina auch mitkommen und die beiden am Speeddating teilnehmen würden, war Leonie ganz überrascht gewesen. So abwertend, wie Emily zuvor darüber gesprochen hatte, hatte Leonie überhaupt nicht damit gerechnet, dass sie ihre Meinung noch ändern würde. Umso mehr hatte sie ihre Freundin anschließend ermutigt.

Leonie hatte erzählt, dass Marlons Freunde Simon und Patrick, die derzeit Single waren, ebenfalls beim Speeddating mitmachen wollten, was Emily noch mehr erleichterte. Je mehr Leute dabei waren, die sie kannte, desto weniger peinlich wurde es für sie, und wahrscheinlich umso lustiger, wenn am Ende alle von ihren Erfahrungen berichten konnten.

Nina war schon um 19 Uhr in die WG gekommen, weil die Mädels sich gemeinsam zurechtmachen wollten.

Leonie mochte es, Leute zu schminken und zu stylen, und Emily und Nina stellten sich gern zur Verfügung. Emily hatte für ihre Freundin schon öfter Modell gestanden und wusste, dass Leonie ein Talent dafür hatte. Auch heute war sie wieder sehr zufrieden mit dem Ergebnis.

Passend zu Emilys violettem Cocktailkleid aus Spitze hatte Leonie ihr Smokey Eyes in Lila- und Blautönen verpasst. Ihre Lippen zierte ein dezentes Rosé und ihre langen honigblonden Haare trug Emily offen.

Um 20 Uhr waren die Jungs dazugestoßen und alle gemeinsam hatten sie in geselliger Runde mit Captain Morgan und Cola vorgeglüht.

Dementsprechend war Emily nun etwas angetrunken. Das nahm ihr die Hemmungen und Zweifel, die sie zuvor noch gehabt hatte, und sie war mittlerweile schon richtig gespannt auf das Speeddating. Allerdings beschloss sie, in den nächsten zwei Stunden erst einmal nichts Alkoholisches mehr zu sich zu nehmen. Schließlich wollte sie bei klarem Verstand sein und potenziellen Kandidaten keinen falschen Eindruck von sich vermitteln.

Normalerweise trank sie gar nicht viel, zumindest nicht so viel, dass sie so beschwipst war wie heute. Aber die Stimmung in der Runde vorhin war so gut gewesen, dass Emily nicht darüber nachgedacht hatte, als ihr Patrick, der ziemlich trinkfest war, immer wieder das Glas nachgefüllt hatte. Insgeheim hatte Emily sich aber auch ein wenig Mut antrinken wollen.

Der Türsteher winkte die Gruppe in das Gebäude hinein, wo sich die sieben an der Kasse anstellten.

Nachdem sie den Eintritt bezahlt und die Jacken an der Garderobe abgegeben hatten, liefen sie auf den Stand neben der Garderobe zu, über dem in großen Buchstaben die Worte *Anmeldung für Speeddating* prangten.

Eine Mitarbeiterin des Clubs nahm die Namen zur Anmeldung auf und gab Emily, Nina, Patrick und Simon jeweils einen Aufkleber mit einer Nummer darauf und erklärte ihnen, dass sie diese für das Speeddating bräuchten und gut aufheben sollten. Dann beschrieb sie ihnen, wie sie zu dem Raum gelangten, in dem das Speeddating stattfand.

„Wir haben noch knapp eine Dreiviertelstunde, bis es losgeht", sagte Simon mit einem Blick auf seine Smartwatch.

„Lasst uns solange tanzen gehen", rief Patrick.

„Oh ja", stimmte Nina zu.

Also verbrachten sie alle zusammen noch etwas

Zeit auf der Tanzfläche, bevor sich Emily, Nina, Patrick und Simon gegen 22.45 Uhr auf den Weg zum Speeddating machten. Emily bestellte sich ein Wasser und war froh, als sie merkte, dass sie wieder ein klein wenig nüchterner wurde. Sie und die anderen verabschiedeten sich vorerst von Leonie, Marlon und seinem Kumpel Dennis, dessen Freundin später auch noch dazustoßen würde.

Als die vier den Raum betraten, der ihnen bei der Anmeldung beschrieben worden war, warteten dort bereits einige der anderen Teilnehmer. Überall im Raum verteilt standen kleine runde Tische und an jedem Tisch waren zwei Stühle gegenüber voneinander aufgestellt.

Als die Teilnehmer vollzählig waren, bat ein Mitarbeiter sie darum, sich den Aufkleber, den sie bei der Anmeldung erhalten hatten, gut sichtbar auf die Brust zu kleben, sodass man die Nummer darauf gut erkennen konnte. Anschließend sprach der Mitarbeiter über den Ablauf des Speeddatings und erklärte, dass jeder sechs Dates hätte und für jedes Date fünf Minuten zur Verfügung stünden. Waren diese fünf Minuten vorbei, würde ein Gong ertönen und die Partner müssten gewechselt werden. Die Männer würden aufstehen müssen und einen Tisch weiter nach rechts wandern, während die Frauen sitzen bleiben und auf ihren nächsten Gesprächspartner warten konnten. Zudem gab es sogenannte „Eisbrecher"-Karten, die die Kommunikation erleichtern und im Falle des Falles peinliches Schweigen brechen sollten. Die Nummern, die alle auf der Brust trugen, sollten ermöglichen, den Personen, an denen man interessiert war, später Nachrichten zukommen zu lassen, die auf der Tanzfläche auf einer großen Leinwand angezeigt werden würden.

Emily blickte sich um. Zwei von den sechs Männern waren ja Marlons Freunde Patrick und Simon, die sie nun im Vorfeld bereits flüchtig kennen gelernt hatte. Sie sah hinüber zu den anderen vier Unbekannten. Nett und anständig sahen sie auf den ersten Blick immerhin aus. Wobei einer von ihnen noch sehr jung wirkte, Anfang zwanzig vielleicht. Aber das war sowieso schwer einzuschätzen und Emily würde einfach die Dates abwarten.

Sie konzentrierte sich wieder auf den Mitarbeiter, dem sie gerade nur mit halbem Ohr zugehört hatte und der die Teilnehmer nun darum bat, an einem beliebigen Tisch Platz zu nehmen.

„Pro Tisch eine Frau und ein Mann, bitte!" Als ob das nicht jedem klar gewesen wäre.

„Na, dann bin ich ja gespannt, was wir gleich erleben werden", flüsterte Emily Nina zu, während die beiden Freundinnen auf die Tische zuliefen.

„Ich auch. Viel Erfolg", sagte Nina und zwinkerte Emily zu, während sie auf einem der Stühle Platz nahm.

Emily setzte sich an den Tisch neben Nina, wo im selben Moment auch schon ihr Date Platz nahm. Schüchtern lächelten sich beide zu.

Es ertönte ein Gong und Emily blickte auf die große Anzeigetafel an der Wand, die die Zeit anzeigte. Und sie lief bereits rückwärts.

„Hallo", sagte der Unbekannte.

„Hi", grüßte ihn Emily.

Es war der Jüngling. Bei seinem Lächeln bildeten sich Grübchen um seine Mundwinkel, die ziemlich niedlich aussahen, wie Emily fand.

Seine dunklen, etwas längeren und wild verwuschelten Haare erinnerten Emily an einen typischen Sunnyboy. Fehlten nur noch sein Surfbrett und das Meer. Vielleicht war er ja tatsächlich Surfer. Sein trainierter Oberkörper, der sich durch das dünne weiße Langarmshirt, das er trug, abzeichnete, konnte das zumindest vermuten lassen.

„Ich bin Dario."

„Ich bin Emily."

„Ein schöner Name." Er lächelte sie an.

Ein Schmeichler also. „Dankeschön. Dario klingt aber auch besonders. Woher kommt der Name?"

Er grinste stolz. „Aus Italien. Meine Eltern kommen aus Florenz."

Oh, ein Italiener. Deshalb auch dieser südländische Touch. Das beeindruckte Emily, denn sie hatte eine kleine Schwäche für Südeuropäer. Aber welche Frau nicht? Allein die Sprachen waren doch schon so wohlklingend.

„Aber ich bin in Deutschland geboren und aufgewachsen."

„Sprichst du Italienisch?", fragte Emily interessiert.

„Klar. Meine Eltern sprechen bis heute nur Italienisch mit uns."

„Wow. Ich finde die Sprache total schön."

Das hörte Dario bestimmt nicht zum ersten Mal und sicherlich war ihm bewusst, dass er damit viele Frauen herumkriegen konnte. Allerdings wirkte er gar nicht machohaft, sondern eher wie ein kleiner niedlicher Junge, wie Emily ja schon zu Beginn festgestellt hatte. Ein Junge, der viel Sympathie ausstrahlte.

„Wie alt bist du, Dario?"

„24. Und du?"

„29."

Da hatte Emily ja nicht so verkehrt gelegen mit ihrer Vermutung. Obwohl sie Dario sogar noch etwas jünger geschätzt hätte. Sofort ratterte es in ihrem Kopf. Es lagen also sechs Jahre zwischen ihnen. Würde der Altersunterschied etwas ausmachen?

„Und was machst du beruflich, Emily?", fragte Dario. „Tut mir leid, das sind zwar solche Standardfragen, aber wir haben nur fünf Minuten und ich möchte möglichst viel über dich erfahren." Da waren sie wieder, die Grübchen, als er sie anlächelte.

Emily lächelte zurück. „Kein Ding. Mich interessiert ja auch, was du so machst. Also, ich bin Erzieherin."

„Erzieherin? Das ist ja toll! Ich liebe Kinder! Ich bin mit sechs Geschwistern aufgewachsen."

„Sechs Geschwister? Wow, da hast du bestimmt gut gelernt, dich durchzusetzen." Emily lachte. „Ich musste schon bei zwei Geschwistern manchmal ganz schön die Ellbogen ausfahren."

„Oh ja, das hab' ich allerdings", stimmte Dario ihr zu. „Und in welchem Bereich arbeitest du? Kindergarten, Schule, …?"

„In einem bilingualen Kindergarten. Deutschenglisch", ergänzte sie.

„Oh, dann interessierst du dich für Fremdsprachen?"

„Ja, total!"

„Deshalb die Frage, ob ich Italienisch spreche", stellte Dario amüsiert fest.

„Erwischt." Emily schmunzelte.

„Vielleicht kann ich dir ja bei Gelegenheit ein paar Worte meiner Muttersprache beibringen."

Sollte das eine Anspielung darauf sein, dass Dario sich mit ihr verabreden wollte? Dagegen sprach für Emily nichts. Bisher schien er ein netter Kerl zu sein.

„Das Angebot nehme ich gerne an."

Der Gong ertönte. Schade. Emily hätte gerne noch weiter mit Dario geplaudert.

„Gehst du später noch im Club feiern?", fragte Dario, als er aufstand.

„Ja", antwortete Emily lächelnd.

„Okay, dann sehen wir uns später hoffentlich noch."

„Das wäre schön."

Dario zwinkerte ihr zu und ging einen Tisch weiter, um der Dame dort Gesellschaft zu leisten.

In diesem Moment nahm Patrick vor ihr Platz. Emily war vorhin schon aufgefallen, wie riesig Marlons Kumpel war. Gut, neben ihr mit ihren 1,55 Metern wirkte jeder riesig. Schon in der Grundschule war sie immer die Kleinste gewesen. Aber Patrick war immerhin um die 1,90 Meter groß, wie Emily schätzte. Vielleicht sogar noch ein paar Zentimeter größer. Er war schlank und gutaussehend, wenn auch nicht ganz Emilys Typ.

Außerdem war er ein Kumpel von Leonies Freund und sie waren vorhin bereits zu freundschaftlich miteinander umgegangen, als dass sie sich jetzt hier ein ernsthaftes Date mit ihm hätte vorstellen können.

„Hallo, wer sind Sie denn?", fragte Emily scherzhaft.

Patrick grinste sie an.

„So, so, du bist also mein zweites Date." Er strich sich übers Kinn und tat so, als würde er sie ganz genau unter die Lupe nehmen.

„Sieht wohl so aus", antwortete Emily schmunzelnd. Sie blickte zum Tisch links von ihnen, an dem Patrick zuvor gesessen hatte, und begutachtete die Frau an dem Tisch. Sie sah ziemlich attraktiv aus. Nicht großartig aufgetakelt, das war auch gar nicht nötig. Sie besaß eine natürliche Schönheit und der kurze Bob-Haarschnitt, den sie trug, passte perfekt zu ihrem Typ.

Emily beugte sich nach vorn und flüsterte, während sie mit dem Kopf kaum merklich nach links nickte, Patrick zu: „Wie lief's denn mit ihr?"

Patrick warf ebenfalls einen flüchtigen Blick herüber und wurde etwas verlegen.

„Gut, würde ich sagen. Scheint eine interessante Frau zu sein."

„Und sehr hübsch", ergänzte Emily.

„Ja", stimmte Patrick ihr, „das Gleiche kann ich aber auch von dir behaupten."

Emily wurde rot. Oh Mann, flirtete Patrick etwa mit ihr? Sie wusste gar nicht, wie sie damit umgehen sollte.

„Ach", sagte sie nur und winkte ab.

„Das meine ich ernst. Und dein Sunnyboy sieht ja auch sehr nett aus", stellte Patrick mit einem unauffälligen Blick auf Dario fest.

Emily musste kichern. „Genau das habe ich auch gedacht!"

„Dass er nett aussieht?"

„Ja, das auch. Aber das mit dem Sunnyboy, meine ich!"

„So, so", sagte Patrick und lehnte sich in seinem Stuhl zurück. „Er sieht also gut aus? Besser als ich?"

Emily lachte. „Das habe ich nicht gesagt. Da braucht wohl jemand Bestätigung heute."

Sie kannte Patrick zwar kaum, aber sie hatte bereits vorhin den Eindruck von ihm bekommen, dass er der Typ Mann war, mit dem man Späße machen und den man ein wenig aufziehen konnte.

Patrick warf einen Blick auf die „Eisbrecher"-Karten, die in der Mitte des Tisches vor ihnen lagen.

„Hmm, so direkt, wie wir sind, brauchen wir die wohl nicht", sagte er lachend, während er auf die Karten deutete.

„Da hast du wohl Recht", stimmte ihm Emily zu. „Trotzdem würde mich mal interessieren, was auf denen steht."

Sie griff die oberste Karte vom Stapel.

„Welche Musik hörst du gern?", las sie die Frage darauf vor. Dann nahm sie eine zweite Karte.

„Was ist dein Lieblingsessen?" Sie sah von der Karte auf zu Patrick und grinste ihn an. „Das würde mich tatsächlich interessieren. Erzähl mal."

Die fünf Minuten vergingen wie im Flug.

In der nächsten Runde gesellte sich Simon zu ihr, der andere Freund von Marlon, der heute Abend mit dabei war. Mit ihm hatte sie zuvor noch nicht viel gesprochen, aber wie Patrick schien auch er ein lockerer und aufgeschlossener Typ zu sein, mit dem man gut plaudern konnte.

Allerdings war Simon rein optisch gar nicht ihr Fall, womit er als potenzielles Date für sie nicht wirklich in Frage kam. Das längere, braune Haar mit zur Seite gekämmtem Pony und ein Vollbart umspielten sein Gesicht. Sein Kleidungsstil erinnerte Emily an einen typischen Biker. Passend dazu erzählte Simon, dass er gern Punkmusik und Metal hörte. Das alles war das Gegenteil von dem, wofür Emily sich interessierte. Patrick war da schon eher ihr Fall. Aber sie konnte sich auch nicht wirklich vorstellen, einen Freund zu haben, der zwei Köpfe größer war als sie.

Allerdings fragte sie sich, ob das nicht nur oberflächliche Details waren, die letztendlich gar nicht wichtig waren. War sie vielleicht zu wählerisch?

Dario war zu jung, Patrick zu groß, Simon zu alternativ. Vielleicht fand sie ja deshalb keinen Partner, weil sie sofort Gründe fand, die gegen jemanden sprachen, und den Männern erst gar keine Chance gab.

Du wolltest das Ganze hier locker angehen!, rief sie sich selbst in Erinnerung und ermahnte sich, nicht schon wieder zu viel vorauszuplanen, sondern die Dinge einfach auf sich zukommen und dem Schicksal seinen Lauf zu lassen.

Also unterhielt Emily sich mit Simon und schaltete die Gedanken in ihrem Kopf aus.

Der nächste Mann, der Emily gegenüber Platz nahm, schien sehr introvertiert zu sein. Er hieß Constantin, aber das war so fast das Einzige, was er von sich aus erzählte. Emily musste ihm alles aus der Nase ziehen und stellte ihm tausende Fragen, um nicht in peinliches Schweigen zu verfallen. Sie überlegte schon, ob sie ihm empfehlen sollte, eine „Eisbrecher"-Karte zu ziehen, damit er ihr auch ein paar Fragen stellen konnte, da ihm selbst ja offensichtlich keine einfielen. Sie beließ es dann aber dabei, weil sie ihn nicht bloßstellen wollte, und irgendwann erlöste der Gong sie aus diesem verkrampften Date.

Anschließend lernte sie noch Dominic und Marvin kennen.

Beide waren Studenten. Dominic studierte Wirtschaft und Marvin Psychologie. Letzteres beeindruckte Emily schon sehr und weckte ihr Interesse. Zu Schulzeiten hatte sie sich auch sehr für Psychologie interessiert, aber so sehr sie von ihren Leistungen überzeugt gewesen war, hatte sie gewusst, dass sie keinen Einser-Durchschnitt im Abitur schaffen würde, der für solch ein Studium in der Regel Voraussetzung war. Auf dem Gymnasium hatten ihre Noten immer eher im guten bis mittleren Durchschnitt gelegen.

Ansonsten war Marvin zwar ganz nett, wirkte jedoch ein wenig distanziert, auch wenn er nicht ganz so schweigsam war wie Constantin.

Dominic hingegen war gesprächig und gefiel Emily sehr gut, von seiner sympathischen Art her sowie optisch. Vielleicht würde es sich später ja ergeben, dass sie ihn nach seiner Nummer fragen konnte. Sie hatte zumindest Interesse daran, ihn näher kennen zu lernen.

Zwischenzeitlich schielte Emily auch hin und wieder zu Nina am Nebentisch. Diese wirkte zufrieden und schien angenehme Unterhaltungen zu führen, soweit Emily das aus der Ferne beurteilen konnte. Vielleicht war ja für Nina heute jemand Gescheites dabei, der es ihr wert war, eine Beziehung mit ihm einzugehen. Glücklicher Single hin oder her, auf Dauer konnten ihre wechselnden Liebschaften doch auch nicht die Erfüllung sein.

Nachdem die Männer den Damen an jedem Tisch Gesellschaft geleistet hatten und das Speeddating nach dreißig Minuten vorbei war, sammelten sich Emily, Nina, Patrick und Simon zusammen und machten sich auf die Suche nach den anderen dreien, mit denen sie hergekommen waren. Patrick schrieb eine Nachricht an Marlon und fragte, wo er, Leonie und Dennis waren.

Ein paar Sekunden später schrieb ihm Marlon zurück, dass sie sich vor dem Eingang zu dem Raum, in dem sich die Tanzfläche befand, treffen könnten. Davor war ein großer Flur und Patrick wusste, wohin sie gehen mussten.

Als sie den Vorraum erreichten, entdeckte Emily schon Leonie, Marlon, Dennis und eine Frau, die sie als Dennis´ Freundin vermutete. Sie stellte sich mit dem Namen Janine vor.

Leonie stellte sich neben Emily und Nina. „Und, wie war´s?", fragte sie gespannt.

„Es war ...", Emily hielt in ihrer Antwort inne

und überlegte, wie sie ihre Erfahrung am besten beschreiben sollte, „interessant, würde ich sagen."

„Und witzig. Es waren ein paar süße Männer dabei", ergänzte Nina augenzwinkernd.

Leonie beugte sich vor und sprach etwas leiser, sodass nur Emily und Nina sie hören konnten: „Was haltet ihr denn von Patrick und Simon?"

Emily und Nina blickten sich an. „Also, Simon ist nett, aber nicht so mein Typ. Und Patrick ist auch nett."

„Nur nett?", fragte Nina. „Ich finde ihn ziemlich heiß." Sie kicherte. „Der Italiener war aber auch ein Augenschmaus. Wie fandest du ihn, Emily? Ich bilde mir ein, euch flirten gesehen zu haben." Nina schielte ihre Freundin vielsagend an.

„Er war schon ziemlich süß", gab Emily zu. „Etwas jung, aber das muss ja kein Hindernis sein."

Leonie nickte. „Richtig, auf die Chemie kommt es an. Habt ihr Nummern ausgetauscht?"

Emily schüttelte den Kopf. „Nein, wir waren so in unser Gespräch vertieft, als dann schon wieder gewechselt wurde, und irgendwie hat sich das dann nicht mehr ergeben. Aber er meinte, wir würden uns später im Club noch sehen." Emily zuckte mit den Schultern. „Mal sehen, was der Abend noch so mit sich bringt."

„Ich habe zwei Nummern bekommen", sagte Nina stolz.

„Von wem?", fragte Emily.

„Von den Studenten."

Emily dachte daran, dass sie Dominic ebenfalls ganz interessant gefunden hatte. Nun hatte Nina seine Nummer. Das hatte sich dann wohl erledigt und ein wenig bedauerte sie es. Aber so war es eben.

Letztendlich hatte sie ja sowieso nicht daran geglaubt, heute auf ihren Traummann zu treffen.

Während des Abends flirtete Patrick immer wieder mit Emily. Er tanzte mit ihr, lud sie auf zwei Drinks ein und neckte sie. Emily genoss die Aufmerksamkeit, nahm die Annäherungsversuche von Patrick allerdings nicht wirklich ernst. Sie hatte im Laufe der Stunden mitbekommen, dass Patrick ein Aufreißer war. Das teilte ihr nicht nur Leonie mit, der nicht entging, wie sehr Patrick ihrer Freundin Avancen machte. Auch Emily selbst stellte fest, dass er immer wieder Frauen antanzte, die um die Gruppe herumschwirrten, und an der Bar die eine oder andere ansprach.

Emily nahm es mit Humor. Als hätte das Schicksal ihr einen Wink gegeben, hatte sie zuvor ja sowieso nicht daran geglaubt, dass es zwischen ihnen passen könnte. So witzig und unterhaltsam Patrick war, für eine Beziehung war er zumindest für Emily nicht der passende Kandidat. Und seinem Verhalten nach zu urteilen suchte er überhaupt keine Beziehung. Aber es hatte definitiv gut getan, von einem gutaussehenden Mann wie ihm Bestätigung zu bekommen.

Also war Emily auch gar nicht böse, als Patrick zwischendurch auch mit Nina tanzte, die im ersten Moment verunsichert wirkte. Auch, wenn Nina selten einem Flirt abgeneigt war, war sie eine treue Freundin und kein Mann war es ihr wert, mit ihren Mädels um ihn zu streiten.

Emily signalisierte Nina, dass es ihr nichts ausmachte, wenn sie und Patrick miteinander tanzten oder flirteten. Oder was auch immer da noch kommen möge. So, wie Emily Nina kannte, würde die heute Abend nicht alleine nach Hause gehen. Und Patrick schien das perfekte Gegenstück zu sein.

„Emily, schau mal!", rief Leonie plötzlich und völlig aus dem Häuschen deutete sie auf die große Anzeigetafel an der Wand, auf der die Nachrichten erschienen, die sich die Teilnehmer vom Speeddating gegenseitig zukommen lassen konnten. „Du hast einen Verehrer!"

Um sich zu vergewissern, schaute Emily auf den Aufkleber mit ihrer Nummer, den sie noch an ihrem Oberteil trug, und sah wieder zur Anzeigetafel. Die Nachricht, die in diesem Moment dort leuchtete, war tatsächlich für sie bestimmt.

In großen Lettern stand dort geschrieben: *„Ich würde mich freuen, wenn wir unser Gespräch von vorhin fortführen könnten, und warte hoffnungsvoll an der Bar auf dich. D."*

„Uh, wer ist denn der Geheimnisvolle?", fragte Marlon neugierig.

Emily überlegte, wer von den Männer vorhin einen Namen gehabt hatte, der mit dem Buchstaben D begann, und sofort kam ihr Dario in den Sinn.

Ob die Nachricht wirklich von ihm war? Bei der Verabschiedung hatte er ja noch gesagt, dass sie sich später noch einmal sehen würden. *D.* konnte aber ebenso für *Dominic* stehen. Und den hatte sie ja auch ganz interessant gefunden. Aber der hatte doch seine Telefonnummer nicht ihr, sondern Nina gegeben.

„Das werde ich mal herausfinden", sagte Emily und machte sich damit auf den Weg zur Bar.

„Viel Spaß!", rief Leonie ihr grinsend über die laute Musik hinweg hinterher.

Mit klopfendem Herzen bahnte Emily sich einen Weg durch die Menge. Als der Bartresen in ihrem Sichtfeld auftauchte, hielt sie Ausschau nach einem bekannten Gesicht aus der Dating-Runde.

Und dann entdeckte sie tatsächlich Dario, der ihr zulächelte, als er sie ebenso erblickte.

„Du hast meine Nachricht also gesehen", sagte er, als sie vor ihm stand. „Oder ist das jetzt Zufall, dass wir uns hier treffen?"

Emily lächelte. „Nein, es ist kein Zufall. Ich bin wirklich wegen deiner Nachricht an mich hier."

„Okay, dann hoffe ich, dass du nicht jemand anderen erwartet hast, und jetzt enttäuscht bist."

Immer noch lächelnd, schüttelte Emily den Kopf. „Ganz und gar nicht."

Dario grinste. Dann deutete er auf den freien Hocker neben sich. „Komm, setz dich. Möchtest du etwas trinken?"

„Gern. Ich nehme das Gleiche wie du."

Dario winkte den Barkeeper heran und bestellte zwei Bier. Als er bezahlt hatte, reichte er Emily ein Glas und hielt seines in die Höhe.

„Auf einen schönen Abend."

„Auf einen schönen Abend", wiederholte Emily, bevor sie Dario zuprostete.

Emily bekam nicht mit, wie viel Zeit verging,

während sie sich mit Dario unterhielt. Bei den vielen Themen, über die sie sprachen, muss es eine ganze Weile gewesen sein, die ihr doch nur wie zehn Minuten vorkamen.

Dario erzählte ihr, dass er als Versicherungsvertreter arbeitete und ein Faible für Fußball hatte. Außerdem erfuhr sie, dass Darios Großeltern und einige seiner Tanten und Onkels sowie deren Kinder in Italien lebten – in seiner Geburtsstadt Florenz sowie in einem anderen kleinen Ort in der Toskana an der Küste – und er seine Verwandten mehrere Male im Jahr besuchte. Dann berichtete er von seinen sechs Geschwistern, von denen ein Bruder einen Job in Singapur hatte und deshalb mit seiner Partnerin dorthin ausgewandert war. Ein anderer Bruder hatte eine Frau, die ursprünglich aus Spanien kam und deren Eltern ein Ferienhaus in Andalusien besaßen.

Emily war beeindruckt von den internationalen Beziehungen in Darios Familie. Sie liebte das Reisen und hätte selbst gern Bekannte oder Familienmitglieder gehabt, die im Ausland lebten und die sie in Verbindung mit einer aufregenden Reise hätte besuchen können. Stattdessen lebte Emilys Verwandtschaft größtenteils in Berlin und dann gab es noch ein paar Leute in Brandenburg und Sachsen, die sie ein- bis zweimal im Jahr bei Familienfeiern sah. In ihren Augen nicht allzu spektakulär.

Nachdem Emily ihr Glas geleert hatte, lud Dario sie auf ein weiteres Bier ein und fragte sie, ob sie ein wenig tanzen wolle. Somit gingen die beiden auf die Tanzfläche, wo Freunde von Dario zu ihnen stießen und sich als Victor und Adam vorstellten. Sie wirkten nett, die Begegnung war allerdings nur kurz und flüchtig, weil die Jungs anschließend an die Bar eilten zu zwei Frauen, die sie anscheinend soeben kennen gelernt hatten.

Als Emily und Dario sich gegenüberstanden und miteinander tanzten, stellte Emily fest, wie schlecht Dario darin war. Sie war überrascht, denn aufgrund seiner italienischen Wurzeln hätte sie damit gerechnet, dass es ihm im Blut läge, sich zur Musik zu bewegen. Stattdessen zappelte er unrhythmisch vor sich her und Emily fragte sich, was er da mit seinem Körper veranstaltete. Als er dann noch an sie herantrat, sie eng umschlang und mit sich hin- und herschunkelte, überlegte Emily, wie sie sich aus dieser Situation retten sollte. Dario war ja wirklich nett und sie hatte es schön gefunden, sich mit ihm zu unterhalten, aber das hier gerade war ja nicht zu ertragen. Dann drückte er seinen Arm auch noch so ungelenk und fest um ihren Hals, dass Emily befürchtete, er würde ihr gleich die Luft abschnüren. Sie wand sich aus seinem Griff und suchte schnell nach einer Ausrede, als Dario sie verwirrt ansah.

„Ich muss mal für kleine Mädchen", rief sie ihm zu.

„Oh, klar", nickte Dario. „Ich warte hier."

Emily lächelte gequält und ergriff die Flucht, während sie erleichtert aufatmete. Sie hielt Ausschau nach ihren Freunden und warf immer wieder einen Blick hinter sich zu Dario, um zu sicherzustellen, dass er nicht mitbekam, dass sie gar nicht vorhatte, die Toilette aufzusuchen.

Da entdeckte Emily im Getümmel die platinblonden Haare von Leonie und ihr schwarzes Kleid, das sie heute Abend trug, wie sie mit ihrem Liebsten Händchen hielt und ihm einen Kuss auf den Mund drückte. Neben ihnen tanzten Simon, Dennis und Janine.

Emily eilte zu der Gruppe und etwas versteckt hinter Leonie und Marlon erspähte sie dann auch Nina und Patrick, die sich wild knutschend in den Armen lagen und sich zur Musik wiegten.

Das war ja klar!, dachte sie beim Anblick der beiden und verdrehte die Augen. Hatte sie es doch gewusst, dass Nina einem heißen Typen wie Patrick nicht würde widerstehen können und sich die Gelegenheit heute nicht entgehen ließ.

„Da bist du ja wieder", rief Marlon, der Emily zuerst entdeckte.

„Wo ist dein Verehrer?", fragte Leonie neugierig.

„Da hinten", sagte sie und deutete auf das andere Ende der Tanzfläche. „Ich habe gesagt, dass ich aufs Klo muss. Ihr müsst mir helfen."

Leonie blickte sie besorgt an. „Läuft es nicht gut?"

„Doch, eigentlich schon. Wir haben uns total gut unterhalten und dann hat er gerade mit mir getanzt und es war schrecklich. Ich hatte das Gefühl, er würde mich dabei gleich erwürgen!"

„Oh Gott!", sagte Leonie.

„Aber ich kann ihm das ja nicht so direkt an den Kopf knallen", fuhr Emily fort. „Ich mag ihn ja. Weiter mit ihm tanzen möchte ich allerdings nicht."

Leonie und Marlon sahen sich an.

„Pass auf", sagte Leonie dann, „wir drei gehen jetzt rüber zu ihm und zerren ihn zurück an die Bar, wo wir uns unterhalten können. So können wir ihn ein bisschen kennen lernen und du brauchst dir keine Ausrede einfallen zu lassen."

Emily nickte. „Okay, das klingt gut."

Somit lief sie mit Leonie und Marlon im Schlepptau zurück zu Dario, der wie versprochen an Ort und Stelle auf Emily gewartet hatte.

„Schau mal, ich habe auf dem Weg meine Freunde getroffen. Das sind Leonie und ihr Freund Marlon", sagte Emily zu Dario zu, während sie auf die beiden deutete.

„Hi, ich bin Dario", stellte er sich vor.

Leonie und Marlon lächelten und Marlon rief über die laute Musik hinweg: „Wollen wir an die Bar gehen? Da können wir uns besser unterhalten."

„Klar!", antwortete Dario und Emily warf ihren Freunden einen dankenden Blick zu, während sie dem Italiener folgten.

Bei einem weiteren Bier plauderten die vier miteinander, bis nach einiger Zeit wieder Darios Freunde auftauchten. Bei den Damen waren sie, wie es schien, erfolglos gewesen, und nun hatten sie keine Lust mehr, in der Diskothek abzuhängen, und wollten nach Hause.

Dario offenbarte Emily, dass er nun gehen müsse, aber bevor er sich verabschiedete, fragte er sie nach ihrer Nummer und versprach, sich zu melden.

Ist doch ganz gut gelaufen heute, triumphierte

Emily in Gedanken und blickte Dario und seinen Freunden hinterher, als sie den Raum verließen.

Als hätte sie die Gedanken ihrer Freundin gelesen, sagte Leonie: „Der war ja wirklich nett. Und süß. Ist das der, von dem du vorhin erzählt hast?"

Emily nickte und lächelte. „Ja, das ist er."

„Sehr sympathisch", gab auch Marlon seinen Senf dazu.

Die drei gingen zurück auf die Tanzfläche zu dem Rest der Gruppe. Die Stimmung war heiter und Emily tanzte ausgelassen. Berauscht von ihrem Erfolgserlebnis heute, genoss sie den Abend noch in vollen Zügen, bis sie und ihre Freunde sich gegen drei Uhr morgens auf den Weg nach Hause machten.

KAPITEL 6

Am nächsten Abend traf sich Emily wie geplant mit David von *Love Letter*.

Die beiden saßen sich bei einem romantischen Abendessen beim Mexikaner gegenüber. Inzwischen war Emily sehr froh darüber, dass David so beharrlich gewesen war und darauf bestanden hatte, sie zu diesem Date einzuladen. Der Abend war wundervoll. Sie genoss es, Zeit mit ihm zu verbringen. Die Gespräche mit ihm waren interessant, anregend und witzig. Auch der Anblick des jungen Mannes entzückte Emily – auf den Fotos hatte er ja schon heiß ausgesehen, aber in natura war er noch viel attraktiver.

David hatte ihr bereits in den vielen Nachrichten, die sie miteinander geschrieben hatten, erzählt, dass er gelernter Mediengestalter war und im Oktober ein weiterführendes Studium in der Medientechnik begonnen hatte, um seine Fertigkeiten zu vertiefen und seine Berufschancen zu erweitern.

Neben dem Studium verdiente er sein Geld mit Aufträgen, die er freiberuflich annahm. Was eine Menge Arbeit und Stress bedeutete. Emily hatte nicht viel Ahnung von diesem Berufszweig, ließ sich von David, der enthusiastisch davon erzählte, aber gerne aufklären.

Ebenso schien David sich für ihren Beruf zu interessieren. Allgemein stellte er Emily viele Fragen und hörte ihr gespannt beim Erzählen zu. Seit langem hatte sie mal wieder das Gefühl, ein Date mit einem vernünftigen Kerl zu haben, der weder nur von sich erzählte, irgendwelche seltsamen Eigenschaften hatte noch aufdringlich war.

Der Kellner trat an ihren Tisch und fragte, ob die beiden mit dem Essen fertig wären. Emily hatte ihren Burrito mit Hackfleisch und die beiliegenden Kartoffelwedges nur zu einem Dreiviertel geschafft, während David die üppige Portion von Quesadillas und Pommes auf seinem Teller komplett aufgegessen hatte.

Als der Kellner das Okay zum Abräumen bekam, nahm er die Teller vom Tisch und balancierte sie auf seinen Unterarmen.

„Hast du noch Lust auf einen Cocktail?", fragte David Emily.

„Cocktails sind immer gut", antwortete sie und schenkte ihm ihr süßestes Lächeln.

David fragte nach der Getränkekarte und ein wenig später bestellten sie beide einen Tequila Sunrise.

Als der Kellner fort war, legte David seine Ellbogen auf dem Tisch ab und beugte sich vor zu Emily.

„So, nun musst du mir aber einmal genauer erklären, was es mit deinen Ausbildungen auf sich hat", sagte er. „Wie bist du von Fremdsprachensekretärin auf Erzieherin gekommen?"

Emily lachte und holte tief Luft, bevor sie begann, ihre Geschichte zu erzählen: „Nun, ich habe mich schon immer sehr für Fremdsprachen interessiert. In der Schule waren Englisch und Französisch meine Lieblingsfächer. Also wollte ich beruflich auch gern etwas damit machen. Ich wäre gern Dolmetscherin geworden, aber dafür hätte ich ein Abitur machen und studieren müssen. Ich war zwar auf einem Gymnasium und hatte mal vor, das Abi zu machen, aber meine Noten waren nicht sehr gut. In der elften Klasse damals habe ich mich dann darüber informiert, was ich stattdessen mit einem Mittleren Schulabschluss anfangen könnte, und bin auf die Ausbildung zur Fremdsprachensekretärin aufmerksam geworden. Und dann dachte ich, das wäre das Richtige für mich, und habe mich direkt dafür beworben. Und das hat dann geklappt. Also habe ich, nachdem das Schuljahr zu Ende war, das Gymnasium verlassen. Na ja, und als ich die Ausbildung gemacht habe – die rein schulisch war – habe ich während des Praktikums, das die Ausbildung beinhaltete, gemerkt, dass so ein Bürojob nicht wirklich etwas für mich ist. Eigentlich war mir das immer klar, aber irgendwie hatte ich es mir anfangs noch schön geredet und war nur wegen der Sprachen so begeistert von diesem Job gewesen. Allerdings hast du als Fremdsprachensekretärin keine großartig anderen Aufgaben als normale Bürokaufleute, nur, dass du eben Briefe in den jeweiligen Sprachen schreibst und vielleicht mal Telefonate führst. Der Job hat sonst nicht sehr viel mit dem einer Übersetzerin oder gar Dolmetscherin gemein, wie irrtümlicherweise viele Leute denken. Ich glaube, auch ich hatte mir das vorher alles ein wenig spektakulärer vorgestellt. Als ich mich dann nach der Ausbildung für Jobs beworben habe, habe ich feststellen müssen, dass es gar nicht so leicht ist, mit einer rein schulischen Ausbildung, in der du so gut wie gar keine Berufserfahrung hast, eine anständige Stelle zu finden. Somit bin ich erst einmal bei einer Personalleasingfirma gelandet – die in dieser Branche übrigens besonders präsent sind. Und die Aufgaben, die ich in diesem Job dann hatte, hatten sehr wenig mit dem zu tun, was ich in meiner Ausbildung gelernt habe. Es stellte sich generell als schwierig heraus, eine wirklich gute Stelle als Fremdsprachensekretärin zu finden, in der du auch als solche angestellt bist und bezahlt wirst. Die meisten Stellenangebote stammen eben von Personalleasing- und Zeitarbeitsfirmen, die dir ein lächerliches Gehalt zahlen. Zumindest habe ich diese Erfahrung damals gemacht. Ist ja nun auch schon acht Jahre her. Das brachte mich dazu, mich beruflich noch einmal umzuorientieren. Da ich mein Schulpraktikum in der neunten Klasse in einem Kindergarten gemacht habe und mir die Arbeit sehr viel Spaß gemacht hat und ich auch im privaten Bereich immer gern mit Kindern zu tun hatte, habe ich dann darüber nachgedacht, Erzieherin zu werden."

„Wow. Kein klassischer Werdegang, aber eine sehr interessante Geschichte", sagte David. „Und es scheint die richtige Entscheidung gewesen zu sein."

„Auf jeden Fall!" Emily nickte bestätigend. „Mit

einem kleinen Umweg", fügte sie lachend hinzu.

„Jetzt hast du deine Interessen sogar miteinander verbunden, indem du in einer bilingualen Kita arbeitest", stellte David fest und lächelte Emily an.

Seine hellrosa Lippen sahen zum Anbeißen aus und Emily fragte sich, wie sie sich wohl anfühlen würden.

Bevor weiter schmutzige Gedanken durch ihren Kopf kreisen konnten, tauchte der Kellner wieder neben ihnen auf und stellte die Cocktails auf den Tisch.

Die beiden griffen nach ihren Gläsern und bewunderten die leuchtend bunten Gemische darin.

„Auf einen schönen Abend mit einer wunderschönen Frau!", sagte David charmant.

Emily kicherte verlegen und hob ihr Glas. „Und mit einem Gentleman! Prost!"

Bei der Verabschiedung war Emily sich unsicher, wie sie sich verhalten beziehungsweise was sie tun sollte. Der Abend war so toll gewesen.

Sollte sie David umarmen, wie bei der Begrüßung? Sie hätte nichts gegen einen Kuss einzuwenden gehabt. Aber wäre das zu voreilig? Würde sie zu aufdringlich wirken, wenn sie den ersten Schritt täte? Oder würde David womöglich sogar denken, dass sie einfach zu haben wäre und sich jedem Typen gleich an den Hals schmeißen würde? Nein, Emanzipation hin oder her, sie hielt sich vorerst lieber zurück und überließ dem Mann den ersten Schritt.

David schien aber ebenso unschlüssig und tapste von einem Fuß auf den anderen, als sie am

Bahnhof standen.

„Der Abend war wirklich toll", sagte er zu ihr.

„Das fand ich auch", erwiderte Emily.

„Hättest du vielleicht Lust, das zu wiederholen?"

„Sehr gern", antwortete sie lächelnd und machte innerlich Luftsprünge, weil David sie wiedersehen wollte.

David erwiderte ihr Lächeln und blickte ihr für einen Moment tief in die Augen, was ein heftiges Kribbeln in Emilys Bauch verursachte.

Die einfahrende S-Bahn, die David aus dem Augenwinkel sah und die ohnehin nicht zu überhören war, unterbrach den intimen Moment zwischen den beiden.

Davids Blick wanderte zu den Gleisen, als er sagte: „Deine Bahn ist da."

Emily drehte sich um. „Oh." Dann sah sie wieder zu David, immer noch unschlüssig. Schließlich beugte David sich vor, umarmte sie fest und drückte ihr zaghaft einen Kuss auf die Wange.

„Komm gut nach Hause, Kleines", flüsterte er ihr ins Ohr.

Emily bekam weiche Knie, als sie seinen warmen Atem an ihrem Gesicht spürte und den aquatischen Duft seines Parfums einatmete.

„Du auch", stotterte sie, als sie ihm noch einmal verlegen in die Augen schaute. Die Türen der Bahn öffneten sich. Es war Zeit, einzusteigen.

„Schreib mir, wenn du angekommen bist!", rief David ihr hinterher, als sie in den Waggon eintrat.

„Das mache ich! Und melde du dich auch!", antwortete Emily, bevor sie sich einen freien Platz am Fenster suchte und David beim Abfahren der Bahn lächelnd durch die Scheibe winkte.

Als die S-Bahn den Bahnhof verlassen hatte, atmete sie tief durch und blickte immer noch lächelnd und glücklich aus dem Fenster, wo sie die bunten Häuserfronten an sich vorbeiziehen sah. Wow, dieser Typ hatte sie ja mal umgehauen!

Am nächsten Tag meldete sich Dario vom Speeddating bei ihr. Da das Date mit David so gut gelaufen war und ihre Gedanken sich seitdem nur um ihn drehten, hatte Emily den Italiener komplett vergessen, wie sie ehrlich gestehen musste. Ihr schlechtes Gewissen meldete sich. Eigentlich hatte sie nun auch gar kein Interesse mehr an irgendeinem anderen Mann. Dario war ihr sehr sympathisch gewesen, aber nach der gestrigen Verabredung war sie sich seit langem mal wieder sicher, mit David den richtigen Fang gemacht zu haben. Auch, wenn sie sich bisher nur das eine Mal getroffen hatten, aber schon in den Nachrichten, die sie vor dem Treffen so intensiv miteinander ausgetauscht hatten, hatte er ihr ein wenig den Kopf verdreht, und sie bei ihrem persönlichen Kennenlernen komplett von sich überzeugt.

Nach ihrer Verabredung hatte David sich noch auf dem Heimweg bei ihr gemeldet und sie wissen lassen, wie toll er das Date mit ihr gefunden hatte. Wie versprochen, hatte sich dann auch Emily bei ihm gemeldet, als sie zu Hause angekommen war, und innerlich Freudensprünge gemacht bei den Worten in seiner Nachricht. Denn ihr war es ja nicht anders ergangen.

Was Dario anging, machte Emily sich außerdem wieder bewusst, dass er einfach noch so jung war. Das würde garantiert nicht gut gehen. Fünf Jahre Altersunterschied konnten schon etwas ausmachen, vor allem, wenn der Mann die jüngere Person von beiden war. Vermutlich hatte Dario mit seinen vierundzwanzig Jahren ganz andere Vorstellungen als Emily mit fast dreißig. Sicherlich wollte er sich noch ausleben und seine Träume verwirklichen und war noch gar nicht bereit, in naher Zukunft eine Familie zu gründen.

Natürlich könnte sie sich trotzdem mit Dario treffen und sehen, wie sich alles entwickeln würde. In ihrem Interesse wäre es wahrscheinlich gar nicht verkehrt, sich Optionen offen zu halten. Aber dafür war Emily einfach nicht der Typ. Sie wollte jemanden entweder ganz oder gar nicht.

Abgesehen davon, dass es ihr viel zu stressig erschien, Verabredungen mit mehreren Männern unter einen Hut zu bekommen, hätte sie auch nur Gewissensbisse. Sie fand solch ein Vorgehen den anderen Beteiligten gegenüber unfair. Sie selbst kannte es ja zu gut, wenn man sich Hoffnungen machte und dann in die Wüste geschickt wurde. Dies wollte sie selbst niemandem antun. Ihre Freundinnen würden ihr vermutlich dazu raten, mal an sich zu denken und ihr wie so oft schon sagen, dass sie einfach zu lieb war für diese Welt, womit sie auch Recht haben mochten.

Was Männer anging, war Emily vielleicht etwas naiv und ritt damit oft in ihr Unglück, aber lieber hatte sie ein reines Gewissen. Sie war sich sicher, dass eines Tages das Karma jeden Menschen für sein Verhalten belohnen würde – oder eben zurückschlagen, je nachdem.

Emily dachte darüber nach, wie sie Dario nun klarmachen sollte, dass sie vorerst nicht an mehr als einer Freundschaft interessiert war. Jemandem eine Abfuhr zu erteilen, den man mochte, war nicht gerade leicht.

Nach ein paar Minuten des erfolglosen Grübelns legte sie ihr Handy schließlich beiseite. Sie würde Dario später antworten. Bis dahin konnte sie sich überlegen, was sie ihm sagen sollte.

Die Arbeitswoche verging im Nu. Emily war vertieft in das Theaterprojekt und so flogen die Tage nur so dahin. Sie freute sich auf die bevorstehende Adventszeit und darauf, das Stück der Weihnachtsgeschichte in ein paar Wochen mit ihrer Gruppe aufzuführen. Die Kinder würden stolz sein, wenn sie das Ergebnis bei der Weihnachtsfeier in der Kita vor den anderen Gruppen präsentierten. Emily und Samantha hatten inzwischen beschlossen, die Geschichte außerdem ein paar Tage zuvor den Eltern beim Weihnachtscafé im Gruppenraum vorzuführen. Als Generalprobe quasi. Es wäre doch auch schade, wenn den Eltern vorenthalten bliebe, wofür ihre Sprösslinge wochenlang geübt und die Kostüme sowie das Bühnenbild gebastelt hatten.

Außerhalb der Arbeit versüßte Emily sich die Stunden mit Nachrichten von und an David, in denen die beiden ziemlich offensichtlich miteinander flirteten. Vielleicht hatte sie nun ihre Pechsträhne mit Männern überwunden und es waren endlich bessere Zeiten in Aussicht.

Heute, am Freitagabend, war sie zum zweiten Mal mit David verabredet. Um ihm zu zeigen, dass auch sie an ihm interessiert war – und auch, weil sie es gar nicht abwarten konnte, ihn wiederzusehen –, hatte sie das Treffen heute vorgeschlagen. Immerhin hatte David ihr bei der Verabschiedung beim letzten Mal ja auch mehr als deutlich gesagt, dass er sie wiedersehen wollte.

„Popcorn oder Nachos?", fragte David Emily grinsend, als sie im Kino in der Schlange an der Snacktheke standen.

„Popcorn", antworte Emily, „salzig, bitte!"

David verzog das Gesicht. „Salzig? Wie kann man das essen?"

„Ich find's superlecker!"

„Na, da hab ich mir ja jemanden angelacht", entgegnete er leicht provokant, wobei er sie liebevoll in die Seite knuffte, um ihr zu zeigen, dass er sie nur aufzog.

„Püh!" Gespielt eingeschnappt hob Emily die Nase in die Höhe und drehte ihr Gesicht weg von ihm.

David trat näher an sie heran, wobei er mit seiner Hand leicht ihre Hüfte umschlang, und raunte ihr ins Ohr: „Keine Sorge, süß und salzig, das passt gut zusammen."

Seine Stimme klang in diesem Moment extrem sexy und seine Nähe und zarten Berührungen sorgten dafür, dass Emily eine Gänsehaut bekam und ihr Herz schneller zu schlagen begann.

Sie waren nun an der Reihe und David bestellte das von Emily gewünschte salzige Popcorn, süßes für sich und eine große Cola für die beiden zusammen.

Anschließend suchten sie den Kinosaal, in dem der Film, den sie sehen wollten, laufen sollte. Sie hatten sich für eine Komödie entschieden. David war früher als verabredet im Kino gewesen und hatte in der Zeit, in der er auf Emily gewartet hatte, bereits die Karten gekauft. Er suchte auf den Tickets nach den Nummern für ihre Plätze und geleitete Emily dann in eine der hintersten Reihen zu zwei Sitzen, die zu einem großen Sitz miteinander verbunden waren.

„Ich hoffe, du hast nichts dagegen, dass ich einen Pärchensitz genommen habe", sagte David etwas verlegen lächelnd.

Diesem Lächeln konnte Emily nicht widerstehen. Und nein, sie fand es ganz und gar nicht schlimm, eng an ihn gekuschelt den Film schauen zu können. Aber ein bisschen Necken durfte nicht schaden.

„Also, wenn ich es mir recht überlege ...", sagte sie und sah ihn nachdenklich an. Bei dem Anblick des erschrockenen Ausdrucks auf Davids Gesicht konnte sie allerdings nicht ernst bleiben und musste laut loslachen.

David durchschaute sie. „Verarschst du mich etwa?"

„Nein, das würde ich nie tun", antwortete Emily, während sie mit großer Mühe versuchte, ein weiteres Lachen zu unterdrücken.

„Du bist ganz schön frech, weißt du das?" Mit

zusammengekniffenen Augen sah David sie nun an. „Wenn du nur nicht so verdammt süß wärst! Damit hast du mich in der Hand."

Emily lächelte ihn an und warf einen Blick auf den Sitz vor ihnen. „Der Platz ist perfekt."

Die Leute im Kinosaal brachen in Gelächter aus. Es war zum Schreien, wie Kevin James, der die Hauptrolle in dem Film spielte, ein Missgeschick nach dem anderen unterlief und wie er in seiner typischen Art wild gestikulierte. Emily lachte und amüsierte sich. Aber noch viel mehr genoss sie die Nähe zu David neben sich.

Irgendwann legte er seinen Arm um sie, was Emily sehr gut gefiel. Zur Bestätigung schmiegte sie ihren Kopf an seine Schulter. Ihr Herz klopfte wie wild.

„Emily?", flüsterte David in einem ruhigen Moment des Films.

„Ja?" Vorsichtig hob sie den Kopf und sah ihn fragend an. Dabei stellte sie fest, dass ihre Gesichter nur ein paar Zentimeter entfernt voneinander waren.

„Hab ich dir schon gesagt, wie wunderschön du heute aussiehst?"

Das klang ein wenig abgedroschen, aber so, wie er die Worte aussprach und sie dabei anschaute, schmolz Emily innerlich dahin. Sie spürte Davids Atem, der angenehm nach dem süßen Popcorn roch. Dann blickte sie auf seine vollen Lippen, die so verführerisch nah waren, und sie fragte sich, wie sie sich wohl anfühlten.

David ließ seinen Blick ebenfalls über Emilys

Gesicht wandern und das Lodern in seinen Augen ließ darauf schließen, dass ihm wohl ähnliche Gedanken durch den Kopf schwirrten. Ein paar Sekunden verharrten die beiden in dieser Position und begutachteten den jeweils anderen ganz genau.

Schließlich beschloss Emily, die Initiative zu ergreifen. Der Moment erschien ihr passend. Und sie konnte nicht anders. Sie musste von diesen Lippen kosten. Sie schloss die Augen und presste ihren Mund auf Davids. Währenddessen ging ihr dann doch die Frage durch den Kopf, ob sie gerade vielleicht zu offensiv vorging, doch als David sie enger an sich zog, ihren Kopf umfasste und seine Lippen öffnete, war dies ein eindeutiges Zeichen dafür, dass er sie genauso wollte wie sie ihn. Wie zwei Teenager knutschten die beiden herum und ließen sich weder von dem, was auf der Leinwand passierte, noch von den Menschen um sie herum stören. Wie gut, dass sie so weit hinten saßen und hier fast ungestört waren.

Was sicherlich kein Zufall ist, dachte Emily bei sich und war David dankbar dafür, dass er diesen Platz ausgesucht hatte.

Sie konzentrierte sich wieder voll und ganz auf den Kuss und spürte, wie Davids Zungenspitze sich vortastete.

Instinktiv öffnete Emily die Lippen und ließ den Weg frei. Sie schmeckte das Popcorn und ließ sich von den zarten Berührungen, als Davids Zunge ihre umspielte, mitreißen.

David küsste einfach unglaublich gut. Er wusste, wie er mit einer Frau umzugehen hatte. Es war schon eine Weile her, dass Emily so leidenschaftlich geküsst worden war.

Um es sich bequemer zu machen, rutschte Emily noch näher an ihn heran, legte ihre Beine auf Davids Schoß und ließ sich mit ihm zusammen tiefer in den Kinositz sinken. David begann, ihren Hals zu küssen, was Emily – abgesehen von den heißen Küssen, die immer leidenschaftlicher wurden – ziemlich in Fahrt brachte. Sie umklammerte seine starken Schultern, als müsse sie sich daran festhalten, damit er ja nicht von ihr abließ und aufhörte, sie zu küssen.

Während der wilden Knutscherei kam Emily immer mehr in Stimmung. Vermutlich erging es David nicht anders, so, wie er Emily küsste und berührte. Als er ihre Beine umfasste und mit der Hand zärtlich über ihre Oberschenkel strich, während er gleichzeitig ihren Hals mit Küssen bedeckte, wand sich Emily unter ihm.

Was treibe ich hier?, raunte die Stimme der Vernunft durch ihren Kopf, welche Emily im nächsten Moment aber getrost ignorierte, da sie so sehr von Davids Lippen abgelenkt wurde, die von ihrem Hals wieder zu ihrem Mund wanderten und sie erneut in einen leidenschaftlichen Kuss zogen. Es war unmöglich, in diesem Augenblick einen klaren Gedanken zu fassen. Und Emily wollte jetzt auch gar nicht nachdenken.

Nach einer Weile löste David sich langsam von ihr und blickte sie lüstern aus seinen braunen Augen an.

„Wollen wir ... ", er machte eine kurze Pause und ein verschmitztes Lächeln umspielte seinen

Mund, „vielleicht gehen?"

Emily konnte sich vorstellen, worauf er hinaus wollte, doch sie wollte sicher sein, dass sie sich nicht missverstanden.

„Gehen? Wohin?", fragte sie unschuldig.

„Irgendwohin, wo wir ungestört sind. Vom Film bekommen wir doch sowieso nichts mehr mit."

Emily kicherte. Wo er Recht hatte ...

„Kommst du mit zu mir?" Immer noch bohrten sich Davids Augen in Emilys. Sein Verlangen war unverkennbar.

Emily überlegte nicht lange. Eigentlich wollte sie es langsam angehen lassen, aber sie war gerade so getrieben von Lust, dass sie ihre Vorsätze über Bord warf. Sie hatte schon einige Monate der Abstinenz hinter sich und wollte einfach nur den Augenblick genießen.

Sie nickte.

David schloss die Tür zu seiner Wohnung auf und zog Emily hinter sich hinein. Auf der Taxifahrt eben mussten sie sich ganz schön zusammenreißen. Nun waren sie endlich allein und ungestört. Emily hielt es kaum noch aus.

Wortlos machten die beiden da weiter, wo sie im Kino aufgehört hatten. David trat an Emily heran, nahm ihr Gesicht in seine Hände und küsste sie begierig.

Währenddessen packte Emily ihn an der Hüfte, presste seinen Körper fest an ihren und ertastete die definierten Muskeln dieses schönen Mannes vor sich.

Davids warme Hände wanderten quer über Emilys Köper und dabei unter ihr Oberteil. Während er über ihren Rücken streichelte und das Oberteil über ihren Kopf zog, öffnete Emily ungeduldig den Gürtel und den Reißverschluss seiner Hose. David tat es ihr nach und öffnete den Reißverschluss ihres Rocks, der willkürlich zu Boden glitt.

Dann hob David sie hoch. Emily schlang die Beine um seine Taille, während ihre Lippen auf dem Weg ins Schlafzimmer nicht voneinander abließen.

David legte Emily aufs Bett und streifte ihre Strumpfhose ab, sodass sie nur noch in Unterwäsche vor ihm lag.

Emily wollte David ebenfalls nackt sehen und riss ihm energisch den Pullover über den Kopf. Dann schob sie die bereits geöffnete Jeans von seinen Beinen und ließ sich zurück in die Kissen fallen.

David beugte sich über sie, küsste sanft ihren Bauch und ihr Schlüsselbein, bevor er einhändig ihren BH öffnete.

Da scheint jemand geübt zu sein, ging es Emily durch den Kopf.

Weiter darüber nachdenken konnte sie allerdings nicht, denn als Davids Hand an ihrem Körper hinunterglitt, in einem Ruck ihren Slip herunterriss und seine Finger diese intime Stelle berührten, japste Emily nach Luft. Im nächsten Moment entfuhr ihr ein heftiges Stöhnen. David wusste genau, was er tun musste, um sie völlig verrückt werden zu lassen.

Aus der Schublade seines Nachttisches fischte David ein Kondom heraus. Dann befreite er sich von seiner Unterhose, bevor er und Emily sich komplett ihrem Verlangen hingaben.

KAPITEL 7

Die Sonnenstrahlen, die durch das Fenster drangen, kitzelten Emily im Gesicht. Langsam öffnete sie die Augen und lächelte, als sie David noch schlummernd neben sich im Bett erblickte.

Sofort erinnerte sie sich an die letzte Nacht, die einfach unglaublich gewesen war. David hatte es geschafft, Emily nach zwei Dates komplett den Kopf zu verdrehen. Sie schwebte im Siebten Himmel.

Als hätte er ihre Gedanken gelesen, erwachte auch David aus seinem Schönheitsschlaf und sah Emily noch etwas müde, aber lächelnd an.

„Guten Morgen", sagte sie.

„Guten Morgen. Gut geschlafen?" David sah verdammt sexy aus. Sein nackter Oberkörper wurde von der Sonne angeleuchtet und innerlich lechzte Emily danach, ihn erneut zu berühren. Nach außen hin gab sie sich jedoch gelassen. David musste ja nicht wissen, dass er sie schon voll und ganz in der Hand hatte.

„Wie ein Baby", antwortete sie.

„Sehr gut. Wie sieht´s aus – möchtest du Frühstück?"

„Gern."

„Dann bereite ich mal was vor." Während David sich erhob, schielte Emily immer noch auf seinen muskulösen Körper, den sie in der vergangenen Nacht nur zu gut erkundet hatte.

Nackt, wie die Natur ihn geschaffen hatte, und ohne sich zu genieren, stolzierte David in die Küche. Emily schmunzelte. An Selbstbewusstsein mangelte es ihm auf jeden Fall nicht.

Im Gegensatz zu David war sie allerdings nicht so unbefangen, weshalb sie nach ihrem Shirt griff und es sich überzog, ehe sie David in die Küche folgte.

Auch, wenn sie im Allgemeinen recht zufrieden mit ihrer Figur war, versteckte sie lieber die ganz kleinen Speckröllchen an ihrem Bauch, die David gestern Abend in dem schummrigen Licht und im Eifer des Gefechts hoffentlich nicht aufgefallen waren. Auch, wenn ihre Freundinnen ihr stets sagten, dass keinerlei überschüssiges Fett an ihrem Körper vorhanden sei – Emily sah es.

Als Emily in die Küche eintrat, sah sie, wie David im Raum hin und her lief. Er wirkte so, als würde er etwas suchen. Als er Emily bemerkte, sah er sie entschuldigend an.

„Ich fürchte, außer Kaffee kann ich dir gar nicht wirklich etwas anbieten. Ich war nicht darauf vorbereitet …", er lächelte verschmitzt und strich sich über den Kopf, „dass ich heute Morgen Besuch hier hätte."

Emily grinste ebenfalls und ging auf ihn zu. „Ach, weißt du, wenn ich so recht überlege, habe ich eher auf etwas Anderes Appetit …" Sie blickte hinab auf seinen immer noch nackten Körper, der sich ihr in all seiner Pracht präsentierte.

Mit dieser Geste traf sie ins Schwarze. Raunend

zog David sie an sich.

Als sie später zu Hause war, kramte Emily in ihren Kisten mit der Weihnachtsdekoration, die sie aus dem Keller geholt hatte. Morgen war der erste Advent. Zeit, sich in Weihnachtsstimmung zu bringen und die Wohnung festlich zu schmücken! Eigentlich hatte sie schon am Montag damit beginnen wollen, es aber nicht geschafft, weil sie diese Woche ja ziemlich mit der Planung des Theaterstücks beschäftigt gewesen war. So sehr, dass sie sich fast täglich nach der Arbeit noch zu Hause hingesetzt und etwas für den nächsten Tag vorbereitet hatte. Dann war sie wie jede Woche dreimal ins Fitnessstudio gegangen und hatte außerdem viel Zeit damit verbracht, sich WhatsApp-Nachrichten mit David zu schreiben.

Heute hatte sie endlich ein bisschen Zeit und Ruhe. Leonie war die ganze Woche auf einem beruflichen Lehrgang. Sie würde sich bestimmt freuen, wenn sie wieder in die WG kam und diese in weihnachtlichem Glanz erstrahlte.

Emily hatte sich bei Spotify eine Playlist mit Weihnachtsliedern herausgesucht und begann, fröhlich zur Musik zu summen, während sie eine Lichterkette mit Rentiermotiven aus den Kisten fischte. Gerade erklang der Song „Last Christmas" von Wham!. Viele Leute verfluchen dieses Lied ja jedes Jahr aufs Neue und waren stets genervt, wenn es im Radio, in Einkaufszentren, auf dem Weihnachtsmarkt oder sonst wo in der Öffentlichkeit gespielt wurde. Emily liebte dieses Lied und konnte es sich immer wieder anhören. Sie verstand gar nicht, warum ein Großteil der Leute – insbesondere der, die sie kannte – den Song hasste. Und dass er so oft in der Weihnachtszeit gespielt wurde, war ihrer Meinung nach doch völlig okay, schließlich hörte man ihn den Rest des Jahres ja nicht.

Sie holte die Leiter aus der Küche, um an die oberen Ecken des Wohnzimmerfensters heranzukommen und Saugnäpfe dort zu befestigen. Als die damit fertig war, griff sie nach der Lichterkette mit den Rentieren und hängte sie an das Fenster. Danach hängte sie noch weitere Lichterketten im Schlafzimmer, in der Küche und im Bad auf. Was dieses Licht gleich ausmachte! Es wirkte total gemütlich.

Dann fischte Emily eine rote Tischdecke, die mit Weihnachtsmännern bedruckt war, und eine weiße Tischdecke, auf der sich mehrere Bilder eines Tannenzweigs mit einer Kerze und einer roten Weihnachtskugel befanden, aus einer der Kisten. Sie verteilte die Decken jeweils auf den Tischen im Wohnzimmer und in der Küche.

Ihr jüngerer Bruder Florian witzelte immer, dass diese ganze Dekoration total kitschig wäre, aber das war ihr egal. Ihr gefiel es. Und an den Weihnachtsfeiertagen verbrachten sie sowieso den Großteil der Zeit bei ihren Eltern in der Wohnung. Dort sah es allerdings nicht weniger kitschig aus. Emilys Mutter war genauso ein Weihnachtsfan wie ihre Tochter und verwandelte die elterliche Wohnung in ein Winterwunderland. Da musste Florian eben durch, egal, wie sehr er sich beschwerte. Früher als Kind war er selbst immer total begeistert von Weihnachten und allem drumherum gewesen. Jetzt mit 26 hatte er eine etwas andere Einstellung. Schade eigentlich.

Emily kramte weitere Dekoartikel aus ihren Kisten: Schilder mit den Schriftzügen *XMas* und *Frohe Weihnachten* zum Aufstellen, Teelichthalter mit verschiedenen Motiven, einen kleinen Plastikweihnachtsbaum, den sie noch aus ihren Kindheitstagen besaß und der früher ihr Kinderzimmer geziert hatte, einen LED-Schneemann, einen Schwibbogen und eine Kerzenpyramide. Natürlich durfte der Adventskranz, den sie vorhin gekauft hatte, nachdem sie von David losgegangen war, auch nicht fehlen.

Immer noch ganz beflügelt von den Stunden, die sie mit David verbracht hatte, dachte sie an den gestrigen Abend und an heute Morgen zurück, als sie neben ihm aufgewacht war und die beiden gleich noch einmal ...

Emily wurde wieder ganz kribbelig bei der Erinnerung daran. So tollen Sex hatte sie schon ewig nicht mehr gehabt.

Da David nicht wirklich etwas zu essen im Haus gehabt, sie aber Hunger bekommen hatte, hatte sie sich auf dem Heimweg in einem Café ein belegtes Baguette gekauft. Gern hätte sie gemeinsam mit David in einem Lokal gefrühstückt, nur leider hatte er ihr gesagt, dass er das gesamte Wochenende damit beschäftigt sein würde, für eine demnächst anstehende Klausur zu lernen sowie an eingegangenen Aufträgen zu arbeiten. David schien wirklich schwer beschäftigt zu sein, aber Emily war sich sicher, dass sich das auch wieder legen würde. Also würde sie ihn unterstützen und Verständnis zeigen.

Während sie den Rest der Weihnachtsdeko anbrachte, hing sie ihren Gedanken an David nach und lächelte glücklich vor sich hin.

Am späten Nachmittag spazierte Emily durch die verschneiten Straßen von Berlin. In den letzten Jahren waren die Winter in der Hauptstadt so mild gewesen, dass es mittlerweile schon etwas ganz Besonderes war, wenn es hier mal schneite. Und das bereits Ende November! Sie beobachtete, wie die Flocken durch die Luft tanzten und anschließend elegant auf dem Boden landeten. Es hatte sich bereits eine dünne Schicht gebildet.

Emily war auf dem Weg zu ihrer älteren Schwester Vivien. Sie und ihr Mann wollten sich mal wieder einen schönen Abend zu zweit machen und ausgehen und Emily hatte sich angeboten, auf die Kinder aufzupassen. Charlotte und Luis waren zwei und vier. Emily verbrachte gern Zeit mit ihrer Nichte und ihrem Neffen und passte hin und wieder auf die beiden auf. Heute würden sie sich einen schönen Filmabend machen.

Emily erreichte das Haus ihrer Schwester und klingelte. Die Familie wohnte in einem Einfamilienhaus in Berlin-Spandau in einer ruhigeren und gediegenen Ecke. Viviens Mann Matthias öffnete die Haustür und begrüßte Emily freudestrahlend mit einer Umarmung. Beim Eintreten wurde Emily auch von den Kindern, die sich auf sie stürzten, freudig empfangen. Emily zog Mantel, Mütze und Schuhe aus und folgte Matthias und den Kindern in die Küche, in der Vivien herumwuselte.

Als Vivien Emily erblickte, ging sie auf sie zu und umarmte sie.

„Hey, Schwesterherz!" Sie deutete auf das Chaos in der Küche. „Tut mir leid, ich bin gerade noch am Aufräumen. Bin gleich fertig. Ich hab euch Abendessen gekocht."

Das klang gut.

„Was gibt es denn?", fragte Emily neugierig.

„Lasagne, extra für dich." Vivien lächelte ihre Schwester an, weil sie wusste, dass dies ihr Lieblingsessen war.

„Mhhhh!"

„Wann können wir essen?", rief Luis und kam angerannt.

„Wenn Papa und ich gegangen sind, könnt ihr ganz in Ruhe mit Tante Emily essen", antworte Vivien ihrem Sohn.

Matthias trat auf seine Frau zu und führte sie aus der Küche. „Und damit wir auch losgehen können, sollte die Mama jetzt hochgehen ins Schlafzimmer und sich umziehen. Ich räume den Rest weg." Viel war es ohnehin nicht mehr. Nur ein bisschen Geschirr, das noch in die Spülmaschine geräumt werden musste. Vivien tat, wie ihr geheißen.

„Ich helfe Mama!", rief Charlotte und rannte ihrer Mutter hinterher.

Luis wollte Emily sein neues Spielzeug zeigen und lief ganz aufgeregt in sein Zimmer, um es zu holen. Emily lachte über die beiden Knirpse.

„Soll ich dir helfen?", fragte sie an Matthias gewandt.

„Ach, Quatsch, du bist doch unser Gast und passt schon auf die Kinder auf. Setz dich." Er deutete auf den Barhocker an der Kücheninsel. „Wie geht's dir?"

„Alles super", antwortete Emily.

„Das hört sich gut an."

„Und bei euch?"

„Joa, soweit ist alles gut. Die Arbeit ist momentan sehr viel und stressig, aber das ist es immer zum Jahresende. Na ja, und der Weihnachtsstress macht es nicht besser. Zum Glück ist ja bald Urlaubszeit."

„Ja, das stimmt. Was den Weihnachtsstress angeht – ich bestelle alle Geschenke nur noch online. Das erspart mir das Herumgerenne und Gedränge in den Läden. Und ich fange schon immer im Herbst an, nach und nach die Geschenke zu besorgen."

„Das sollte ich auch mal in Angriff nehmen …" Unter vorgehaltener Hand flüsterte er seiner Schwägerin zu: „Ich hab' nur noch keine Ahnung, was ich Vivien schenken könnte."

Emily überlegte. „Wie wäre es mit Schmuck? Oder Parfum?"

„Das ist so Standard", sagte Matthias. „Habe ich ihr auch schon oft geschenkt.

„Stimmt. Hmm …" Emily dachte weiter nach. „Wie wäre es mit einem Wellnesstag oder -wochenende? Nur ihr zwei, ohne Kinder."

Matthias hielt kurz inne. „Das ist eine gute Idee. Das behalte ich im Hinterkopf."

„Ich kann ja auch mal versuchen, herauszubekommen, was sie sich noch so wünscht", bot Emily an.

„Das wäre cool! Danke, Emily."

Sie grinste. „Kein Problem. In Weihnachtsgeschenken bin ich doch Expertin."

Matthias lachte. „Stimmt, du bist ja so eine Weihnachtsfanatikerin."

„Hey!" Gespielt empört hielt Emily den Zeigefinger auf ihn gerichtet. „Machst du dich über mich lustig?"

„Was, ich? Nein!" Dabei grinste er frech.

Emily griff nach einem Topflappen, der vor ihr lag, und bewarf Matthias damit. Dieser sah den Lappen auf sich zugeflogen kommen und duckte sich.

In diesem Moment kamen Vivien und Charlotte zurück in die Küche.

„Was ist denn hier los?", fragte sie lachend.

„Dein Mann wird frech", antwortete Emily und hielt inne, als sie ihre Schwester ansah. Vivien hatte sich mit einem engen und kurzen schwarzen Kleid in Schale geworfen.

„Wow! Du siehst toll aus!"

„Danke! Das ist neu", sagte Vivien, während sie demonstrativ über ihr Kleid strich, „und ich wollte heute direkt die Gelegenheit nutzen, um es auszuführen."

„Das Kleid ist der Hammer!"

Matthias ging zu seiner Frau, zog sie zu sich heran und strich ihr über den Rücken. „Ich finde es und vor allem dich auch wunderschön." Er beugte sich vor und flüsterte ihr ins Ohr: „Richtig sexy siehst du aus."

Luis kam beladen mit mehreren aus Legosteinen zusammengebauten Autos zurück in die Küche und rannte zu Emily, um ihr stolz sein Spielzeug zu präsentieren. Er hielt ihr ein rot-weißes und ein blau-gelbes Rennauto vor die Nase sowie ein Feuerwehrauto mit dazugehörigen Figuren, und legte anschließend alle Spielzeuge auf die Kücheninsel. Charlotte, die sich an die Beine ihrer Mutter geklammert hatte, wurde neugierig, und gesellte sich zu ihrem Bruder und Emily.

Matthias, der die Spülmaschine fertig eingeräumt und noch den letzten kleinen Rest in der Küche beseitigt hatte, zog sich zurück ins Bad.

Vergnügt lief Vivien zu ihrer Schwester und ihren Kindern und sagte zu Emily: „Die Lasagne ist noch im Ofen und in ungefähr zehn Minuten fertig. Viel erklären brauche ich ja nicht mehr, du kennst den Ablauf ja schon."

„Um acht wird Zähne geputzt und dann geht's ab ins Bett für die beiden", antwortete Emily grinsend.

„Geschichte lesen, Emily?", fragte Charlotte mit ihrer niedlichen, piepsigen Stimme.

Emily lächelte ihre Nichte an. „Aber natürlich lese ich euch nachher noch eine Gute-Nacht-Geschichte vor."

„Und gucken wir einen Film?", fragte Luis.

„Na klar! Erst essen wir und dann gibt's einen Film. Einen Weihnachtsfilm?"

„Au ja!", rief Luis entzückt.

„Ja!", stimmte auch Charlotte mit ein. „Weihnachtsmann!"

„Bereit zum Losgehen, Schatz?", fragte Matthias an Vivien gewandt, als er wieder zurück in die

Küche kam.

„Ja", antwortete sie. Dann drehte sie sich noch einmal zu Emily. „Also, du weißt Bescheid? Wenn noch irgendwas ist, dann ruf an."

„Alles gut", beruhigte Emily ihre Schwester, „wir kommen klar. Nun macht schon, dass ihr wegkommt!"

Matthias und Vivien gingen in den Flur, wo sie sich ihre Mäntel überwarfen. Emily und die Kinder kamen hinterher, um sich zu verabschieden. Charlotte und Luis umklammerten ihre Eltern fest und wurden mit Abschiedsküssen überhäuft.

„Genießt euren Abend!", sagte Emily, als sie ihre Schwester und Matthias drückte.

„Tschüss, Mama und Papa!", riefen Charlotte und Luis im Chor und winkten ihren Eltern hinterher, als diese hinausgingen.

„Tschüssi! Seid lieb zu Tante Emily!"

Vivien und Matthias setzten sich ins Auto und winkten beim Davonfahren noch einmal durch die geschlossenen Scheiben. Emily schloss die Haustür.

„So, ihr beiden. Ich glaube, unser Essen ist fertig."

Die drei gingen zurück in die Küche, wo Emily alles auftischte und sie anschließend genüsslich die Lasagne aßen. Zum Nachtisch gab es Apfelmus, den Emily im Kühlschrank entdeckte.

Danach lümmelten sie sich auf die Couch, wo sie sich den animierten Weihnachtsfilm, für den sich die Kinder entschieden hatten, ansahen. Der Film handelte von einem kleinen Mädchen, das sich sehnlichst einen Hund als Haustier wünscht und sich auf die Suche nach dem Weihnachtsmann macht, um ihn persönlich um die Erfüllung ihres Wunsches zu bitten.

Als der Film zu Ende war, scheuchte Emily die Kinder hoch in die erste Etage, wo sie sich ihre Schlafanzüge anzogen, Zähne putzten und ein Buch auswählten, aus dem Emily vorlesen sollte. Charlotte liebte die Geschichte der „Raupe Nimmersatt". Sie war allerdings so müde, dass sie bereits nach wenigen Seiten einschlief. Luis wollte gern eine weitere Geschichte hören. Emily las ihm noch den „Grüffelo" vor, wobei auch Luis völlig k.o. in den Schlaf fiel. Bei dem Anblick der beiden schlafenden Racker lächelte Emily. Dann knipste sie das Licht aus und ging hinunter ins Wohnzimmer, wo sie es sich mit einem weiteren Weihnachtsfilm – einer romantischen Komödie – auf dem Sofa gemütlich machte.

KAPITEL 8

Der erste Advent war da. Heute war Emily bei ihren Eltern zum Mittagessen eingeladen. Zuvor wollte sie noch ins Fitnessstudio gehen und am Zumba-Kurs teilnehmen. Emily liebte das Tanzen. Schon als kleines Mädchen hatte sie bei Familienfeiern die ganze Verwandtschaft mit ihren Tanzkünsten begeistert und in der Grundschule eine Tanz-AG sowie später einen Verein besucht. Irgendwann war sie zu alt für den Verein gewesen und im Erwachsenenalter hatten sich ohnehin andere Verpflichtungen angekündigt, die ihr weniger Zeit für ihr Hobby ließen. Irgendwann hatte sie sich gemeinsam mit Nina im Fitnessstudio angemeldet und neben dem Gerätetraining damit begonnen, hin und wieder die Tanzkurse dort zu besuchen. Und als schließlich vor mehreren Jahren der große Hype um Zumba entstanden war und fortan Millionen von Menschen weltweit begeisterte, war für Emily klar gewesen, dass auch sie das unbedingt ausprobieren musste. Und nun war sie – wie erwartet – seit ihrer ersten Kursstunde Feuer und Flamme für das Fitnesskonzept, das Aerobic mit den hauptsächlich lateinamerikanischen, aber auch anderen internationalen Tanzstilen verband.

Nach langer Zeit begleitete Nina ihre Freundin

heute mal wieder zum Training. Sie war nicht so diszipliniert wie Emily, die jede Woche drei- bis viermal Sport machte, und setzte auch gern mal ein paar Wochen aus, bis ihre Freundin sie wieder motivierte und dazu antrieb, ins Studio mitzukommen.

Emily konnte Ninas häufige Demotivation, was den Sport anging, nicht verstehen. Ihr machte das Training immer Spaß, sei es noch so anstrengend. Von nichts kam ja schließlich auch nichts. Zweifelsohne gab es auch bei ihr Tage, an denen sie nicht so motiviert war, aber dann raffte sie sich trotzdem auf und ging ins Studio und spätestens dann war auch wieder die Freude an der Bewegung da. Sie hatte den Sport fest in ihren Alltag integriert und konnte sich ein Leben ohne nicht vorstellen. Emily liebte das Gefühl, sich bei einem schweißtreibenden Training zu verausgaben und nach einer anschließenden Dusche wieder wie neu geboren zu fühlen. Doch in diesem Punkt gingen die Meinungen der beiden Freundinnen auseinander.

Als Emily auf den Eingang des Fitnessstudios zusteuerte, entdeckte sie bereits von weitem Nina, die davor stand.

„Du bist ja mal pünktlich", piesackte sie ihre Freundin und umarmte sie.

„Ja, heute habe ich es ausnahmsweise mal geschafft", grinste Nina. Sie war bekannt dafür, ständig zu spät zu kommen.

„Ich bin stolz auf dich", antwortete Emily lachend.

Die jungen Frauen traten ins Studio ein und liefen zu den Umkleiden. Während sie sich ihre Sportklamotten überwarfen, plauderten sie und brachten sich in Kürze auf den neuesten Stand. Für ausführliche Schilderungen hatten sie allerdings keine Zeit, denn der Kurs würde gleich beginnen. Emily schnitt das erfolgreiche Date mit David an, dann mussten sie in den Kursraum flitzen, aus dem schon die Musik ertönte. Der Trainer, ein heißer Brasilianer namens Miguel, stand schon bereit vor seinen Teilnehmern.

Besser gesagt Teilnehmerinnen. Der Kursraum war ausschließlich mit Frauen gefüllt. Miguels Kurse waren stets gut besucht, selbst an diesem Sonntagvormittag. Was vermutlich nicht nur an seinen guten Trainerqualitäten, sondern vor allem daran lag, dass Miguel extrem gut aussah und permanent positive Energie versprühte. Mit seinen heißen Hüftschwüngen punktete er bei den Ladies und auch Emily und Nina genossen seinen Anblick und flirteten gern ein wenig mit ihm, wenn sie ihn im Studio trafen.

Vor ein paar Monaten hatte Nina sogar mal einen One-Night-Stand mit ihm gehabt. Auch, wenn sie nicht oft mitkam zum Training, so hatte sie doch schnell bei ihm landen können. Bei Emily hätte Miguel es sicher auch schon versucht – was seine Schmeicheleien ihr gegenüber vermuten ließen – , aber sie ließ sich nicht darauf ein. Es ging das Gerücht herum, dass Miguel gern mal eine Frau aus seinen Kursen abschleppte. Was ja bei Nina auch zugetroffen hatte.

Mit ihm zu plaudern und ein wenig zu flirten, dagegen sprach für Emily nichts, aber sie wollte nicht eines seiner vielen Betthäschen werden. Auch, wenn er noch so gut aussah und es nicht einfach war, seinem lateinamerikanischen Charme zu widerstehen.

Nina hingegen genoss nach wie vor ihr Singleleben und ließ nichts anbrennen.

„Man lebt schließlich nur einmal", war stets ihr Motto.

Emily erinnerte sich an den Abend des Speeddatings, an dem sie Nina zuletzt gesehen und wo diese Patrick abgeschleppt hatte. Im Nachhinein hatte Nina – wie immer – von ihrer Nacht mit Patrick in allen Details erzählt und sich danach noch einmal mit ihm getroffen, wo die beiden auch wieder in der Kiste gelandet waren. Und das war's dann auch gewesen.

Als Emily und Nina einen Platz in den vorderen Reihen im Kursraum einnahmen, entdeckte Miguel sie und nickte ihnen zur Begrüßung zu.

Kurz darauf hieß er alle Teilnehmer willkommen und hielt eine kurze Begrüßungsrede, in der er sich und den Kurs für die Neuzugänge vorstellte. Dann schaltete er die Musik an und startete mit dem Warm-Up.

Emily genoss die exotische Musik und ließ sich von ihr mitreißen. Passend zur Adventszeit brachte Miguel in seiner Choreographie sogar „Last Christmas" in der Bachata-Version sowie das Lied „Wonderful Dream" von Melanie Thornton im Cooldown unter.

Nach der Kursstunde waren Emily und Nina völlig durchgeschwitzt. Ihr Herz-Kreislauf-System wurde durch die unterschiedlichen Tanzstile und wechselnden Geschwindigkeiten ordentlich auf Touren gebracht und Nina, die so viel Ausdauertraining nicht gewohnt war, war fix und fertig und außer Atem, was Emily zum Lachen brachte. Dafür fing sie sich von Nina einen Seitenhieb ein.

„Aua!", schrie Emily empört.

Nina funkelte ihre Freundin an. „Geschieht dir ganz recht! Denkst du, ich merke nicht, dass du dich über mich lustig machst? Ich weiß, dass ich nicht so trainiert bin wie du." Sie streckte Emily ihre Zunge entgegen.

Emily lachte. Sie kannte ihre Freundin gut genug, um zu wissen, dass sie es nicht böse meinte.

„Ich bin ja froh, dass du heute mitgemacht hast."

„Ich auch", gab Nina zu. „Auch, wenn es anstrengend war, aber jetzt fühle ich mich richtig gut, weil ich etwas für meine Fitness getan habe."

„Da hast du Recht. Ich sag ja – komm einfach öfter mit."

„Ja, ja, ist ja schon gut", sagte Nina und rollte mit den Augen. „Gehen wir noch in die Sauna?"

„Oh ja!" Emily freute sich auf die wohlige Wärme, die sie gleich erwarten würde.

„Gut. Und da erzählst du mir gleich den Rest von deinem heißen Date gestern", sagte Nina augenzwinkernd.

„Hallo, mein Schatz!" Emilys Mutter Regina stand in der Wohnungstür und breitete freudestrahlend die Arme aus, um ihre Tochter zu begrüßen.

Als Emily in die Wohnung trat und sich ihren Mantel und die Schuhe auszog, atmete sie den leckeren Duft des Essens ein, der aus der Küche wehte. Sie war gespannt, was ihre Mutter heute wieder Schönes gezaubert hatte. Auch, wenn sie bereits erwachsen war und für sich selbst sorgen konnte, war es doch immer wieder schön, seine Eltern zu besuchen und bekocht zu werden.

Durch den langen Flur, der mit vielen Bildern und Basteleien noch aus Kindheitstagen von Emily und ihren Geschwistern geziert war – mittlerweile erweitert mit mehreren Werken ihrer Nichte und ihres Neffen -, gelangte sie ins Wohnzimmer. Dort entdeckte Emily ihren Vater und Florian, begrüßte sie und ließ sich zu ihnen auf das riesige terrakottafarbene Sofa plumpsen. Passend zur Couch hatte das gesamte Zimmer einen mediterranen Touch und war geziert von apricotfarbenen Wänden, vielen Pflanzen und einem aus Styropor angefertigten und angemalten Torbogen in der Tür. In den jährlichen Familienurlauben in der Toskana und auf den Kanarischen Inseln hatte sich Frank, Emilys Vater, immer wieder von der südeuropäischen Architektur mit den vielen Verzierungen und Pastelltönen inspirieren lassen und daheim seine Handwerkskünste eingesetzt.

Emilys Mutter, die wieder an den Herd zurückgekehrt war, war schon in heller Aufregung. Sie genoss es, für die gesamte Familie zu kochen. Jetzt, wo ihre Kinder alle aus dem Haus waren und sie mit ihrem Mann allein in der geräumigen Vier-Zimmer-Wohnung lebte, war es ihr manchmal schon etwas zu ruhig. Umso öfter lud sie ihre Kinder und vor allem Enkelkinder, die wieder Leben hereinbrachten, zu sich ein.

„Vivien und die Kinder kommen auch gleich. Sie verspäten sich etwas", rief Regina aus der Küche den anderen zu.

Wie aufs Stichwort klingelte es.

„Ich geh' schon", sagte Florian und sprintete nach vorn, um seiner anderen Schwester, ihrem Mann und ihren Kindern die Haustür zu öffnen.

Obwohl Emily erst gestern Abend auf Charlotte und Luis aufgepasst hatte, freute sie sich darauf, Vivien, Matthias und die beiden Knirpse gleich wiederzusehen.

Kurz darauf hörte sie ihre Nichte und ihren Neffen den langen Flur entlanggeflitzt kommen, in freudiger Erwartung, ihren Großeltern und ihrer Tante „Hallo" zu sagen.

Charlotte tänzelte ihrer Oma in der Küche um die Füße, während Luis erst auf seinen Opa und dann auf Emily zustürmte.

Dann erschienen auch Vivien und Matthias im Wohnzimmer und begrüßten alle.

Als nun die ganze Familie vereint war, eilten Emily, Vivien und Florian ihrer Mutter bei den letzten Vorbereitungen in der Küche zu Hilfe. Frank und Matthias beschäftigten währenddessen die Kinder im Wohnzimmer.

Es roch immer noch vorzüglich und Reginas Kindern lief das Wasser im Mund zusammen, als sie die Kreationen ihrer Mutter bestaunten: Im Ofen schmorte ein Rinderbraten, auf dem Herd brutzelten in einer Pfanne selbstgemachte Kroketten und im Topf köchelte Preiselbeersoße vor sich hin. Außerdem hatte Regina zuvor Brokkoli gekocht, der bereits in einer Schüssel beiseite gestellt lag.

Emily und ihre Geschwister trugen die Speisen zum Esstisch, der mit weihnachtlichen Platzdeckchen gedeckt und in der Mitte mit einem Adventskranz geziert war.

Regina legte eine CD mit Weihnachtsliedern auf, woraufhin die Musik von „White Christmas" den Raum erfüllte.

Anschließend versammelte sich die gesamte Familie am Tisch, wünschte sich einen guten Appetit und machte sich das über Essen her, das Regina mit Liebe zubereitet hatte.

Emily schob sich eine Gabel voll mit dem Rinderbraten und der Preiselbeersoße in den Mund und ließ sich das Gericht auf der Zunge zergehen. Wie immer schmeckte es vorzüglich, was ihre Mutter gekocht hatte. Während sie ihr Essen kaute, wanderte ihr Blick um den Tisch herum. Zufrieden beobachtete sie die anderen und spürte die stimmungsvolle Atmosphäre.

Zeit im Kreise der Familie, gutes Essen und besinnliche Musik – das war es doch, was die Weihnachtszeit ausmachte.

Nachdenklich starrte Emily ihr Handy an. Schon seit einer Weile saß sie auf ihrem Bett und überlegte hin und her, ob sie David anrufen sollte oder nicht. Fünf Tage waren vergangen seit ihrer letzten Begegnung, als sie bei ihm übernachtet hatte. Seitdem hatte sie zwar von ihm gehört, allerdings nicht viel. Der Kontakt hatte sich auf ein paar Nachrichten beschränkt und selbst diese waren ziemlich knapp gewesen.

Es wurmte Emily, dass David nach ihrer gemeinsamen Nacht nun so wenig von sich hören ließ. Ihre Alarmglocken fingen an zu läuten und sie fragte sich, ob er nur mit ihr hatte schlafen wollen und jetzt, wo er bekommen hatte, was er wollte, sie fallen ließ.

Sie wollte aber auch keine voreiligen Schlüsse ziehen geschweige denn ihm eine Szene machen. Schließlich war er ihr keine Rechenschaft schuldig. Sie waren kein Paar, auch, wenn sie sich wünschte, dass es darauf hinauslief. Außerdem musste er auch nicht wissen, wie sehr es sie verletzte und kränkte, dass er ihr nicht so viel Aufmerksamkeit schenkte, wie sie gern von ihm bekommen hätte.

Auf der einen Seite war sie stolz und wollte David nicht hinterherrennen, auf der anderen Seite wollte sie wissen, was los war, und seine Stimme hören. Wer sagte schließlich, dass der Mann sich melden müsse?

Letztendlich siegte die Ungeduld. Emily nahm all ihren Mut zusammen, suchte im Handy nach Davids Namen und drückte die Taste mit dem grünen Telefonhörer, um seine Nummer anzuwählen.

Mit zitternden Händen drückte sie das Telefon fest ans Ohr und hielt den Atem an, bis David nach dem dritten Klingeln – für Emily eine gefühlte Ewigkeit – endlich abnahm.

„Hey Emily!" Er klang erfreut.

„Hi! Störe ich dich?"

„Ach, Quatsch, nein! Schön, dass du anrufst!"

Ihr Herz machte einen Freudensprung.

„Ich wollte mal fragen, wie es dir so geht?"

„Soweit ganz gut, aber ich bin ganz schön gestresst, muss ich sagen. Hab' echt 'ne Menge zu tun."

„Das tut mir leid. Ich hoffe, es wird wieder entspannter für dich."

„Das hoffe ich auch. Es tut mir leid, dass ich so wenig von mir habe hören lassen."

Wieder hüpfte Emilys Herz vor Freude. Dann hatte es also wirklich nicht daran gelegen, dass David bereits genug von ihr hatte.

„Geht es dir auch gut?", fragte er.

„Ja, bei mir ist alles bestens."

„Das freut mich", antwortete David, charmant wie immer.

Ein kurzes Schweigen machte sich breit und ohne weiter darüber nachzudenken, sagte Emily: „Weshalb ich eigentlich anrufe ... Also, ich weiß nicht, wie beschäftigt du am Wochenende bist ..." Warum stammelte sie nur so?

„Meine Mitbewohnerin Leonie hat Geburtstag und schmeißt eine Party bei uns zu Hause und ich habe mich gefragt, ob du vielleicht Lust hättest, vorbeizukommen?"

„Hmm, das hört sich gut an."

Unhörbar atmete Emily erleichtert auf und lächelte breit, als David fortfuhr: „Jedoch muss ich mal schauen, ob ich das schaffe. Ich hab' immer noch so viele Aufträge zu erledigen."

„Oh." Sie versuchte, nicht ganz so enttäuscht zu klingen. „Klar, kein Problem. War nur so ein Gedanke."

„Ein guter Gedanke! Wirklich, ich hätte große

Lust, zu eurer Party zu kommen, Emily. Ich habe nur so viele Kunden im Nacken zu sitzen und muss das irgendwie hinkriegen."

„Klar, das verstehe ich. Du kannst dich ja einfach melden, wenn es passt. Die Party ist am Samstag ab 20 Uhr."

„Okay, alles klar. Du, Emily?"

„Ja?"

„Tut mir nochmals leid, dass ich mich in den letzten Tagen kaum gemeldet habe. Ich mach's wieder gut. Vielleicht können wir uns später sehen, so ganz spontan?"

Emily war ganz perplex, weil sie damit nun gar nicht gerechnet hatte, aber auch sehr glücklich darüber, dass David ein Treffen vorschlug.

„Ja, sehr gern."

„Es wird ziemlich spät werden, aber wenn du möchtest, kann ich nachher zu dir kommen und bei dir übernachten. Dann sehen wir uns zwar nicht lang, aber wir sehen uns wenigstens. Und du kannst mir mal deine Wohnung zeigen."

„Klar, wie du magst. Wann hättest du denn Zeit?"

„Ich werde versuchen, gegen 21 Uhr bei dir sein. Ich hoffe, das ist dir nicht allzu spät?"

„Das passt." Etwas früher wäre Emily zwar lieber gewesen, damit noch sie etwas mehr Zeit mit ihm hatte, aber sie war froh, David überhaupt sehen zu können. Das würde ihr auch die Möglichkeit geben, die Wohnung etwas aufzuräumen und sich noch einmal frisch zu machen, bevor er kam.

„Super! Dann freue ich mich auf dich!", sagte

David. „Schickst du mir deine Adresse?"

„Klar, mach´ ich sofort. Ich freue mich auch auf dich!"

„Bis später, Emily!"

„Bis dann!"

Lächelnd legte sie auf und atmete tief durch. Ihr Lächeln verzog sich zu einem breiten Grinsen. Wer hätte gedacht, dass der Tag solch eine Wendung nehmen würde?

„Da sieht aber jemand glücklich aus", vernahm Emily plötzlich eine ihr bekannte Stimme. Sie erblickte Leonie in der geöffneten Zimmertür.

„Ich habe gerade mit David telefoniert", rief sie erfreut. „Er kommt nachher vorbei."

„Uuuuhhh!", sagte Leonie. „Wie kommt´s? Hat er dich angerufen?"

„Nein, ich habe ihn angerufen, um ihn zu deiner Geburtstagsparty einzuladen. Du hast ja gesagt, ich solle ihn fragen."

„Ja, klar, ich will ihn ja kennen lernen. Und, was hat er gesagt?"

„Er sagt, er hätte Lust, aber er weiß nicht, ob er Zeit haben wird, weil er wohl noch viele Aufträge zu erledigen hat. Aber er hat von sich aus gefragt, ob wir uns heute sehen können."

„Das ist doch schön."

„Ja. Er schien sich auch sehr über meinen Anruf zu freuen und hat sich entschuldigt, dass er sich nicht gemeldet hat."

„Na, siehst du. Hast dir also anscheinend umsonst den Kopf zerbrochen. Ich ziehe mich dann in mein Zimmer zurück, wenn er da ist." Vielsagend zwinkerte Leonie ihrer Freundin zu.

"Hey Emily, leider schaffe ich es nicht zu 21 Uhr. Wahrscheinlich wird es eine halbe Stunde später. Hoffe, das ist okay?"

Emily las die WhatsApp-Nachricht, die sie gerade von David bekommen hatte.

"Klar, kein Problem. Mach´ dir keinen Stress. Bis später!", schrieb sie zurück.

"Danke für dein Verständnis! Ich mach´ auch das wieder gut! ;)"

Emily seufzte. Hoffentlich würde es nicht noch später werden, denn dann musste sie wirklich bald schlafen gehen. Schließlich war es mitten in der Woche und sie musste morgen wieder arbeiten gehen. Und sie wollte gern noch etwas von dem Abend mit David haben. Aber sie wollte sich nicht beschweren. Immerhin würde sie ihn heute völlig unverhofft sehen und neben ihm einschlafen können. Bei dem Gedanken daran lächelte sie glücklich.

Schließlich, um 22 Uhr, nahm Emily das lang ersehnte Türklingeln wahr. Endlich war David da! Sie öffnete ihm und empfing ihn kurz darauf in der Wohnung.

David, aus der Puste vom Hochsprinten der Treppen, drückte ihr einen Kuss auf den Mund und keuchte: „Es tut mir so leid!"

Emily winkte ab. „Alles gut." Wo sie sich selbst vor ein paar Minuten noch geärgert und gefragt hatte, wo David nur blieb, war alles vergessen, kaum, dass er vor ihr stand. „Jetzt bist du ja hier. Komm, ich nehme dir deine Jacke ab." Sie hängte seinen Wintermantel auf den Garderobenständer im Flur.

Leonie, die sich bereits bettfertig gemacht hatte, kam aus dem Bad. „Oh, hallo!" Sie hatte wohl nicht mehr damit gerechnet, David noch zu sehen zu bekommen.

„Das", Emily deutete auf ihre Freundin, „ist Leonie."

David nickte ihr freundlich zu. „Hi, ich bin David."

Leonie hob zum Gruß die Hand. „Schön, dich kennen zu lernen. Nur leider muss ich jetzt schlafen gehen. Aber Emily sagte mir, dass du eventuell am Wochenende vorbeikommst?"

„Ähm, ja, zu deinem Geburtstag, richtig? Wenn ich es zeitlich schaffe, dann gerne. Ich werde es auf jeden Fall versuchen", sagte er lächelnd.

„Cool. Vielleicht sehen wir uns ja dann da. Und falls nicht, dann bestimmt ein anderes Mal. Also, Leute, schlaft gut!"

„Du auch", sagte Emily.

Leonie verschwand in ihrem Zimmer.

„Deine Freundin scheint nett zu sein", sagte David, als Emily mit ihm ins Wohnzimmer ging. Er blickte sich um. „Und schön habt ihr euch hier eingerichtet."

„Danke!", sagte Emily freudestrahlend. „Ich kann dir noch den Rest der Wohnung zeigen, wenn du magst."

„Liebend gern." David trat einen Schritt auf sie zu und sagte: „Zuallererst möchte ich dein Zimmer sehen."

Der Klang seiner Worte und der lustvolle Blick, mit dem er sie dabei anschaute, ließ Emilys Knie weich werden. Wollte er etwas andeuten?

„Klar", stammelte sie und atmete scharf ein, als sie vorging, um David in ihr Zimmer zu führen.

Als sie in besagtem Raum standen, sagte Emily: „Da wären wir." Sie lächelte David an.

„Das ist also dein Reich", stellte David fest und sah sich auch hier um. Sein Blick blieb an dem weißen Bett in der Ecke hängen, das passend zur Wandfarbe mit einer beigen Tagesdecke überzogen war.

Emily entging dies nicht und sie musste schmunzeln.

„Ganz genau."

David drehte sich um, schloss die Zimmertür hinter sich und drehte den Schlüssel darin herum. Emily blickte ihn fragend an, da zog David sie schon an sich und küsste sie leidenschaftlich.

Nach ein paar Sekunden schnappte Emily nach Luft und sagte kichernd: „Wow, du verlierst aber keine Zeit."

„So einer tollen Frau kann man eben einfach nicht widerstehen." David nahm sie an die Hand und führte sie zum Bett. Emily ließ sich darauf sinken und sah David, der sich über sie beugte, schmachtend an.

„Aber ... ich wollte dich doch noch in der Wohnung herumführen", stammelte sie, wobei ihr klar wurde, dass sie selbst gerade etwas ganz Anderes wollte.

„Ich denke, das hat Zeit bis nachher", flüsterte David ihr ins Ohr und bedeckte ihren Mund und ihren Hals mit weiteren Küssen.

„Ja, du hast Recht", sagte Emily nur, während

sie die Augen schloss und das Gefühl der weichen Lippen auf ihrer Haut genoss. Sie legte ihre Hand in Davids Haar und zog sanft daran.

„Ich habe dich vermisst, Emily. Und du siehst heute wieder so unglaublich heiß aus." Seine Worte entfachten ihre Wirkung. David wusste, wie er sie herumbekommen konnte.

Als Leonie am nächsten Morgen die Küche betrat und nur Emily und nicht, wie erwartet, auch David entdeckte, fragte sie, ob er schon weg wäre.

„Er ist gestern nach Hause gefahren", antwortete Emily und stocherte in der Schüssel mit ihren Cornflakes herum.

„Wie, er ist nach Hause gefahren? Wollte er nicht hier übernachten?" Leonie sah sie mit großen Augen an.

„Er sagte, dass er noch weiterarbeiten müsse."

„Nachts?"

Emily zuckte mit den Schultern. „Das hat er gesagt. Und er ist wohl konzentrierter, wenn er zu Hause schläft."

„Okay..." Leonie zog die Augenbrauen in die Höhe.

Emily sah ihre Freundin mit funkelnden Augen an. Hörte sie da etwa einen Unterton heraus?

„Habt ihr miteinander geschlafen?", fragte Leonie ganz direkt.

„Ist das wichtig?", sagte Emily genervt, denn sie wusste, worauf Leonie hinaus wollte.

Für Leonie war das Antwort genug. „Das heißt, ihr trefft euch zum Vögeln und dann macht wieder jeder seins?"

So langsam wurde Emily wütend. Warum musste Leonie so nachhaken und alles in Frage stellen? Warum bekam Emily das Gefühl, sich für David rechtfertigen zu müssen?

„Nein!", antwortete sie schnippisch. „Er hat im Moment halt viel zu tun. So ist das leider, wenn man selbstständig ist. Er wird auch wieder mehr Zeit für mich finden."

„Wenn du meinst."

„Sag das nicht so zynisch!", rief sie erbost. Warum kümmerte sich Leonie nicht um ihren eigenen Kram? „Jeder von uns hat doch mal viel zu tun und hat dann weniger Zeit für Verabredungen."

„Natürlich. Aber, Emily, findest du es nicht komisch, dass er sich kaum meldet, nachdem ihr das erste Mal miteinander geschlafen habt, dann hierher kommt, erneut mit dir schläft und anschließend mitten in der Nacht abhaut?"

Leonie hatte den Nagel auf den Kopf getroffen. Natürlich war Emily dieser Gedanke bereits selbst gekommen und erneut machte sich die Unsicherheit in ihr breit. David und sie hatten zuvor zwar nicht darüber gesprochen, jedoch war sie fest davon ausgegangen, dass er bei ihr übernachten würde, so wie sie das letzte Mal ja auch bei ihm geschlafen hatte. Als er nach dem Sex immerhin noch eine halbe Stunde mit ihr gekuschelt und anschließend begonnen hatte, sich wieder anzuziehen, war sie aus allen Wolken gefallen. Es war bereits halb zwölf gewesen und anstatt sich wieder zu ihr ins warme Bett zu legen, hatte er es vorgezogen, hinaus in die Kälte zu gehen, dort auf den Bus zu warten und nach Hause zu fahren, um von dort weiterzuarbeiten. Er sagte, dass er immer bis 2 oder 3 Uhr morgens am Rechner saß und Emily fragte sich, wie er anschließend den Tag in der Uni überlebte bei so wenig Schlaf.

Vielleicht sollte sie aber gar nicht sauer auf David, sondern auf sich selbst sein, weil sie einfach vorausgesetzt hatte, dass er die Nacht bei ihr verbringen würde, und der Abend nicht so abgelaufen war, wie sie es sich vorgestellt hatte. Wer Erwartungen hatte, wurde meist enttäuscht.

Nichtsdestotrotz hätte sie sich gewünscht, dass er ihr vorher zumindest gesagt hätte, dass er nicht bleiben würde, statt sich wie selbstverständlich aus dem Staub zu machen, nachdem sie miteinander geschlafen hatten. Sie war sich in diesem Moment so benutzt vorgekommen. Und dieses Gefühl kannte sie zu gut.

„Tut mir leid", entschuldigte sich Leonie. „Ich kenne ihn ja gar nicht weiter. Vielleicht bin ich zu pessimistisch eingestellt und tue ihm Unrecht."

Mit ihrer Kaffeetasse in der Hand ging sie auf den Tisch zu, an dem Emily saß, setzte sich neben ihre Freundin und legte ihr behutsam die Hand auf den Arm.

„Ich möchte doch nur nicht, dass er dich verarscht und du am Ende wieder enttäuscht wirst."

„Das ist lieb, aber ich kann auf mich selbst aufpassen", sagte Emily, stand auf und verließ die Küche.

KAPITEL 9

Leonies Geburtstagsparty war in vollem Gange. Das Wohnzimmer war gefüllt mit Leuten, aus allen Ecken hörte man Gemurmel und Gelächter. Im Hintergrund lief Partymusik und eine kleine Gruppe, die dank des Alkohols bereits in guter Stimmung war, tanzte dazu.

Emily und Leonies Freund Marlon hatten Leonie bei den Vorbereitungen geholfen. Während Leonie und Marlon das Essen in der Küche angerichtet hatten, bevor die Gäste kamen, hatte Emily sich darum gekümmert, Käsewürfel und Weintrauben sowie Mozzarellakugeln und Cherrytomaten aufzuspießen.

Am Vortrag hatten Leonie und Marlon fleißig Kuchen und Muffins gebacken, einen Nudel- und einen Kartoffelsalat vorbereitet und eine Käse-Lauch-Suppe gekocht. Emily hatte dann spontan bei der Dekoration der Muffins geholfen und sie mit Zuckerguss in verschiedenen Farben und Streuseln verziert.

Sie stand gerade mit ihrem Glas in der Hand an der Tür zur Küche, als sie ein Vibrieren ihres Handys vernahm und dieses ihr den Eingang einer Nachricht ankündigte. Sie blickte auf das Display und ihr Herz machte einen kleinen Freudensprung, als sie sah, dass David ihr geschrieben hatte. Ungeduldig öffnete sie die Nachricht.

"Hey Emily! Ich mache mich gleich auf den Weg zu euch. :)", stand darin. Emily war total überrascht. Damit hatte sie nun gar nicht mehr gerechnet. In den letzten Tagen hatte er sich nicht mehr bezüglich der Party geäußert und sie war deshalb davon ausgegangen, dass er nicht kommen würde, und natürlich enttäuscht gewesen. Sie hatte ihn aber auch nicht mit weiteren Nachfragen nerven wollen.

Umso mehr freute sie sich, dass er nun doch vorbeikommen würde, und antwortete ihm mit: *"Super, ich freue mich! Bis gleich!"*

Sie steckte das Handy zurück in ihre Hosentasche und lief grinsend wie ein Honigkuchenpferd zu Leonie, die sich gerade in der Küche etwas zu trinken mixte, um ihr die frohe Neuigkeit zu verkünden. Leonie freute sich für ihre Freundin.

„Darauf stoßen wir an!", rief sie gut gelaunt und hielt ihr mit einem Cola-Rum-Gemisch gefülltes Glas in die Höhe.

Triumphierend prostete Emily ihrer Freundin zu.

Eine halbe Stunde später kam David. Emily unterhielt sich gerade mit Sarah, einer Freundin von Leonie, die sie schon ein paar Mal gesehen hatte, als David mit Leonie im Schlepptau auf sie zukam.

Erfreut wollte Emily ihn mit einem Kuss auf den Mund begrüßen, doch stattdessen drückte er ihr ein Küsschen auf die Wange. Diese Geste verwirrte Emily etwas, war doch zwischen ihnen schon viel mehr passiert. Sie bemühte sich, sich ihre Verwirrung nicht anmerken zu lassen. Vielleicht hielt er sich zurück, weil er die Leute auf dieser Party nicht kannte. Leonie allerdings hatte diese Geste auch wahrgenommen und sah Emily fragend an. Emily ignorierte den Blick ihrer Freundin und versuchte, nicht weiter darüber nachzudenken. Stattdessen zwang sie sich ein Lächeln auf, während Sarah, die noch bei ihnen stand, und David sich einander vorstellten.

Anschließend lotste Leonie Sarah unter einem Vorwand zu anderen Leuten aufs Sofa, damit Emily und David sich unter vier Augen unterhalten konnten.

„Schön, dass du es doch geschafft hast", sagte Emily. „Ehrlich gesagt, hatte ich damit gar nicht mehr gerechnet."

„Dann ist mir ja eine Überraschung gelungen", grinste David. Er beugte sich zu ihr und flüsterte ihr ins Ohr: „Ich habe dich vermisst."

Damit waren Emilys Zweifel wieder einmal beseitigt. Dass sie sich immer so viele Gedanken machen und in alles etwas hineininterpretieren musste! Wahrscheinlich hatte er sich bei der Begrüßung gar nichts gedacht. Sie strahlte ihn an.

„Ich habe dich auch vermisst", flüsterte sie. „Möchtest du etwas trinken?"

„Sehr gern."

„Okay", antwortete Emily, nahm seine Hand und führte ihn in die Küche.

Leonie, die die beiden derweil heimlich beobachtet hatte, entspannte sich etwas, als sie sie

Händchen halten sah. Skeptisch blieb sie trotzdem. Irgendetwas sagte ihr, dass David nicht so lieb und nett war, wie Emily vielleicht dachte, und sie sich möglicherweise in Acht nehmen sollte, wenn sie nicht verletzt werden wollte. Zwar hatte Emily ihr kürzlich eine klare Ansage gemacht, aber als gute Freundin wollte Leonie natürlich trotzdem nur das Beste für sie und konnte nicht tatenlos dabei zusehen, wie Emily von dem nächsten Typen verletzt wurde.

Von weitem beobachtete Emily David und spürte leichte Eifersucht in sich aufsteigen. Er unterhielt sich seit einiger Zeit mit Sarah, der Freundin von Leonie, und würdigte sie dabei keines Blickes. Emily dachte, er wäre wegen ihr zur Party gekommen und war nicht so begeistert davon, dass er sich nun auch mit anderen Frauen unterhielt. Natürlich hatte sie an sich nichts dagegen, dass er auch auf andere Leute zuging, und sie erwartete nicht, dass er die ganze Zeit an ihr kleben würde, aber sie kam sich gerade etwas abgeschoben vor. So hatte sie sich den Abend nicht vorgestellt. Sie hatte gedacht, sie würden die Zeit gemeinsam verbringen, wo sie sich in den letzten Tagen nicht mehr gesehen und er sie ja angeblich so vermisst hatte. Andererseits waren sie kein Paar. Sie hatte also nicht das Recht, irgendwelche Erwartungen an ihn zu stellen. Bisher hatten sie sich auch nicht über dieses Thema unterhalten.

In Gedanken fragte Emily sich, was das eigentlich zwischen ihnen war. Ob David auch etwas für sie empfand, so wie sie für ihn? Konnte er sich eine Beziehung mit ihr vorstellen oder war sie einfach nur ein netter Zeitvertreib?

Auch Leonie war nicht entgangen, dass Emily schon einige Zeit allein herumstand, während David sich mit Sarah unterhielt. Sie setzte sich zu ihrer Freundin aufs Sofa.

„Die scheinen sich ja gut zu verstehen", sagte sie, während sie und Emily beobachteten, wie David etwas erzählte, Sarah daraufhin in Gelächter ausbrach und dabei ihre Hand auf seinem Arm ablegte.

Emily blickte ihre Freundin vielsagend an.

„Das habe ich auch festgestellt", sagte sie schnippisch, was ihr im nächsten Moment wieder leid tat. Leonie konnte ja auch nichts dafür und sollte nicht ihren Frust abbekommen.

„Sorry. Anscheinend verbringt er den Abend lieber mit ihr."

„Das glaube ich nicht. Aber ich sollte vielleicht trotzdem mal dazwischen gehen und Sarah klar machen, dass David zu dir gehört", antwortete Leonie und schon erhob sie sich wieder und ging schnurstracks auf die beiden zu.

Emily sah, wie Leonie etwas sagte und anschließend Sarah mit sich zog. Nun stand David allein in der Ecke und sah sich suchend um. Ob er nach ihr suchte?

Vielleicht war es kindisch, aber Emily hatte in diesem Moment keine Lust, den Lückenbüßer zu spielen und mit David zu reden. Bevor er sie entdecken konnte, gesellte sie sich zu einer Gruppe von Marlon und seinen Freunden, darunter Patrick und Simon, die an dem Abend des Speeddatings dabei gewesen waren, und begann, mit Patrick, der einst so mit ihr geflirtet hatte, zu plaudern. Nun sollte David doch ruhig ein wenig eifersüchtig werden und merken, dass auch andere Männer ihr schöne Augen machen konnten.

Eine gefühlte Ewigkeit später kam Emily gerade aus dem Bad, als sie eine Berührung an ihrem Arm spürte. Sie drehte sich um und blickte in Davids Gesicht.

„Hey, da bist du ja", sagte er. „Ich hab dich schon überall gesucht."

„Du schienst ziemlich beschäftigt zu sein", antwortete Emily. „Ich wollte nicht stören."

David sah sie verwundert an. „Du meinst das Gespräch mit ...", nachdenklich runzelte er die Stirn, „Leonies Freundin?"

„Sarah heißt sie."

„Stimmt. Ja, mit Sarah. Ich hab kurz mit ihr gequatscht."

„Das konnte ich sehen."

Jetzt schien es bei David klick zu machen. „Das hat dich doch nicht gestört, oder?"

„Nein, gar nicht", antwortete Emily und blickte zur Seite, damit David ihre Lüge nicht erkennen konnte.

Tatsächlich schien ihm diese Antwort zu genügen und er merkte nicht, wie Emily sich wirklich fühlte. Typisch Mann.

„Coole Party auf jeden Fall", sagte David. „Ich geh´ mal in die Küche und besorge Nachschub", während er sein leeres Glas hob. „Willst du auch noch was?"

„Nein, danke, ich bin noch versorgt", antwortete sie und zeigte auf ihr halbvolles Glas auf dem Wohnzimmertisch.

„Alles klar, dann setz´ dich ruhig auf die Couch. Ich bin gleich wieder da. Lauf mir ja nicht weg", sagte David augenzwinkernd und war schon wieder in der Küche verschwunden.

Emily seufzte. David war immer so charmant, da konnte sie ihm gar nicht lange böse sein.

Sie tat, wie ihr geheißen, lief zum Sofa, setzte sich und griff nach ihrem Glas auf dem Tisch vor sich. Sie wollte gerade einen Schluck nehmen, als sich jemand neben sie stellte.

„Hey Emily." Sie blickte in Sarahs große braune Rehaugen.

Na, die hatte ihr jetzt noch gefehlt. Gequält presste sie ein „Hi" hervor.

„Darf ich mich kurz setzen?"

Emily blickte zur Küche und dachte an David, der wahrscheinlich gleich wiederkommen würde. Obwohl sie am liebsten laut „Nein" geschrien hätte, nickte sie kaum merklich. Schließlich konnte sie die beiden nicht den ganzen Abend lang voneinander fernhalten, und das wäre ja auch albern.

Sarah nahm neben ihr Platz.

„Leonie hat mich aufgeklärt. Sie hat mir gesagt, dass du und David ... na ja, dass da was zwischen euch läuft. Das wusste ich nicht. Ich dachte, ihr wärt nur Freunde. Sonst hätte ich natürlich gar nicht so mit ihm geflirtet. Tut mir leid."

„Schon gut", sagte Emily und atmete innerlich erleichtert auf. „Du konntest das ja nicht wissen."

Und das meinte sie auch so. Vielmehr war sie

wütend auf David, der sich so verhalten und mit seiner charmanten Art Sarah ganz schön in die Irre geführt hatte. Schließlich ist er ja auf das Geflirte eingegangen. Auch, wenn Emily nicht das Gespräch der beiden mitangehört hatte, so war ihre Körpersprache eindeutig gewesen.

„Wir sind nicht zusammen, wir lernen uns gerade noch kennen", ergänzte sie.

„Trotzdem", sagte Sarah, „ich bin keine Frau, die anderen Frauen den Kerl ausspannt. Gerade, wenn ihr euch noch datet, möchte ich nicht dazwischenfunken. Zumal du eine Freundin von Leonie bist. Und du sollst nichts Falsches von mir denken. Das wollte ich dir nur sagen. Und hoffe, dass nichts zwischen uns steht." Sarah sah sie entschuldigend an.

Emily lächelte sie ermunternd an und sagte: „ Nein, ist schon okay. Wirklich. Lieb, dass du auf mich zugekommen bist und mir das gesagt hast."

„Okay". Sarah atmete erleichtert auf. „Ich geh´ dann mal wieder zu den anderen."

„Alles klar", nickte Emily. „Viel Spaß noch!"

„Dir auch!", sagte Sarah im Gehen.

Ein wenig später hatte Emily sich wieder beruhigt und konnte den Abend genießen. Für David war es mit seiner charmanten Art ein Leichtes, sie zu besänftigen. Außerdem war es Leonies Geburtstag. Da musste schlechte Stimmung wirklich nicht sein.

Den Rest des Abends blieb David dann auch endlich an ihrer Seite und gemeinsam unterhielten sie sich mit Leonie, Marlon und anderen Leuten auf der Party. Emily kannte die meisten von Leonies Freunden ja, aber auch ein paar neue Gesichter waren heute dabei.

Es wurde noch ausgiebig gefeiert und sehr amüsant. Irgendwann schmiss Leonie die Wii an und leitete eine Karaokerunde ein. Auch Emily und David waren mit von der Partie und trällerten gemeinsam, leicht angetrunken, das Lied „The Time Of My Life" des Films „Dirty Dancing".

Später fragte David Emily, ob er heute bei ihr übernachten könne, was ihr natürlich nur recht war und sie innerlich einen Luftsprung machen ließ. Nach der letzten Verabredung bei ihr zu Hause, als er nachts wieder gegangen war, freute sie sich darauf, heute neben ihm einzuschlafen und morgen früh neben ihm wieder aufzuwachen.

Am nächsten Morgen traf Emily beim Gang in die Küche ihre Mitbewohnerin und Marlon an, die sich gerade etwas am Herd zubereiteten. David lag noch schlummernd im Bett. Sie hatte sich nur ein Glas Wasser holen und ihn nicht wecken wollen.

„Hey", sagte sie zu Leonie zu Marlon.

„Guten Morgen", antworteten die beiden im Chor.

„Was macht ihr da Schönes?" Emily schielte in den Topf.

„Porridge mit Bananen und Erdnussmus", sagte Marlon, der fleißig den Brei während des Köchelns umrührte.

„Lecker!

„Ihr könnt uns gern Gesellschaft leisten beim

Frühstück. Wir haben extra mehr gemacht für euch. Aprospos, wo ist denn dein Verehrer?" Marlon grinste sie schelmisch an.

„Der schläft noch", antwortete Emily. „Und das ist echt lieb von euch, dass ihr für uns mitgekocht habt. Ich nehme gern was, aber erst später, wenn es euch nicht stört."

„Klar. Verstehe, ihr wollt erst einmal noch unter euch sein", zwinkerte Marlon ihr zu.

Emily schüttelte lachend den Kopf.

Leonie hingegen sah sie ernst an. „Was deinen Verehrer angeht ..."

Skeptisch blickte Emily ihre Freundin an. „Ja?"

Leonie seufzte. „Mein Freundin Lea hat David erkannt."

„Was meinst du mit ´erkannt´?", fragte Emily.

„Sie sagte, er hätte sie bei *Love Letter* angeschrieben. Vor ein paar Tagen. Er kam ihr auf der Party bekannt vor, aber sie konnte ihn erst nicht zuordnen. Und zu Hause ist es ihr dann eingefallen und sie hat mir das geschrieben. Weil sie ja mitbekommen hat, dass zwischen euch was läuft."

Emily schluckte. Das konnte sie nicht glauben. Das wollte sie nicht glauben.

Leonie fuhr fort: „Ich weiß nicht, ob es überhaupt von Bedeutung ist, aber ich dachte mir, das solltest du wissen." Sie sah ihre Freundin mitleidig an.

„Und sie ist sich sicher?"

Leonie nickte. „Sie hat sich extra noch einmal die Fotos auf seinem Profil angeschaut."

Damit war Emilys gute Laune dahin. Ihr Körper fühlte sich schlagartig schwer an wie Blei. Das bedeutete also, dass David nicht nur ihr, sondern auch anderen Frauen schöne Augen machte. In der Zeit, in der er bereits mit ihr in die Kiste gesprungen war. So wie er gestern auf der Party auch mit Sarah geflirtet hatte. Wer weiß, vermutlich verabredete er sich auch mit anderen Frauen genauso wie mit ihr.

„Da ist noch was ...", stammelte Leonie.

Was konnte denn jetzt noch kommen? „Ja?"

„Beim Verabschieden gestern Abend erzählte Sarah mir, dass David sie kurz vorher abgefangen hatte und ganz enttäuscht darüber war, dass sie los wollte. Er hatte versucht, sie zum Bleiben zu überreden und nach ihrer Nummer gefragt. Sarah hat ihn natürlich abgewimmelt und sich eine Ausrede einfallen lassen."

Das war zu viel für Emily.

„Danke, dass du es mir gesagt hast", antwortete sie und ging zurück in ihr Zimmer.

Leonie und Marlon warfen sich besorgte Blicke zu.

Als Emily ihr Zimmer betrat, lag David mit offenen, aber noch verschlafenen Augen im Bett.

„Guten Morgen, Schöne", raunte er, als er sie sah.

„Morgen", sagte sie kurz und knapp und öffnete ihren Kleiderschrank, um sich Klamotten herauszusuchen.

„Komm doch zurück ins Bett", bat David sie.

Emily hielt kurz inne. Dann drehte sie sich um, sah ihn an und platzte geradeheraus: „Kam dir gestern auf der Party irgendjemand bekannt vor?"

David zog nachdenklich und verwirrt die Augenbrauen zusammen. „Nicht, dass ich wüsste. Warum fragst du?"

„Ach, eine Freundin von Leonie soll dich erkannt haben. Du hättest sie wohl vor einigen Tagen bei *Love Letter* angeschrieben."

David überlegte noch einmal kurz und zuckte mit den Achseln.

„Wie gesagt, mir kam niemand bekannt vor."

Emily klappte die Kinnlade herunter. „Du streitest es also nicht mal ab, dass du auch andere Frauen kontaktierst?"

David setzte sich im Bett auf. „Ich wusste nicht, dass wir uns ewige Treue geschworen haben."

„Wie bitte?"

„Ach, komm schon, Emily. Hast du damit etwa ein Problem?"

„Ähm, ja!" David brachte sie gerade richtig in Rage. „Und was war das eigentlich mit Sarah? Erst flirtest du vor meinen Augen völlig ungeniert mit ihr und dann fragst du sie noch nach ihrer Nummer?"

„Warum machst du denn jetzt so einen Aufstand? Ich dachte, das läuft cool zwischen uns. Wir treffen uns und verbringen eine schöne Zeit miteinander.

„Und dann?"

„Was meinst du mit ´und dann´?

„Wow." Perplex schüttelte Emily den Kopf.

„Nun sei doch nicht so", versuchte David, einzulenken, stand auf und ging zu ihr. „Wir hatten doch bisher so viel Spaß miteinander." Er packte sie am Handgelenk, zog sie zu sich heran und wollte ihr einen Kuss auf den Mund drücken. Emily stieg dabei eine leichte Alkoholfahne vom Vorabend in die Nase. Sie stieß David angewidert von sich.

„Lass mich! Ich dachte, wir wären auf einer Wellenlänge und dass ich dir wichtig bin."

„Du bist mir wichtig."

„So wichtig, dass ich allein dir nicht reiche? Du triffst du dich doch noch mit anderen Frauen, richtig?"

„Das tut doch nichts zur Sache", war seine Antwort.

„Das heißt wohl ja", stellte Emily fest und spürte einen Stich in ihrem Herzen.

„Ich dachte, das hier", sie deutete mit dem Finger zwischen sich und David hin und her, „würde auf mehr hinauslaufen als nur auf Sex."

Davids Antwort war lediglich: „Haben wir uns zu irgendwas verpflichtet?"

Jetzt wäre der Zeitpunkt gewesen, an dem David noch alles hätte geradebiegen und ihr seine Gefühle gestehen können. Aber das bedeutete wohl, dass er eben nicht so empfand wie sie.

Emily seufzte. „Nein, das haben wir nicht. Aber darum geht es nicht." Sie hielt inne. „Hast du dich gestern vielleicht noch mit irgendeiner anderen auf der Party vergnügt, als du so lange weg warst?"

Sie hatte das eigentlich sarkastisch gemeint, doch als sie in Davids Gesicht blickte, erkannte sie die Antwort, und konnte es nicht glauben.

„Oh mein Gott!" Entsetzt warf Emily die Hände vors Gesicht. „Das ist doch nicht dein Ernst! Wie dreist kann man sein!?"

Allmählich wurde David genervt und rollte mit den Augen. Auf einen hysterischen Aufstand hatte er jetzt keine Lust.

„Ich glaube, ich gehe dann mal", sagte er nur.

Während er seine Sachen zusammensuchte, ließ Emily ihrem Frust freien Lauf. „Ja, hau bloß ab! Such dir eine andere Dumme, die du verarschen kannst!"

„Krieg´ dich mal ein, Emily."

Diese Bemerkung brachte sie jedoch nur noch mehr in Rage. „Deshalb hattest du immer nicht so viel Zeit für mich. Du musstest ja noch irgendwie deine anderen Weiber unterbringen. Was für ein Arschloch bist du eigentlich?"

Noch einmal warf David einen genervten Blick in ihre Richtung, bevor er mit einem „Ciao" das Zimmer verließ.

„Lösch meine Nummer und melde dich ja nie wieder bei mir!", schrie sie ihm hinterher.

Leonie und Marlon lugten aus der Küche hervor und sahen den entnervten David aus der Wohnung stürmen.

Leonie lief in Emilys Zimmer, aus dem sie bereits die Schluchzer ihrer Freundin vernahm.

„Er ist genauso ein Arschloch wie alle anderen!", rief Emily unter Tränen.

Leonie ging auf sie zu und nahm sie in die Arme. Marlon war seiner Freundin gefolgt und blieb etwas unbeholfen im Türrahmen stehen.

„Schatz, kannst du bitte heißes Wasser aufsetzen?", fragte Leonie.

„Natürlich", antwortete Marlon nickend und

ging zurück in die Küche.

Leonie löste sich sanft aus der Umarmung mit Emily und sah ihrer Freundin in die Augen. „Wir machen dir jetzt einen schönen Tee und dann erzählst du uns ganz in Ruhe, was er gesagt hat, okay?"

Emily wischte ihre Tränen beiseite und nickte.

„Denke immer daran: Am Ende wird alles gut", ermutigte Leonie sie, „und wenn es nicht gut ist, dann ist es nicht das Ende."

Nachdem Emily Leonie und Marlon alles erzählt hatte, fühlte Leonie sich bestätigt in ihren Bedenken, die sie wegen David gehabt hatte. Ihr Gefühl hatte sie also nicht getäuscht. Aus Rücksicht auf ihre Freundin behielt sie diesen Gedanken aber lieber für sich.

Was für ein Arsch dieser Typ doch war! Was Männer anging, hatte Emily wirklich kein gutes Händchen. Dabei war sie so ein lieber, hilfsbereiter Mensch und verdiente es, auch endlich glücklich zu werden.

„Unfassbar, dass er auf der Party gestern was mit einer anderen hatte!", sagte Marlon empört. Auch er konnte es nicht glauben und auf ihn hatte David einen netten Eindruck gemacht und er hätte sich Emily und ihn gut als Paar vorstellen können.

„Vor allem würde mich mal interessieren, mit wem", sagte Leonie. „Wer von meinen Freundinnen macht bitte mit ihm ´rum, wo er doch dein Begleiter war, Emily?"

Emily zuckte mit den Schultern. „Vielleicht

wusste sie es nicht. Sarah wusste es ja auch nicht, bevor du es ihr gesagt hast. Und David hat mich ja lang genug allein gelassen und mich auch nicht vor den anderen geküsst. Also kein Wunder, dass das für einige Leute vielleicht nicht so rüberkam, als würden wir zusammengehören. Und laut David haben wir das ja auch nicht."

„Trotzdem", sagte Leonie, „ich werde mich umhören und herausbekommen, wer das war, und die kann sich dann was anhören von mir."

„Letzten Endes ist er der Arsch", sagte Marlon.

„Na ja", Emily zuckte mit den Schultern, „wir waren ja nicht zusammen. Im Prinzip kann ich ihm ja nicht mal Vorwürfe machen. Wir haben nie darüber gesprochen, was das zwischen uns ist. Ich bin davon ausgegangen, dass er so empfindet wie ich. Aber anscheinend habe ich keine gute Menschenkenntnis und sollte mich nicht auf mein Empfinden verlassen."

„Blödsinn!", warf Leonie ein. „Auch, wenn ihr nicht zusammen wart – wenn er keine feste Beziehung und sich auch mit anderen Frauen treffen wollte, hätte er von vornherein mit offenen Karten spielen sollen, bevor du Gefühle für ihn entwickelst. Spätestens, nachdem er mit dir geschlafen hat! Dann hättest du selbst entscheiden können, ob du dich darauf einlässt. Aber dass er das nicht offen kommuniziert hat, zeigt einfach, wie feige er ist!"

„Leonie hat total Recht", stimmte Marlon seiner Freundin zu. „Du musst nicht die Schuld bei dir suchen."

„Aber warum passiert mir so was immer wieder? Irgendwo muss es doch dann an mir liegen", fragte Emily verzweifelt und spürte, wie ihre Augen wieder feucht wurden.

„Du hast einfach noch nicht den Richtigen gefunden", sagte Leonie und legte ihr behutsam die Hand auf den Arm. „Aber fang nicht an, dich selbst fertig zu machen. Das ist dieser Idiot einfach nicht wert! Und auch nicht irgendein anderer Typ!"

„Richtig!", bestätigte Marlon. „Was haltet ihr davon, wenn ihr euch heute einen schönen Mädelstag macht, um dich ein bisschen abzulenken?"

Leonie lächelte ihren Freund gerührt und dankbar an. Eigentlich hatten sie geplant, den zweiten Advent heute gemeinsam auf dem Weihnachtsmarkt zu verbringen, aber er sah, wie schlecht es Emily ging, und steckte zurück. Das liebte Leonie so an ihm und sie war glücklich, so einen wunderbaren, unterstützenden und verständnisvollen Partner zu haben.

„Und was ist mit dir?", fragte Emily.

„Mach dir um mich mal keine Gedanken."

Skeptisch ließ sie ihren Blick zwischen Leonie und Marlon hin- und herwandern. „Seid ihr sicher? Ich möchte eure Pläne nicht zerstören oder euch irgendwie anderweitig in die Quere kommen."

„Keine Widerrede! Du hast Marlon gehört", warf Leonie ein und grinste ihre Freundin an. „Der Tag heute gehört uns beiden und wir lenken dich ein bisschen ab und verschaffen dir wieder bessere Laune. Was möchtest du machen?"

Emily war froh, so tolle Freunde zu haben. Allein diese Tatsache hob ihre Laune etwas und zauberte ihr schon wieder ein kleines Lächeln ins Gesicht.

KAPITEL 10

Am nächsten Morgen stapfte Emily auf dem Weg zur Arbeit durch den Schnee. Es hatte die ganze Nacht geschneit. Auf den Gehwegen lag die weiße Pracht verteilt und glitzerte in der Sonne. Auf den Straßen hingegen war der Großteil bereits matschig gefahren und nicht mehr weiß, sondern von dem Schmutz der darüber entlangfahrenden Autos verfärbt.

Emily fühlte sich immer noch niedergeschmettert nach dem Wochenende, an dem sie erfahren hatte, wie David wirklich über die beiden dachte.

Immerhin hatte sich ihre Laune später etwas gebessert, denn Leonie hatte ihr Bestes gegeben, um Emily von ihrem Kummer abzulenken. Passend zum Advent hatten sich die Freundinnen ein paar Weihnachtsfilme angeschaut – fröhliche und lustige, keine schnulzigen Liebesgeschichten mit Happy End, denn das konnte Emily gerade gar nicht gebrauchen – und Sushi bestellt. Zum Nachtisch hatten sie sich noch ein paar Plätzchen gegönnt, die Leonie und Marlon vor ein paar Tagen gebacken hatten.

Jetzt, wo sie wieder allein war und die Fahrt zur Arbeit, die sie heute aufgrund der zugeschneiten Straßen mit der Bahn statt wie gewohnt mit dem Fahrrad auf sich nahm, ihr Zeit zum Nachdenken ermöglichte, wanderten Emilys Gedanken automatisch wieder zu David und sie spürte erneut, wie sehr sein Verhalten sie verletzt hatte. Sie hatte bereits angefangen, Gefühle für ihn zu entwickeln. Es hatte alles so schön begonnen und sie war sich so sicher gewesen, dass es mit David endlich mal passen würde und er das Gleiche für sie empfände. Aber es war ja nicht das erste Mal, dass sie sich bei Männern täuschte.

Gestern Abend, als sie im Bett lag, war ihr Dario plötzlich wieder in den Sinn gekommen. Dem netten Italiener, den sie vor einigen Wochen beim Speeddating kennen gelernt hatte, hatte sie nie geantwortet. Sie wollte ja, doch dann waren die Verabredungen mit David gewesen und sie hatte nicht gewusst, was sie Dario hatte antworten sollen. Und dann war es im Laufe der Tage und Wochen komplett bei ihr untergegangen. Sie war so fixiert auf David gewesen, dass ihr andere Männer gar nicht in den Sinn gekommen waren. Wie dumm von ihr, wenn man bedachte, dass David sich währenddessen keineswegs nur auf sie konzentriert hatte.

Emily bereute es, Dario keine Chance gegeben zu haben, sie kennen zu lernen, und einen kleinen Moment lang fragte sie sich, ob diese Möglichkeit jetzt noch bestünde. Doch schnell verwarf sie diesen Gedanken wieder.

Diese Gelegenheit hast du wohl verspielt, machte sie sich klar. Es wäre nicht fair, sich nach Wochen des Schweigens plötzlich zu melden und Dario als Lückenbüßer zu benutzen.

Noch in ihre Gedanken versunken, betrat Emily

das Kindergartengebäude. Als sie den langen Flur zu ihrem Gruppenraum entlanglief, entdeckten ein paar Kinder sie bereits von Weitem. Begeistert riefen sie ihren Namen und kamen fröhlich angerannt. Emily konnte gar nicht anders, als ihre Sorgen beiseitezuschieben und zu lachen, als sie die Kinder in ihre Arme schloss. Wie sehr diese kleinen Geschöpfe einem doch das Herz erwärmten!

Sie würde sich die nächsten beiden Tage in die Arbeit stürzen, um ja nicht großartig an David denken zu müssen. Davon abgesehen, war sowieso noch einiges für die Theateraufführung, die schon Ende nächster Woche bevorstand, zu tun.

Ab Mittwoch hatte sie sich für den Rest dieser Woche Urlaub genommen, weil sie mit Nina ein paar Tage nach Prag fahren wollte. Also nahm Emily sich vor, Samantha noch so viel wie möglich vor ihren freien Tagen zu unterstützen. Obwohl Emily viel Spaß bei der Arbeit hatte, war die Zeit vor Weihnachten jedes Jahr ziemlich stressig: Die Weihnachtsfeier sowie die Adventscafés in den Gruppen mussten vorbereitet und mit den Kindern Geschenke für die Eltern gebastelt und verpackt werden. Dafür durften sich die Erzieher anschließend auf knapp zwei freie Wochen freuen, da der Kindergarten kurz vor den Feiertagen schloss und nach dem Jahreswechsel wieder öffnete.

Dieses Jahr konnte Emily dank des geplanten Kurztrips nun noch zwischendurch für ein paar Tage verschnaufen. Hauptanlass für die Reise nach Prag war ein Konzert von Alejandro Rodriguez, einem puerto-ricanischen Sänger, der weltweit bekannt und sehr erfolgreich in der Latin Urban-Szene unterwegs war. Nina und Emily mochten seine Musik sehr, die sich durch einen Mix aus lateinamerikanischen Musikstilen wie Reggaeton, Hip Hop, Salsa, Merengue und Dancehall definierte. Leider waren aktuell keine Konzerte von Alejandro in Berlin oder überhaupt in Deutschland geplant.

Doch dann hatten Emily und Nina vor einigen Monaten erfahren, dass der Sänger Mitte Dezember ein Konzert in der tschechischen Hauptstadt geben würde. Und da diese nur circa fünf Autostunden entfernt von der deutschen lag, war den Freundinnen die Idee gekommen, zu dem Konzert zu fahren und sich bei dieser Gelegenheit gleich ein wenig die Stadt anzusehen, weshalb sie ein paar Tage mehr für die Reise einplanten. Vor allem jetzt in der Adventszeit würde es bestimmt schön werden, Prag in seinem weihnachtlichen Glanz zu erleben. Und gerade nach dem erneuten Dilemma in ihrem Liebeslieben war Emily froh auf die Aussicht, in den kommenden Tagen einen Tapetenwechsel zu erleben und sich ablenken zu können. Das würde ihr sicherlich gut tun.

„Oh Tannenbaum, oh Tannenbaum,
   wie grün sind deine Blätter?
   Du grünst nicht nur zur Sommerzeit,
   nein, auch im Winter, wenn es schneit.
   Oh Tannenbaum ..."
Emily saß mit den Kindern im Kreis auf dem Boden, wo sie gemeinsam im Chor sangen. Wie je-

den Tag nach dem Frühstück fand gerade der Morgenkreis statt, in welchem der Tag begrüßt und gemeinsam gesungen wurde. Außerdem konnten die Kinder von ihren Erlebnissen erzählen, z. B. dem Wochenende oder besonderen Anlässen. Aktuell war natürlich Weihnachten, Advent und alles, was dazu gehörte, immer wieder Thema im Morgenkreis. Emily sang mit den Kindern Weihnachtslieder und las ihnen Weihnachtsgeschichten vor, die Kinder erzählten davon, wie sie die Adventssonntage mit ihren Eltern verbracht hatten, es wurden kleine Spiele gespielt und täglich durfte ein Kind ein Türchen des selbstgebastelten Adventskalenders öffnen.

Emily schaute in die Runde und überlegte, wer von den Kindern bisher noch kein Türchen geöffnet hatte. Ihr Blick blieb an Ava hängen und sie beschloss, dass das Mädchen nachsehen durfte, was sich in dem Säckchen mit dem heutigen Datum verbarg. Glücklich darüber, dass sie ausgewählt worden war, sprang Ava auf und lief aufgeregt zu der Wand, an der der Adventskalender aufgehängt war. Ihr Blick wanderte zwischen den Ziffern hin und her. Dann entdeckte sie die 11.

„Ich hab's gefunden!", rief sie begeistert.

„Dann darfst du in das Säckchen hineinschauen", sagte Emily, wobei sie ihr bestätigend zunickte.

Ava öffnete die Schnur, die das dunkelrote Säckchen verschloss, und fischte mit ihren kleinen Fingern einen Schokoriegel heraus, welchen sie freudestrahlend in der Hand hielt. Emily musste schmunzeln. Mit welch einfachen Dingen man Kinder doch glücklich machen konnte! Sie dachte an ihre eigene Kindheit zurück, die sorgenfrei und unbeschwert gewesen war. Sie wünschte sich diese Zeit zurück.

Die Tür zum Gruppenraum öffnete sich und Samantha, deren Schicht in ein paar Minuten beginnen würde, trat herein. Auch sie wurde von den Kindern freudestrahlend und mit regelrechten Jubelrufen empfangen.

„Good morning, everybody!", rief Samantha lachend.

Es war 9.45 Uhr, als Emily den ZOB, den Zentralen Omnibusbahnhof am Funkturm, erreichte.

Da weder sie noch Nina zur Zeit ein Auto besaßen, hatten sie sich dazu entschieden, einen Reisebus nach Prag zu nehmen, der sie ganz bequem und günstig auf direktem Weg an ihr Ziel bringen würde. Sie lief zu der großen Anzeigetafel, um herauszufinden, zu welchem Steig sie gehen musste. Um zehn Uhr sollte der Bus abfahren, der sie und Nina nach Prag bringen würde. Suchend sah sie sich nach ihrer Freundin um, konnte sie in der Menschenmenge, die sich am Bahnhof herumtrieb, jedoch nicht entdecken.

Sie zückte ihr Handy und schrieb eine Nachricht an Nina mit dem Text: *„Ich bin am Bahnhof. Wo bist du?"*

Ein paar Sekunden später erhielt sie die Antwort: *„Noch eine S-Bahn-Station, dann komme ich ′rübergelaufen."*

Da hatte sie es wieder: Wie immer kam Nina auf dem letzten Drücker an. Typisch. Na, Hauptsache, sie verpasste nicht den Bus! Emily wollte nicht ohne ihre Freundin nach Prag fahren müssen.

Sie stellte sich schon in der Schlange an, die sich vor dem Bus bildete, während der Fahrer die Fahrkarten prüfte und die Koffer der Leute in den Gepäckraum verfrachtete.

Gerade als der Fahrer Emilys Fahrkarte mit dem Gerät gescannt hatte und sie ihn darüber informieren wollte, dass ihre Freundin gleich noch dazukäme, kam Nina ihren Koffer hinter sich herziehend auf sie zugeeilt. Während der Fahrer auch Ninas Fahrkarte scannte und ihren sowie Emilys Koffer in den Gepäckraum lud, begrüßten sich die Mädchen mit einer hektischen Umarmung und stiegen erleichtert in den Bus. Gerade noch geschafft!

Zum Glück war der Bus nicht allzu voll und sie fanden ein gutes Plätzchen im hinteren Bereich, wo sie ein wenig Ruhe hatten.

Die beiden Freundinnen hatten sich nun schon eine Weile nicht gesehen und nutzten die fünf Stunden Fahrzeit, um sich gegenseitig auf den neuesten Stand zu bringen.

Nina fragte sofort nach, wie es mit David lief, von dem Emily immer mal wieder in Nachrichten erzählt und Nina auf den neuesten Stand gebracht hatte. Die Ereignisse vom vergangenen Wochenende kannte Nina allerdings noch nicht, und Emily weihte sie ein, woraufhin Nina sich nicht gerade leise mit den Worten „Was für ein Scheißkerl!" über ihn ausließ.

Ein paar Leute, die weiter vorne saßen, warfen den beiden empörte Blicke zu – sei es wegen Ninas Wortwahl oder ihrer Lautstärke gewesen. Allerdings juckte Nina das nur wenig und Emily musste auf das gleichgültige Schulterzucken ihrer Freundin hin kichern. Nina hatte kein Problem damit, aufzufallen und sie machte sich nicht viel daraus, was andere über sie dachten.

„Ich freue mich natürlich über deinen Beistand", flüsterte Emily zu Nina, „aber seien wir mal ehrlich – so sehr unterscheidet du und David euch ja nicht."

Nina sah ihre Freundin entsetzt an. „Inwiefern?"

„Ich meine das nicht böse", fuhr Emily fort. „Bitte verstehe mich nicht falsch. Aber na ja, du hast ja auch deine Techtelmechtel und willst dich an keinen Mann binden."

„Und das gibt dir das Recht, mich mit so einem Arschloch zu vergleichen? Hör mal, Emily – ja, ich genieße mein Singleleben. Und du magst Recht haben damit, dass ich mich nicht an einen Kerl binden will. Aber erstens aus dem Grund, weil mir der Richtige noch nicht über den Weg gelaufen ist, und zweitens bin ich offen und ehrlich den Kerlen gegenüber. Sie wissen, woran sie bei mir sind. Ich spiele niemandem Gefühle vor."

Emily nickte zustimmend. „Du hast Recht. Tut mir leid. Ich wollte dich nicht angreifen."

„Du solltest nicht jeden verurteilen, der nicht so romantisch veranlagt ist wie du und nach der großen Liebe sucht."

„Ja, das war dumm. Entschuldige."

„Sei mir auch nicht böse, wenn ich das jetzt sage, Emily, aber ich denke, du verliebst dich manchmal zu schnell. Du suchst immer nach dem Traumprinzen und einem Märchen. Aber das Leben ist nun mal kein Märchen."

„Also denkst du, dass es meine eigene Schuld ist, dass ich mit David so auf die Nase gefallen bin?"

„Nein, deine Schuld nicht. Aber versuche doch in Zukunft vielleicht, ein bisschen auf der Hut zu sein und dich damit ein wenig selbst zu schützen."

Emily ließ das sacken und eine kurze Stille machte sich breit.

Nach ein paar Sekunden legte Nina ihre Hand auf den Arm ihrer Freundin. „Ich will mich nicht mit dir streiten. Und schon gar nicht wegen irgendwelcher Männer. Wir wollen doch einen schönen Urlaub miteinander verbringen."

Emily sah Nina an. „Ich will auch nicht streiten. Vergiss meinen Kommentar, der war dumm und unüberlegt. Ich bin einfach frustriert", sagte sie und ließ sich seufzend in ihrem Sitz zurück.

„Wir machen uns ein paar schöne Tage und lenken dich ab. Komm her." Nina schloss ihre Freundin in eine spontane Umarmung.

Später, als Nina die Augen schloss, um ein wenig Schlaf nachzuholen, kramte Emily ihre Kopfhörer aus ihrem Rucksack und lehnte sich ebenfalls zurück. Sie startete die Spotify-App auf ihrem Handy und lauschte der Musik irgendeiner Playlist, die sie wahllos auf der Startseite anklickte, während sie die an ihr vorüberziehende Landschaft betrachtete und über Ninas Worte nachdachte. Auch, wenn Emily bei Ninas Offenheit erst einmal hatte schlucken müssen, musste sie sich eingestehen, dass ihre Freundin wahrscheinlich gar nicht so falsch lag. Ähnliche Gespräche hatte sie des Öfteren ja auch schon mit Anna geführt.

Vielleicht war das alles eine Sache der Betrachtung.

Emily nahm sich fest vor, vorübergehend eine Pause von den Männern einzulegen. Blöderweise drifteten ihre Gedanken irgendwann wieder zu David sowie den anderen Männern, die sie seit der Trennung von Nick kennen gelernt hatte. Und zu Gedanken an ihre Zukunft, für die sie sich immer noch nichts sehnlicher wünschte als einen treuen Partner an ihrer Seite und einer Familie.

KAPITEL 11

Nina steckte die Zimmerkarte in den Kartenleser der Tür, welche sie daraufhin aufstieß und das Hotelzimmer betrat. Emily folgte ihr. Beide sahen sich in dem großen Zimmer um, das sie gebucht hatten, und bewunderten die hübsche und moderne Einrichtung. In dem Zimmer befanden sich zwei Einzelbetten, jedes mit einem Nachttisch daneben versehen, gegenüber von den Betten befand sich ein kleiner Schreibtisch und darüber ein Spiegel. Neben dem Tisch war etwas höher ein Fernseher an der Wand angebracht.

Geradezu von der Eingangstür, in diesem Augenblick also genau gegenüber von Emily und Nina, die noch im Flur standen, ließen bodentiefe Fenster besonders viel Tageslicht in den Raum fallen und boten zudem einen wunderschönen Ausblick auf die Stadt. Im Flur war außerdem ein kleiner eingebauter Kleiderschrank zu finden. Die Mädels stellten ihre Koffer in die Nische neben dem Schrank.

„Gefällt mir!", rief Emily und warf sich direkt auf eines der beiden Einzelbetten, das sie im Stillen für sich ausgewählt hatte.

Nina nickte. „Mir auch. Vor allem der Ausblick!"

„Ja, der ist wundervoll! Ich freue mich schon

auf die nächsten Tage und vor allem auf das Konzert!" Emily sah nachdenklich zur Decke. „Weißt du was? Lass uns heute Abend ausgehen!", schlug sie vor.

„Klar, ich bin dabei! Wir müssen doch auf unseren Mädelsurlaub anstoßen!", grinste Nina. „An was hast du gedacht? Willst du in einen Club gehen oder gemütlich in einer Bar was trinken?"

„Ich hab´ Bock, mal wieder tanzen zu gehen."

„Alles klar. Lass uns mal online schauen, ob wir einen angesagten Club ausfindig machen können." Nina griff nach ihrem Handy.

Emily ließ sich in die weichen Kissen des Bettes sinken, während sie darauf wartete, was Nina ihr gleich für Ergebnisse präsentieren würde.

„Hier gibt es einen Club, in dem hin und wieder wohl auch Prominente unterwegs sind", hörte sie ihre Freundin einige Sekunden später sagen. „Schau mal." Mit dem Handy in der Hand ging sie hinüber zu Emily und hielt ihr das Display vor die Nase. „Cara Delevigne, Xzibit, Wiz Khalifa, Far East Movement ... die waren alle schon da."

Emily betrachtete die Bilder. „Wow, dann scheint der Club ja ziemlich angesagt sein."

Nina nickte und drehte das Handy wieder zu sich, um die Website weiter zu durchforsten.

„Sieht so aus, als wäre das Bar und Club in einem", sagte sie. „Und der Laden liegt zentral in der Nähe der Karlsbrücke."

„Perfekt! Ich würde sagen, dann haben wir unser Ziel für heute Abend schon mal gefunden", grinste Emily.

„Yeah!", jubelte Nina. „Und was machen wir

davor?"

„Wie wäre es erst einmal mit Mittagessen? Ich hab' Riesenhunger!"

„Oh ja, was zu essen könnte ich jetzt auch gebrauchen. Und danach können wir ja noch ein wenig durch die Stadt laufen."

„Das klingt nach einem guten Plan."

Nachdem sie sich also mit einem Besuch beim Italiener, den sie in der Nähe des Hotels entdeckten, gestärkt hatten, spazierten die Freundinnen am Nachmittag durch die Prager Innenstadt. Sie waren fasziniert von der mittelalterlichen Architektur und den spitzen Türmen überall, die die Umgebung wie im Märchen wirken ließen.

Es wurde langsam dunkel. Schneebedeckte Dächer und beleuchtete Hausfassaden verliehen der Stadt eine wunderbar weihnachtliche Atmosphäre.

Emily und Nina schlenderten weiter durch festlich verzierte Fußgängerzonen und verwinkelte Gassen sowie an der Promenade am Moldau-Ufer entlang. In der Ferne konnten sie die Karlsbrücke sehen, das wohl bekannteste Wahrzeichen der *Goldenen Stadt*, und spazierten die gesamte Promenade entlang, bis sie die Brücke erreichten. Als sie die Brücke betraten, bestaunten sie zu beiden Seiten noch einmal die Moldau unter sich. Auf der Karlsbrücke selbst tummelten sich Künstler und Maler, von denen man Portraits oder Karikaturen von sich zeichnen lassen konnte, sowie Souvenirhändler, die den Touristen allerhand anboten.

Nach ihrem langen Spaziergang gingen die Freundinnen in einen Supermarkt, um sich mit Getränken und ein paar Snacks für die nächsten Tage auszustatten. Dann machten sie sich auf den Weg zurück ins Hotel, wo sie begannen, sich für den Abend zu stylen.

Im Club angekommen, dröhnte laute Elektromusik aus den Lautsprechern, buntes Licht flackerte und ließ die Leute, die sich auf der Tanzfläche den pulsierenden Klängen der Musik hingaben, aussehen, als bewegten sie sich in Zeitlupe. Bei den mitreißenden Bässen spürte Emily ebenfalls das Bedürfnis zu tanzen und automatisch wippte ihr Oberkörper im Gehen mit.

Auf der Suche nach der Bar folgte Emily ihrer Freundin, die sich heute in ein türkisblaues Kleid mit einem Taillenband aus Satin und einem Cut-Out in Höhe des Dekolletés geworfen hatte. Das Kleid bildete einen besonderen Kontrast zu ihrem schulterlangen haselnussbraunen Haar mit den hellen Strähnen, das sie offen trug und mit einem Lockenstab zu leichten Wellen geformt hatte. Für ihr eigenes Partyoutfit hatte Emily ein abendrotes Shirt mit V-Ausschnitt und Faltenwurf, das ihr bis zu den Hüften reichte und in der Mitte mit einer Brosche geziert war, und eine schwarze Lederimitathose gewählt. Dazu trug sie schwarze Stiefeletten mit einem kleinen Absatz. Ihr Deckhaar hatte sie zu einem halben Zopf gebunden, während der untere Teil ihrer honigblonden Haare offen über ihre Schultern fiel.

Sie erreichten den Tresen, nahmen Platz auf den

Barhöckern und bestellten ihre Drinks. Emily entschied sich für einen Swimming Pool und Nina wählte einen Wodka Red Bull. Als der Barkeeper ihnen die Getränke servierte, stießen die Freundinnen an und nippten an ihren Gläsern, während sie das bunte Treiben im Club verfolgten.

Irgendwann wurde ein Hit von Alejandro Rodriguez gespielt und Emily und Nina stürmten jauchzend die Tanzfläche. Aber nicht nur die beiden tanzten aus voller Leidenschaft. Die Stimmung im ganzen Club hob sich noch einmal, als die mitreißenden Rhythmen und spanischen Texte des puerto-ricanischen Sängers mit der rauchigen Stimme den Saal erfüllten.

Emily bemerkte, wie ein Mann mehrere Meter entfernt von ihr sie beim Tanzen beobachtete. Als sie zu ihm hinüberschielte, lächelte er ihr freundlich zu. Sein Lächeln war umwerfend. Es hatte etwas sehr Sympathisches. Seine ganze Person strahlte etwas ganz Besonderes aus. Und überhaupt war er eine ziemliche Augenweide. Er war circa 1,70 m groß und hatte dunkelblonde Haare, die er zu einem Undercut trug, soweit Emily das in dem flackernden und schummrigen Diskolicht erkennen konnte. An seinem engen schwarzen T-Shirt zeichneten sich seine muskulösen Oberarme ab. Sie waren trainiert, aber nicht zu aufgepumpt, ebenso wie seine Brust. Genau richtig, wie Emily fand.

Sie schenkte ihm ebenfalls ein schüchternes Lächeln und wandte anschließend den Blick wieder ab. Nach der Geschichte mit David wollte sie sich doch vorerst von Männern fernhalten und konnte getrost auf weitere deprimierende Erfahrungen verzichten. Aber sie musste zugeben, dass dieser Typ verdammt süß war und sie wie magisch anzog.

Sie tanzte weiter und obwohl ihr Verstand ihr davon abriet, konnte sie nicht aufhören, immer wieder nach links in seine Richtung zu spähen. Aber auch er konnte seine Augen nicht von ihr lassen. Jedes Mal, wenn Emily zu ihm hinübersah, klebte sein Blick praktisch an ihr.

Plötzlich bemerkte sie einen anderen Typen neben sich, der ihr unangenehm nah kam. Er drängte sich dicht an sie und seine Hand wanderte auf ihre Hüfte. Emily wich zurück, aber der Kerl drängte sich ihr nur noch mehr auf. Er kam mit seinem Gesicht ihrem sehr nahe und Emily nahm den starken Alkoholgeruch wahr, der ihr entgegenschlug. Angewidert drehte sie den Kopf weg.

Nina, die ihrer Freundin gegenüberstand, wollte schon einschreiten, da tauchte plötzlich der Schönling auf, mit dem Emily eben Blicke ausgetauscht hatte. Schützend stellte er sich vor sie und warf dem betrunkenen Typen einen warnenden Blick zu.

„Is there any problem?"

Der Betrunkene hielt abwehrend die Hände hoch. Er sagte lallend etwas in einer Sprache, die in Emilys Ohren wie Tschechisch klang.

„Leave her alone!", sagte der Hübsche noch etwas eindringlicher zu dem vermeintlichen Tschechen. Dieser wollte wohl keinen Stress haben und zeigte sich kapitulierend. Torkelnd zog er sich zurück und verschwand aus Emilys Sichtfeld.

Erleichtert wandte sie sich ihrem Retter zu und rief über die laute Musik hinweg: „Thank you so much! He was quite annoying!" Insgeheim war sie dem Betrunkenen aber auch ein kleines bisschen dankbar. Immerhin hatte er dafür gesorgt, dass dieser süße Typ herbeigeeilt war.

Er lächelte sie an. „You´re welcome! Would you like something to drink?"

Ihr Glas war inzwischen fast leer. Somit hatte sie nichts dagegen, sich von diesem Adonis auf ein Getränk einladen zu lassen.

„Yes, I´d like to very much. Wait a minute, please!"

Emily beugte sich zu Nina, die die ganze Szene beobachtet hatte und vielsagend grinste, rief ihr über die laute Musik hinweg ins Ohr, dass der Unbekannte ihr einen Drink spendieren wollte, und bat sie, mitzukommen. Sie würde ihre Freundin nicht allein im Getümmel stehen lassen.

Sie griff nach Ninas Hand, nickte dem attraktiven Mann bestätigend zu und die Freundinnen folgten ihm an die Bar.

Er schien ebenfalls in Begleitung eines Freundes zu sein, welcher ihn überrascht und erfreut am Bartresen empfing. Anscheinend hatten sie sich aus den Augen verloren.

Hier an der Bar war die Musik zwar auch noch ziemlich laut, aber immerhin etwas leiser als auf der Tanzfläche, was das Unterhalten leichter machte. So konnten Emily und Nina hören, wie der Schönling Deutsch mit seinem Kumpel sprach.

„Ihr kommt ja aus Deutschland!", rief Emily.

Überrascht drehte der Unbekannte sich zu ihr um und grinste spitzbübisch. Jetzt konnte Emily erkennen, was für strahlend grüne Augen er hatte. Sein Lächeln wirkte aus nächster Nähe noch umwerfender. Dieser Mann war wirklich faszinierend.

„Allerdings, und ihr wohl auch, wie es scheint."

„Sieht wohl so aus". Emily schmunzelte. „Woher genau kommt ihr?"

„Aus Berlin", antwortete er.

Jetzt ergriff Nina das Wort: „Nicht dein Ernst! Wir auch!"

„Wow, was für ein Zufall! Da trifft man andere Berliner hier in Prag, das gibt's ja nicht!" Er lachte und sein Blick blieb an Emily hängen, so wie bereits vorhin auf der Tanzfläche.

Emilys Herz klopfte schneller und die Röte stieg ihr ins Gesicht. Sie hoffte, dass das Licht noch schummrig genug war und er das Erröten nicht bemerken würde.

Nina bemerkte auf jeden Fall sofort, was hier vor sich ging und welche Blicke ihre Freundin und der nette attraktive Mann sich zuwarfen.

„Das ist übrigens Emily. Und ich bin Nina", sagte sie.

„Schön, euch kennen zu lernen", antwortete er. „Ich heiße Ben und das ist mein Kumpel Felix."

Felix nickte und hob die Hand. „Hi."

„Also, Mädels, was wollt ihr trinken?", fragte Ben.

Nach einem Blick in die Karte, die auf dem Tresen lag, entschied sich Emily für einen Caipirinha und Nina nochmals für einen Wodka Red Bull.

Ben orderte die Drinks für die Frauen und Bier für sich und Felix. Anschließend suchten die vier nach einer freien Ecke in der Sitzlounge und ließen sich auf den stylischen roten Ledersofas nieder. Hier war die Musik dezent und man konnte sich gut unterhalten, ohne sich anschreien zu müssen.

„Vielen Dank für die Einladung!", sagte Emily zu Ben und hielt erklärend ihr Glas in die Höhe.

Wieder schenkte er ihr ein umwerfendes Lächeln. „Gern geschehen."

Emily lächelte zurück und spürte erneut, wie ihr Herzschlag sich beschleunigte.

„Und, wie lange seid ihr schon in Prag?", fragte Felix.

„Wir sind erst heute Mittag angekommen", antwortete Nina. „Und ihr?"

„Wir sind seit zwei Tagen hier und bleiben noch bis übermorgen."

„Wisst ihr schon, was ihr euch in der Stadt anschauen wollt?", fragte Ben.

„Könnt ihr denn etwas empfehlen?", stellte Emily als Gegenfrage. „Wir wollten spontan sein und haben uns bisher noch gar nicht so wirklich darüber informiert, welche Sehenswürdigkeiten es hier so gibt."

„Richtig", sagte Nina mit dem Kopf nickend. „Eigentlich sind wir nämlich wegen eines Konzerts hier, aber wir dachten uns, warum nicht ein paar Tage mehr daraus machen und noch etwas von Prag sehen? Es gibt ja bestimmt coole Ecken hier."

„Auf jeden Fall", bestätigte Ben. „Eine der bekanntesten Sehenswürdigkeiten hier in Prag ist natürlich die Karlsbrücke. Die habt ihr sicherlich schon auf dem Weg hierher gesehen oder seid ′rübergelaufen."

„Ja, wir sind sogar schon am Nachmittag ein Stück über die Brücke spaziert", sagte Emily.

„Sehr gut", antwortete Ben. „Dann solltet ihr euch noch die Altstadt anschauen. Dort gibt es unter anderem das Rathaus mit der Astronomischen Uhr."

„Astronomische Uhr?", hakte Nina nach.

„Ja, zu jeder vollen Stunde kann man an ihr etwas Besonderes beobachten. Und zwar werden mehrere Zeiger auf der Uhr bewegt. Es gibt den Sonnenzeiger, der sich mit dem Lauf der Sonne verschiebt, und den Mondzeiger, der den Lauf des Mondes und der Mondphasen zeigt. Die Ekliptik, also die Ebene der Umlaufbahnen, zeigt die Tierkreiszeichen."

„Wow, das klingt interessant."

Felix nickte und ergänzte: „Außerdem findet auf dem Altstädter Ring jetzt in der Vorweihnachtszeit der Prager Weihnachtsmarkt statt, der ist sehr schön. Und dann gibt es noch den Wenzelsplatz mit vielen Einkaufsmöglichkeiten und Restaurants. Ansonsten waren wir noch im Foltermuseum."

„Im Foltermuseum?", fragte Emily, deren Augen sich vor Entsetzen weiteten.

Felix lachte. „Ja, die gibt es hier gefühlt an jeder Ecke, wie wir beim Spazieren festgestellt haben. In den Museen gibt es Exponate von früheren Folterinstrumenten und Ausstellungen mit Wachsfiguren, die beispielsweise die damaligen Hexenverbrennungen nachstellen. War auf jeden Fall interessant."

„Morgen wollen wir zur Prager Burg", fuhr Ben fort. „Dorthin kann man wohl direkt von der Karlsbrücke aus laufen. Vielleicht ..", er blickte hinüber zu seinem Freund und dann wieder zu Emily und Nina, „wollt ihr euch uns anschließen?"

„Von mir aus gern", antwortete Emily und jubelte innerlich vor Freude. Dann sah sie fragend ihre Freundin an.

„Ja, das klingt gut", stimmte Nina zu und grinste. „Es sei denn, ihr solltet euch heute Abend als totale Nervensägen oder Freaks entpuppen. Davon hatten wir genug zu Hause und können die hier überhaupt nicht gebrauchen."

Ben lachte. „Wir werden uns Mühe geben, einen guten Eindruck bei euch zu hinterlassen."

KAPITEL 12

Emily und Nina standen am Fuße der Karlsbrücke, wo sie sich mit Ben und Felix verabredet hatten, und warteten auf die beiden.

Der gestrige Clubbesuch, bei dem sie die Männer kennen gelernt hatten, hatte sich definitiv gelohnt. Die vier hatten einen lustigen Abend miteinander verbracht und gemeinsam auf der Tanzfläche getanzt und herumgealbert.

Und dieser Ben war ja mal zum Anbeißen! Emily hatte erfahren, dass er von Beruf Feuerwehrmann war. Das Klischee, dass die Männer dieser Berufsgruppe besonders heiß sein sollen, traf auf ihn auf jeden Fall zu. Kein Wunder, dass er so trainiert war. Und darüber hinaus rettete er Menschenleben und riskierte bei jedem Einsatz sein eigenes. Wenn das kein Held war! Aber nicht nur Bens Optik sowie sein Job beeindruckten Emily. Vielmehr noch hatte sie in den Gesprächen mit ihm festgestellt, dass sie sich richtig gut miteinander unterhalten konnten und viele Gemeinsamkeiten hatten. Das war nicht nur oberflächlich. Die Chemie stimmte einfach, das hatte sie vom ersten Moment an gespürt.

Also verbrachte sie zu gern den heutigen Tag mit ihm, nachdem er den gemeinsamen Besuch der Prager Burg vorgeschlagen und sie am Ende des Abends nach ihrer Nummer gefragt hatte.

Und welch ein Zufall, dass er auch aus Berlin kam! War das vielleicht Schicksal?

Er hatte ihr erzählt, dass er in dem Bezirk Schöneberg wohnte. Emily lebte in Charlottenburg, was nicht weit entfernt von Schöneberg lag.

Emily freute sich, aber sie fragte sich trotzdem, wo der Haken war, denn das war einfach alles zu schön, um wahr zu sein.

Sie dachte an die Geschichte mit David, wo ihr anfangs auch alles perfekt erschienen hatte. Sie würde die Zeit mit Ben zwar genießen, aber trotzdem auf der Hut sein und sich nicht wieder voreilig in etwas verrennen. Und wenn es nur dabei blieb, die Zeit in Prag mit ihm zu verbringen und ihn danach nie wiederzusehen – dann hatte sie immerhin ein paar schöne Tage gehabt.

Jedoch zog sich ihr bei diesem Gedanken, so sehr sie sich auch dagegen wehrte, das Herz zusammen. Ben war ihr nicht aus dem Kopf gegangen, bis sie in ihrem Hotelbett eingeschlafen war, und heute Morgen war er ihr erster Gedanke nach dem Aufwachen gewesen.

Im Bad vorhin hatte sie ein wenig mehr Makeup aufgelegt als sonst, aber auch darauf geachtet, es nicht zu übertreiben. Sie wollte sich heute von ihrer besten Seite präsentieren und konnte es kaum erwarten, die Männer gleich zu treffen.

Nachdem sie und Nina nachts zurück im Hotel gewesen waren, hatte Nina sie mit Fragen ausgequetscht. Neben der anfänglichen Blicke, die sich die Emily und Ben zugeworfen hatten, war ihr ebenso nicht entgangen, wie ausführlich die beiden sich miteinander unterhalten hatten, während sie und Felix die Tanzfläche unsicher und zwischendurch immer wieder Drinks für alle besorgt hatten.

Nina freute sich für Emily, dass sie einen tollen Kerl kennen gelernt hatte – und das gleich an ihrem ersten Abend in Prag! Wer weiß, was dieser Städtetrip noch alles für sie bereithalten würde.

„Hey, ihr beiden!" Emilys Herz machte bei Bens Anblick einen Salto und sie bemühte sich, sich ihre Aufregung nicht anmerken zu lassen, als die Männer sie und Nina begrüßten.

„Gut geschlafen in der ersten Nacht im Hotel?", fragte Ben, als er Emily an sich drückte.

Sie genoss die Millisekunden der Nähe zu ihm und nickte lächelnd. „Ja, wie ein Baby. Und danke noch mal fürs quasi Nach-Hause-Bringen!"

Ben und Felix hatten sich als wahre Gentlemen erwiesen und darauf bestanden, die Freundinnen bis zum Hotel zu begleiten. Dabei lag das Hotel in Fußnähe zum Club, in dem sie gewesen waren.

Danach waren Ben und Felix mit der U-Bahn zu ihrer Ferienwohnung gefahren, die sie bei AirBnB für ihren Aufenthalt in Prag gebucht hatten. Vor dem Schlafengehen hatte Ben Emily noch eine Nachricht geschrieben, in der er sich für den tollen Abend bedankt und ihr eine gute Nacht gewünscht und ihr außerdem geschrieben hatte, wie sehr er sich auf ihren Tagesausflug freuen würde.

Auf dem Weg zur Prager Burg spazierten die vier über die Karlsbrücke und erreichten rund zwanzig Minuten später den Berg Hradschin und das riesige Areal, das die Prager Burg umschloss. Von hier oben hatte man einen wunderschönen Ausblick über die ganze Stadt. Als beliebteste Sehenswürdigkeit Prags war der Andrang an Touristen hier selbst zu dieser kalten Jahreszeit entsprechend hoch, weshalb die Berliner eine Weile an der Schlange für die Eintrittskarten anstehen mussten. Als sie endlich bezahlt hatten, studierten sie die Lagepläne, die sie an der Kasse erhalten hatten, und besprachen, wo sie am besten mit dem Rundgang anfingen.

Zuerst liefen sie vorbei am Veitsdom, dem größten Kirchengebäude in Tschechien und der ehemaligen Kathedrale des Erzbistums Prag. Auf dem Platz hinter dem Dom gab es einen Weihnachtsmarkt. Ein feiner Duft von Zimt, knusprigem Schinken und Glühwein wehte über den Platz. Die vier gönnten sich jeder ein *Trdelník*, ein typisch tschechisches Gebäck, das vergleichbar mit Knüppelkuchen oder Baumstriezel war. Es wurde auf Stöcken gebacken und hatte die Form einer Rolle, welche anschließend mit Zucker und Zimt überzogen wurde.

Ebenso konnte man auf dem Weihnachtsmarkt kunsthandwerkliche Produkte bestaunen und erwerben. Zur anderen Seite des Platzes erstreckte sich die St.-Georgs-Basilika, die drittälteste Kirche in Böhmen und das erste Kloster des Landes. Am Ende schlenderte die Gruppe durch das sogenannte *Goldene Gässchen*, das sich an der Innenmauer der Burg befand, und besichtigten die kleinen, bunten Häuschen in der Gasse mit ihren Ausstellungen, die zeigten, wie die Menschen früher dort gelebt hatten. Außerdem kauften sie Souvenirs, die auch in einigen Häuschen erhältlich waren.

Nach über vier Stunden waren Emily, Nina, Ben und Felix das gesamte Burgareal abgelaufen. Vom vielen Laufen waren sie k.o. und auch der Hunger meldete sich allmählich, also entschieden sie, ein Restaurant aufzusuchen.

Während die vier wieder in die Stadt hinunterliefen, googelte Felix nach Empfehlungen für Restaurants. Sie wollten gern in ein Lokal gehen, das die tschechische Küche anbot, was tatsächlich gar nicht so einfach war in so einer großen Stadt, die so gut besucht und geprägt von Touristen war. Wie auch in Berlin gab es hier alle möglichen kulinarischen Köstlichkeiten von Italienisch und Asiatisch über Burger bis Mexikanisch, dass es gar nicht so einfach war, ein Lokal mit heimischen Gerichten zu finden. Dank des Internets wurden sie aber schnell fündig und ließen sich, nachdem sie das Restaurant unweit der Karlsbrücke betreten und einen Tisch ausgesucht hatten, erschöpft auf den Stühlen nieder.

„Puh, endlich sitzen!", stöhnte Nina erleichtert.

„Und endlich etwas essen!", ergänzte Felix.

Eine Kellnerin erschien, reichte jedem der vier eine Speisekarte und fragte auf Englisch, ob sie schon einen Getränkewunsch hätten.

Nachdem sie Softdrinks und Wasser geordert hatten, warfen alle einen Blick in ihre Speisekarten.

Emily sah hinüber zu Ben, der ihr gegenübersaß, und beobachtete ihn, wie er konzentriert die

Karte studierte. Seine markanten Gesichtszüge machten ihn nach wie vor sehr attraktiv und Emily musste innerlich darüber schmunzeln, wie er seine Stirn beim Lesen in Falten legte. Als er ihren Blick bemerkte und sie aus seinen hellgrünen Augen anschaute, fühlte sie sich ertappt. Bens Mundwinkel verzogen sich zu einem Lächeln und schüchtern lächelte sie zurück, bevor sie schnell wieder in die Karte vor sich schaute.

Während der Tour auf der Prager Burg hatten sie und Ben wieder sehr viel miteinander geredet, gescherzt und gelacht und gemeinsam alle Eindrücke auf sich wirken lassen. Manchmal hatte Emily schon ganz vergessen, dass Nina und Felix auch noch mit ihnen unterwegs waren, und ihr schlechtes Gewissen hatte sich gemeldet. Was aber ganz unbegründet schien, denn Nina hatte in Felix offenbar ebenfalls einen guten Gesprächspartner gefunden.

Ben hatte wirklich Humor. Und er gefiel Emily immer besser. Sie spürte eine positive Spannung zwischen ihnen, ein Knistern. Ob es ihm genauso erging? Seiner Körpersprache nach zu urteilen, schon. Emily entging es nicht, dass auch er immer wieder ihre Nähe suchte. Auf der Burg war es so gewesen und sie war sich ziemlich sicher, dass es kein Zufall war, dass er sich jetzt hier im Restaurant ausgerechnet ihr gegenüber gesetzt hat.

„Habt ihr schon mal Tschechisch gegessen?", fragte Nina in die Runde. „Ich kenne mich mit der böhmischen Küche überhaupt nicht aus, ehrlich gesagt."

„Einmal hier in Prag und früher öfter", antwortete Ben. „Ich war ein paar Mal mit meinen Eltern in Tschechien. Auf jeden Fall solltet ihr Knödel probieren, die sind superlecker!"

„Ja, die esse ich auch total gern!", stimmte Emily zu.

„Vorgestern waren wir in einer anderen Gaststätte mit heimischer Küche, wo ich einen Schweinebraten mit Knödeln und Kraut, das typische Nationalgericht, gegessen habe", sagte Felix. „War richtig gut!"

Die vier stöberten noch ein wenig in den Karten. Kurz darauf brachte ihnen die Kellnerin die bestellten Getränke und sie orderten die Mahlzeiten.

Emily wählte den von Felix empfohlenen Schweinebraten mit Knödeln und Kraut, Nina entschied sich für Gulasch mit Knödeln, Ben bestellte gebratene Ente mit Knödeln und Kraut und Felix gönnte sich Hirschmedaillons mit sogenannter Wacholder Preiselbeersoße. Als Vorspeise wählten sie alle eine kleine *Kulajda*, eine dicke Suppe aus Pilzen, Kartoffeln, saurer Sahne und pochiertem Ei. Wenn sie davon mal nicht satt werden würden!

Es schmeckte köstlich! Die vier genossen ihr Essen, bestellten dazu noch etwas Wein und unterhielten sich über Gott und die Welt.

Als sie sich später bereit machten zum Gehen, hatte Ben noch eine Idee.

„Habt ihr heute Abend schon etwas vor?", fragte er an Emily und Nina gewandt.

Die beiden verneinten und blickten ihn erwartungsvoll an.

„Also, Felix und ich reisen morgen Nachmittag wieder ab. Und für heute Abend haben wir noch nichts geplant. Mögt ihr Spieleabende?"

„Ja, total!"

„Was haltet ihr dann davon, später bei uns in der Ferienwohnung vorbeizuschauen und was zu zocken? Es gibt eine Wii mit ein paar Spielen, aber auch Brettspiele sind da."

„Klingt gut", sagte Nina.

„Und was sagst du?" Ben sah Emily fragend an.

Emily lächelte. „Sehr gern."

Was für ein Tag! Und nun würde Emily auch noch den Abend mit Ben verbringen können! Sie war überglücklich. Wie schade, dass Ben morgen schon abreisen sollte. Aber umso mehr wollte sie die Zeit, die sie noch mit ihm verbringen konnte, nutzen. Sie fragte sich, ob sie sich in Berlin wohl wiedersehen würden.

Nach dem Restaurantbesuch waren Nina und sie noch einmal zum Hotel zurückgekehrt, um sich kurz auszuruhen und sich frisch zu machen, bevor sie aufbrechen und sich auf den Weg zu den Männern machen würden. Ben hatte ihnen die Adresse der Ferienwohnung gegeben.

Gerade stellte sich Emily ihr Outfit zusammen.

„Du legst dich noch mal so richtig in Schale, was?", stellte Nina schmunzelnd fest.

„Du übertreibst", sagte Emily, obwohl sie genauso gut wie Nina wusste, dass diese Recht hatte. Schließlich wollte sie Ben gefallen.

Nina ignorierte den Kommentar ihrer Freundin. „Du musst Ben nicht mehr beeindrucken. Er findet dich schon toll und frisst dir aus der Hand."

Emily lachte. „Jetzt übertreibst du aber wirklich!"

„Tu´ ich nicht!"

„Meinst du wirklich, dass er ernsthaft interessiert an mir ist?"

„Klar, das ist doch offensichtlich! Du hast doch selbst gemerkt, wie er sich dir gegenüber verhält. Während unserer Tour auf der Burg klebte er förmlich an dir. Ich habe doch mitbekommen, wie ihr euch ununterbrochen miteinander unterhalten und Späße gemacht habt. Und ich freue mich für dich! Du solltest jedoch herausfinden, ob er wie du eine Beziehung sucht." Sie hielt inne. „Du könntest natürlich auch nur deinen Spaß mit ihm haben, dagegen spricht auch nichts. Ich kann Felix ja irgendwie aus der Wohnung lotsen, damit du und Ben ungestört seid", neckte Nina ihre Freundin.

Emily warf ein Kissen nach ihr. „Du weißt, dass ich einen festen Partner suche, nicht jemanden für eine Nacht! Davon hatte ich genug!"

„Ja, ja, ist ja schon gut", lachte Nina. „Dann lass uns dich heute noch mal richtig hübsch machen für deinen Verehrer – nicht, dass du nicht sowieso schon hübsch genug bist, aber er soll nachher richtig geflasht werden von dir !" Sie zwinkerte ihrer Freundin vielsagend zu.

„Hereinspaziert!", begrüßte Felix Emily und Nina, nachdem sie an der Tür geklingelt hatten. Die Freundinnen taten, wie ihnen geheißen, und traten in den Flur. Felix nahm ihnen die Mäntel ab, ließ sie die Straßenschuhe ausziehen und führte sie anschließend ins Wohnzimmer. In der angrenzenden Wohnküche stand Ben am Herd. Es duftete herrlich nach Essen.

„Du kochst?", fragte Emily erstaunt.

„Ich bin noch voll von vorhin", lachte Nina.

„Ist nur eine Kleinigkeit für später", grinste Ben.

„Er kocht total gerne", ergänzte Felix, „und das auch wirklich gut. Solltet ihr euch nicht entgehen lassen!"

„Ich bin gespannt", sagte Emily. „Und was gibt es Schönes?"

„Lass dich überraschen!" Ben warf ihr wieder einen seiner Blicke zu, die sie zum Dahinschmelzen brachten.

„Okay", sagte sie viel leiser als beabsichtigt, es war schon fast ein Hauchen. Sie räusperte sich. Reiß dich zusammen, Emily!

Sie trat an Ben heran und fragte, ob sie ihm helfe könne.

„Das ist lieb, aber ihr seid unsere Gäste und könnt euch bedienen lassen", antwortete er ihr. „Möchtest du etwas trinken?" Er drehte sich zu ihr um und lächelte sie an. „Hübsch siehst du übrigens aus." Sein Blick wanderte über ihren gesamten Körper.

Oh Gott, jetzt bloß nicht rot werden!, dachte Emily. Ben brachte sie ganz schön durcheinander.

„Dankeschön", antwortete sie und lächelte. „Und ja, ein Wasser hätte ich gern."

„Es bleibt aber nicht den ganzen Abend bei Wasser, oder?", mischte sich Nina ein. „Wir haben doch extra die hier mitgebracht." Triumphierend hielt sie eine Wodkaflasche in die Höhe.

Lachend rollte Emily mit den Augen und sagte zu Ben: „Sie hat darauf bestanden, auf dem Weg noch Alkohol zu kaufen."

„Ich find's gut", stimmte Felix ein. „Wir haben ein paar Säfte zum Mixen da. Komm, Nina, wir suchen was aus."

Nina stellte die Flasche auf dem Küchentresen ab und rieb sich die Hände. „Perfekt!"

Dann folgte sie Felix zum Kühlschrank. Sie entschieden sich für Cranberrysaft, den sie mit dem Wodka mischten.

„Für dich auch, Ben?", rief Felix seinem Freund über die Schulter hinweg zu.

„Danke, aber erst einmal bleibe ich auch bei Wasser. Vielleicht später."

Felix kam auf ihn und Emily zugelaufen und reichte jedem ein Wasserglas. „Langweiler!"

Als er wieder ging und sich mit Nina auf die Couch fläzte, flüsterte Emily zu Ben: „Na, da haben sich ja zwei gefunden. Ist Felix auch so trinkfest wie Nina?"

„Ich würde sagen, er ist dem Alkohol definitiv nicht abgeneigt", lachte er. „So, und so gern ich dich in meiner Nähe habe, muss ich dich jetzt aus der Küche werfen, denn du sollst dich entspannen und dich überraschen lassen." Er berührte sie an der Taille und schob sie sanft aus der Küche.

Emilys Körper reagierte sofort auf Bens Berührung. Ein angenehmes Kribbeln durchfuhr sie. Und was hatte er da eben gesagt? So gern er sie in seiner Nähe hatte? Während sie sich nach außen hin nichts anmerken ließ, machte sie innerlich Luftsprünge.

„Okay, okay, ich geh ja schon." Kapitulierend hob sie die Hände und ging hinüber zu Nina und Felix ins Wohnzimmer, die gerade die Wii-Spiele in dem Sideboard unter dem Fernseher durchstöberten. Im Gehen warf sie Ben, der ihr schmunzelnd hinterherschaute, ein vielsagendes Lächeln zu.

„Das sind ja echt viele", stellte Nina beim Durchgehen der Spiele fest. „Und es ist okay, wenn wir die Konsole und die Spiele benutzen?"

„Ja, der Gastgeber hat uns einen Brief da gelassen für allgemeine Erklärungen und in diesem hat er ausdrücklich darauf hingewiesen, dass wir die Wii mit Zubehör benutzen dürfen", antwortete Felix.

Der Abend wurde wieder sehr unterhaltsam. Die vier spielten nicht nur zwei Partyspiele auf der Wii, sondern starteten am Ende auch eine Runde Monopoly, die aber mehr schlecht als recht lief, da alle irgendwann ein wenig zu viel Alkohol intus hatten. Irgendwann hatten sich Emily und Ben ihren Freunden angeschlossen und sich nicht mehr ernsthaft auf das Spiel konzentrieren können. Doch die Stimmung war ausgelassen und eigentlich interessierte es niemanden, ob er zwei oder drei Hotels oder die Schlossstraße kaufte oder ins Monopoly-Gefängnis wanderte. Alle amüsierten sich bestens.

Zwischendurch servierte Ben das Gericht, das er in der Küche gezaubert hatte: Risotto mit Garnelen. Es schmeckte traumhaft! Obwohl Nina, wie zuvor betont, noch relativ satt von dem Restaurantbesuch war und auch Emily noch keinen allzu großen Hunger verspürte, war Bens Essen so köstlich, dass sie nicht widerstehen konnten und viel mehr aßen als eigentlich in ihre Mägen passte.

Um zwei Uhr waren alle so müde, dass Emily und Nina beschlossen, sich auf den Heimweg zu machen. Schweren Herzens, wie Emily sich eingestehen musste. Morgen würden die Männer nach Hause fahren und Emily wusste nicht, ob sie Ben je wiedersehen würde. Sie wünschte es sich, aber es blieb abzuwarten, ob sich ihr Wunsch erfüllen würde.

Die Freundinnen bestellten sich ein Taxi, das sie schnell und sicher ins Hotel brachte, und Ben bestand beim Verabschieden darauf, dass Emily sich meldete, wenn sie angekommen waren. Sie fand es unheimlich süß, wie er sich um sie sorgte. Ihr Exfreund hatte nie wissen wollen, ob sie gut nach Hause gekommen war.

Nachdem sie sich zum Schlafen umgezogen und die Zähne geputzt hatte und im Bett lag, griff Emily nach ihrem Handy, um Ben Bescheid zu geben und ihm eine gute Nacht zu wünschen. Anschließend schlief sie selbst sofort ein, während sie von ihrem Schwarm träumte.

KAPITEL 13

Aufgeregt lief Emily vom U-Bahnhof zu dem italienischen Restaurant, dessen Namen und Adresse Ben ihr geschickt hatte. Heute Morgen, nachdem er aufgewacht war, hatte er ihr nämlich eine Nachricht geschrieben, in der er ihr einen schönen Start in den Tag wünschte. Und dann hatte er sie gefragt, ob sie spontan Zeit und Lust hätte, sich mit ihm zum Mittagessen zu treffen.

Emily war ganz aus dem Häuschen gewesen. Abgesehen davon, dass sie nicht damit gerechnet hatte, Ben vor seiner Abreise noch einmal hier in Prag zu sehen, hatte Ben lediglich sie gefragt, nicht Nina. Sie würden also zu zweit essen gehen, so hatte sie es verstanden.

Hatte er sie also tatsächlich um ein Date gebeten? Emily konnte ihr Glück nicht fassen.

Nina freute sich für ihre Freundin und wollte ihr natürlich nicht im Wege stehen. Sie würde in der Zwischenzeit shoppen gehen. Und was Felix vorhatte, wusste Emily nicht, aber auch er würde für ein paar Stunden sicherlich gut ohne seinen Kumpel zurechtkommen.

Emily entdeckte das Lokal, das bereits von außen einen netten Eindruck machte, und dann auch Ben, der davor auf sie wartete. Seine Mundwinkel verzogen sich zu einem herzlichen Lächeln, als er sie sah.

„Hey, schön, dich noch mal zu sehen!" Er schloss sie in seine Arme.

Emily schloss die Augen und genoss die Sekunden der Umarmung. Ihre Haut kribbelte und ihr Herz klopfte so wild, dass sie befürchtete, Ben könnte ihren Herzschlag selbst durch die dicken Winterjacken spüren.

Beim Betreten des Restaurants fiel Emily sofort auf, wie gemütlich und einladend es hier war. Ein bunt geschmückter Tannenbaum begrüßte die Gäste am Eingang. Verschiedene Lichterketten, die überall aufgehängt waren, erleuchteten den Raum und verliehen ihm eine wohlige Wärme. Es war zwar erst Mittag und somit noch Tageslicht draußen, jedoch war es heute ziemlich bewölkt, wodurch es im Restaurant dunkler war, aber eben auch gemütlicher wirkte. Im Hintergrund lief leise Weihnachtsmusik.

Der Kellner begrüßte die beiden und führte sie zu einem Tisch am Fenster.

„Was für ein schönes Restaurant!", sagte Emily, als sie sich setzten.

„Ja, nicht? Ich hab' es vorhin bei Google gefunden. Es hat sehr gute Bewertungen und sprach mich von den Fotos her schon sehr an. Schön, dass es dir auch gefällt. Das war mein Ziel." Wieder sah Ben sie mit diesem Blick an, bei dem ihr warm ums Herz wurde.

Der Kellner kam wieder und reichte ihnen zwei Speisekarten. Dann zündete er die Kerze in der Mitte des Tisches an.

„Und morgen musst es wieder arbeiten?", fragte Emily Ben, nachdem der Kellner wieder verschwunden war.

„Ja", antwortete er. „Ein paar Tage länger frei wäre gar nicht so schlecht gewesen."

„Ja, die Zeit, in der man nicht arbeiten muss, vergeht doch immer viel zu schnell. Und nun musst du dich wieder mit den ganzen Verrückten herumschlagen."

Ben hatte Emily erzählt, dass er auf der Feuerwache im Berliner Bezirk Kreuzberg eingesetzt war. Kreuzberg war ein früheres Arbeiterviertel. Heutzutage wurde hier die Kluft zwischen Arm und Reich immer deutlicher. In vielen Ecken war der Bezirk mittlerweile stark gentrifiziert. Während immer mehr teure Eigentumswohnungen gebaut und häufig von Zugezogenen gekauft wurden und auch die Mietpreise immer mehr in die Höhe schossen, Familien in Bioläden einkauften sowie in schicken Cafés frühstückten, war in anderen Teilen Kreuzbergs seit Jahren das sozial schwache Umfeld deutlich zu spüren. Hier lebten viele Menschen mit Migrationshintergrund. An U-Bahnhöfen wie dem Kottbusser Tor oder dem Görlitzer Bahnhof – von den Berlinern liebevoll *Kotti* und *Görli* genannt – wurde mit Drogen gedealt, während einem der Uringestank aus den Ecken in die Nase stieg. Außerdem gab es in Kreuzberg eine ausgeprägte Partyszene. Die unzähligen Bars und Clubs wurden nicht nur von Einheimischen, sondern vor allem auch von vielen Touristen aufgesucht. Bei schönem Wetter drängten sich Massen an Menschen am Ufer des Landwehrkanals sowie im Viktoriapark. In

Kreuzberg war tags und nachts etwas los. Somit hatten die Feuerwehrleute hier besonders viel zu tun, vor allem die Schichten auf dem Rettungswagen.

Ben verzog das Gesicht. „Erinnere mich nicht daran!" Dann formten sich seine Mundwinkel wieder zu einem Lächeln. „Ich liebe meinen Job trotzdem. Es wird nie langweilig."

„Da hast du Recht!", erwiderte Emily. „Ich bewundere euch Feuerwehrleute wirklich sehr. Ihr rettet Leben! Und riskiert dabei noch euer eigenes."

„Ihr Erzieherinnen und Erzieher leistet ebenso eine ganz besondere Arbeit. Das ist bestimmt auch nicht immer einfach."

„Du sagst es! Manchmal können mich die Kiddies wirklich in den Wahnsinn treiben", sagte Emily lachend. „Aber sie machen alles wieder wett mit ihrer süßen Art und ihren Hundeblicken." Bei dem Gedanken an die kleinen Racker aus ihrer Gruppe musste Emily schmunzeln.

„Ich finde es toll, dass du einen sozialen Beruf ausübst. Meine Ex war Bankkauffrau. Für sie zählten nur Zahlen und Fakten. Das Zwischenmenschliche war bei ihr nicht sonderlich ausgeprägt", erzählte Ben.

Seine Ex? Warum machte er sich ausgerechnet jetzt Gedanken über sie, während er hier mit Emily saß? Hing er etwa noch an ihr? Oder bedeutete das, dass er sich Gedanken über eine mögliche Beziehung mit Emily machte? Und es womöglich gut für Emily war, dass er erkannte, welche Vorzüge sie gegenüber seiner Exfreundin hatte?

Hör auf mit dem Kopfkino!, ermahnte Emily sich in Gedanken.

Als hätte Ben diese lesen können, fügte er hinzu: „Nicht, dass du denkst, ich würde noch etwas für sie empfinden oder so. Überhaupt nicht, das ist ein abgeschlossenes Kapitel. Kam mir nur gerade in den Sinn, weil du in der Sache komplett das Gegenteil von ihr bist. Was ich sehr an dir schätze."

Während Emily innerlich Luftsprünge machte, bemühte sie sich, nach außen hin ruhig zu bleiben, und antwortete Ben mit einem Lächeln.

„Hat es deshalb nicht funktioniert zwischen euch?", fragte sie dann. „Falls du darüber überhaupt reden möchtest …"

„Ich erzähle dir gern alles, was du möchtest, Emily." Bei dem Blick, den er ihr zuwarf, lief ihr ein wohliger Schauer über den Rücken.

Dann deutete Ben auf die vor ihnen offen liegenden Speisekarten. „Aber wollen wir vielleicht etwas auswählen, bevor wir uns ins Gespräch vertiefen? Sei mir nicht böse, aber ich bin schon völlig am Verhungern."

Emily lachte. „Natürlich, du sollst mir hier ja nicht umfallen."

Die beiden durchstöberten die Karten. Ben überlegte nicht lange. Sein Hunger ließ ihn schnell eine Wahl treffen. Er bestellte eine Pizza mit Schinken und Pilzen. Emily entschied sich für ihr Lieblingsgericht Spaghetti Bolognese und als Vorspeise bestellten sie Bruschetta. Außerdem orderte Ben noch zwei Gläser Rotwein für sie.

„Du fragtest ja, weshalb es bei meiner Exfreundin und mir nicht funktioniert hat", knüpfte er an das unterbrochene Gespräch an. „Wie schon erwähnt, war sie ein ziemlich gefühlskalter Mensch. Was mir am Anfang gar nicht so aufgefallen ist. Aber gut, durch die rosarote Brille sieht man vieles nicht. Nach und nach habe ich dann gemerkt, dass sie zudem sehr auf Geld fixiert ist. Und sich nicht viel um ihre Mitmenschen schert. Mich eingeschlossen. Sie ist so ein Mensch, der immer versucht, für sich selbst den größten Vorteil zu finden."

„Das klingt nicht gerade nach einer Bilderbuchbeziehung. Wie lange wart ihr zusammen?", fragte Emily.

„Ein Jahr. Dann hatte ich genug. Des Weiteren hat sie mir klar und deutlich zu verstehen gegeben, dass sie sich nicht vorstellen kann, in den nächsten Jahren Kinder zu bekommen. Sie wusste nicht einmal, ob sie überhaupt jemals welche haben wollte."

„Das heißt, du möchtest Kinder haben?"

„Auf jeden Fall! Nicht jetzt sofort, aber schon gern in den kommenden Jahren. Sobald ich die richtige Frau dafür gefunden habe." Wieder warf er ihr diesen Blick zu, der ihr Herz dazu brachte, Purzelbäume zu schlagen.

Er wünschte sich ebenfalls Kinder! Dieser Mann wurde immer immer perfekter!

Emily verlor sich in seinen Augen und musste erst einmal wieder ihre Gedanken sortieren, als sie Ben fragen hörte: „Wie steht es mit dir?"

„Ähm, was?"

Ben schmunzelte über Emilys Zerstreutheit, die

ihm nicht entging.

„Möchtest du mal Kinder haben?"

„Ach so", jetzt war Emily wieder bei klarem Verstand. „Ja, unbedingt. Das war schon immer klar für mich. Nur war bisher noch nicht der Richtige dabei." Nun warf sie Ben einen vielsagenden Blick zu.

„Dabei hätte ich schon längst Kinder haben wollen", sagte sie und wurde beim Gedanken daran etwas melancholisch. „Aber mit den Männern hatte ich bisher Pech. Mein letzter Exfreund war zum Beispiel der Meinung, mich betrügen zu müssen."

„Oh nein, das tut mir leid", sagte Ben mitfühlend.

„Schon gut. Ist schon über ein Jahr her. Besser, er hat mir rechtzeitig gezeigt, was für ein Arsch er ist. Na ja, und seitdem hatte ich zwar Dates, aber es war nichts Gescheites dabei."

Vielleicht bist du ja der Richtige für mich, hätte Emily am liebsten laut herausgeschrien, behielt diesen Gedanken aber lieber für sich. Sie kannte Ben doch erst seit drei Tagen. In denen sie ihn schon so intensiv kennen gelernt hatte wie wahrscheinlich noch nie jemanden zuvor. Es kam ihr vor, als würden sie sich schon eine Ewigkeit kennen. Mit Ben konnte sie über alles reden, er war gesprächig und witzig und sie waren sich in vielem so einig. Von seinem guten Aussehen ganz zu schweigen. Nach den vielen Fehltritten, die Emily erlebt hatte, fragte sie sich, ob das Schicksal es nun endlich gut mit ihr meinte.

Vollgegessen legte Ben das Besteck auf dem leeren Teller vor sich ab, auf dem zuvor die Pizza gelegen hatte. Auch Emily war so pappsatt, dass sie lediglich ein Dreiviertel ihrer Portion geschafft hatte.

Ben warf einen Blick auf seine Armbanduhr, beugte sich über den Tisch nach vorn zu Emily und fragte: „Und, wie sieht´s aus mit Nachtisch?"

Emily riss die Augen auf und lachte. „Sagtest du nicht eben, du seist voll?"

„Nachtisch geht doch immer!", antwortete Ben grinsend.

„Wo du Recht hast", stimmte sie zu. „Aber ich glaube, ich brauche trotzdem eine kleine Pause zum Verdauen."

„Ich hab´ noch ein wenig Zeit, bevor ich los muss. Was hältst du davon, wenn wir noch ein wenig über den Weihnachtsmarkt in der Altstadt spazieren und uns dort gegebenenfalls noch ein Dessert gönnen? Der Weihnachtsmarkt ist hier in der Nähe."

Emily lächelte. „Das ist eine schöne Idee. Sehr gern."

Ben winkte den Kellner heran und verlangte nach der Rechnung. Als Emily verstand, dass Ben vorhatte, das Essen allein zu bezahlen, protestierte sie zuerst und wollte sich ebenfalls beteiligen, doch Ben bestand darauf, sie einzuladen.

Konnte man dieses Treffen also offiziell als ein Date bezeichnen?

Als die beiden über den Weihnachtsmarkt spazierten, blieb Emily fast der Atem stehen, als Ben irgendwann nach ihrer Hand griff. Die wohlige

Wärme, die er ausstrahlte, und die Berührung von seiner Haut auf ihrer riefen ein gewaltiges Kribbeln in ihrem Bauch hervor. Trotz eisiger Temperaturen spürte Emily die Hitze in ihrem Gesicht aufsteigen.

Ben schaute sie von der Seite an und schmunzelte. „Ich finde es süß, wie du immer errötest, wenn du in Verlegenheit gerätst."

„Das ist dir aufgefallen?" Emily senkte den Blick und versuchte, mithilfe ihrer freien Hand die Röte auf ihrem Gesicht zu verstecken.

Ben lachte. „Oh ja, sofort. Aber genau das finde ich toll an dir. So wie viele andere Dinge auch."

Oh Mann! Er hörte aber auch nicht auf, sie in Verlegenheit zu bringen! Sie kicherte albern, weil sie nicht wusste, was sie darauf antworten sollte.

Ben blieb stehen und zog Emily sanft an sich. Langsam hob sie den Kopf und sah Bens Gesicht nur wenige Zentimeter von sich entfernt. Er sah ihr tief in die Augen und auch Emily wandte den Blick nicht ab und verlor sich in dem hellen Grün seiner Iris.

Das Knistern in der Luft war deutlich zu spüren. Ben strich Emily eine Haarsträhne, die ihr ins Gesicht hing, hinters Ohr und streichelte dabei mit dem Daumen über ihre Wange. Emily klopfte das Herz bis zum Hals. Ihr entging nicht, wie Bens Blick nun hinunter zu ihren Lippen wanderte, an ihnen hängen blieb, und sich sein Gesicht immer mehr ihrem näherte.

Sie schloss die Augen, denn sie wusste, was gleich passieren würde, und ja, sie wollte es, mehr als alles andere auf der Welt.

In der nächsten Sekunde spürte sie Bens warme und weiche Lippen auf ihren. Sie sog diesen Moment vollkommenen Glücks in sich auf, während sie und Ben in einem langen, innigen Kuss versanken. Wie gut sich das anfühlte!

Dann kam Bens Zunge zum Einsatz, die sacht gegen Emilys Lippen stieß. Benommen und gierig nach mehr, öffnete Emily leicht den Mund und ließ Ben gewähren. Zärtlich umspielten sich ihre Zungenspitzen. Der Kuss wurde leidenschaftlicher und die beiden vergaßen alles um sich herum.

„Oh Gott, wie sehr ich mir das die ganze Zeit schon wünsche!", murmelte Ben zwischen ihren Küssen. „Seitdem ich dich im Club auf der Tanzfläche gesehen habe."

Damit steigerte er Emilys Lust noch mehr.

„Mir geht es genauso", flüsterte sie schwer atmend.

Emily wurde immer heißer. Am liebsten würde sie gleich hier mit ihm …

Reiß dich zusammen!, ermahnte sie sich in Gedanken. Sie waren auf offener Straße! Und das mitten am Tage und mitten im Zentrum einer Metropole.

Wie gern wäre sie jetzt mit ihm ganz privat für sich gewesen, wo sie wer weiß was miteinander hätten anstellen können. Aber abgesehen davon, dass dafür keine Zeit mehr wäre, wenn Ben pünktlich seinen Zug zurück nach Berlin erwischen wollte, war es besser, nicht gleich ins Bett mit ihm zu steigen, wenn sich daraus etwas Ernstes entwickeln sollte. Sie hatte nicht vor, die

Geschichte mit David zu wiederholen. Bei Ben ging es um mehr. Das würde sie nicht aufs Spiel setzen.

Nina schlenderte durch das Einkaufszentrum. Sie hatte sich dazu entschieden, ein wenig shoppen zu gehen, während Emily sich mit Ben traf. Einige gute Angebote hatte sie bereits gemacht und war gut mit Tüten beladen.

„Brauchst du vielleicht Hilfe beim Tragen?", hörte sie eine ihr bekannte Stimme hinter sich sagen. Nina drehte sich um und blickte in Felix' grinsendes Gesicht.

„Die Welt ist aber auch klein", stellte sie amüsiert fest. „Oder verfolgst du mich?"

„Na klar, ich habe dich beschattet", witzelte Felix.

Nina lachte. „Um deine Frage zu beantworten: Ja, du darfst mir gern die hier abnehmen."

Sie drückte Felix eine riesige Tüte in die Hand. Er beäugte die Tüte von außen, die geziert war von dem Namen des Ladens, in dem Nina den Inhalt gekauft hatte. „Neue Schuhe?"

Sie nickte. „Drei Paar. Die waren im Angebot."

„Typisch Frauen". Felix lachte und schüttelte den Kopf. „Schuhe könnt ihr wohl nie genug haben."

„Wie Recht du hast", stimmte Nina zu. „Aber ich brauchte sowieso noch ein ordentliches Paar Stiefel."

Felix blickte auf Ninas Füße und betrachtete die schicken schwarzen Winterstiefel, die sie trug.

Nina, der Felix' Blick nicht entging und die

wusste, ihn zu deuten, verteidigte sich: „Ich möchte doch nicht den gesamten Winter lang die gleichen Schuhe tragen. Es muss abwechslungsreich sein."

„Verstehe", antwortete er amüsiert.

„Also, was machst du hier?", fragte Nina. „Wolltest du auch shoppen gehen?"

„Sagte ich doch", antwortete Felix und grinste sie an, „dich verfolgen."

Nina schlug ihm auf den Arm.

„Au!"

„Nun sag schon!"

Felix lachte. „Ich wollte mir nur was zum Knabbern holen", er hielt demonstrativ die Tüte Popcorn in seiner Hand hoch, „und mir gleich einen Film anschauen." Er überlegte und sah Nina an. „Möchtest du mitkommen?"

„Zu euch in die Ferienwohnung?"

Felix nickte.

„Klar, warum nicht? Filmgucken klingt gut. Aber ich habe allmählich einen Riesenhunger und Popcorn wird mir da bestimmt nicht reichen. Wollen wir uns was zum Mittag mitnehmen?"

„Klar, gute Idee!", sagte Felix.

Die beiden liefen zum Foodcourt, wo es eine große Auswahl an Ständen gab, die unter anderem asiatisches, italienisches und indisches Essen und süße Sachen wie Eis oder Waffeln verkauften. Sie entschieden sich für Sushi, kauften zwei Boxen to go und machten sich auf den Weg zur Ferienwohnung von Ben und Felix.

Dort angekommen, breiteten sie das Essen, die Stäbchen und ihre Gläser mit Getränken auf dem

Couchtisch aus und suchten gemeinsam einen Film bei Netflix aus. Sie entschieden sich für eine Komödie mit Ryan Reynolds.

Während sie sich den Film anschauten und nebenbei ihr Sushi aßen, griff Nina sich plötzlich eine Makirolle von Felix.

„Hey!", rief er entrüstet.

Nina blickte ihn mit der Makirolle zwischen ihren Essstäbchen an.

„Wehe, du isst sie! Ich warne dich ..."

„Und wenn schon", sagte sie unbeeindruckt und schulterzuckend. „Was willst du machen?" Provokant sah sie ihn an.

Dann steckte sie sich die Rolle in den Mund, schloss die Augen und raunte genüsslich: „Mhhh".

Felix kniff die Augen zusammen, hielt kurz inne und warf sich anschließend auf Nina, um sie abzukitzeln.

Nina musste laut auflachen und verschluckte sich fast an ihrer Sushirolle. Felix hielt kurz inne, bis Nina aufgekaut hatte. Dann kitzelte er sie weiter unter den Armen und am Bauch.

„Das hast du nicht umsonst getan, meine Liebe!"

„Hilfe", schrie Nina lachend. „Es tut mir leid, es tut mir leid!"

Kapitulierend hielt sie ihre Hände in die Höhe. Felix hielt ihre Handgelenke fest umschlungen. Nina lag nun auf der Couch genau unter ihm, sodass sie ihm hilflos ausgeliefert war. Einen kleinen Moment blickten sie sich etwas zu lang in die Augen.

Nina musste zugeben, dass diese Position gerade sie ein wenig antörnte. Sie nahm ein Aufflackern in Felix' Augen wahr. Erging es ihm etwa auch so?

Bevor sie weiter darüber nachdenken konnte, spürte sie schon seine Lippen auf ihrem Mund. Ein paar Sekunden später, als würde ihm bewusst, was er da gerade trieb, zog er seinen Kopf zurück.

„Entschuldige", sagte er und ließ ihre Arme los. „Es überkam mich gerade."

„Schon gut", sagte sie leise und lächelte ihn an. „Mach ruhig weiter."

Felix' Lippen verzogen sich zu einem zufriedenen Grinsen. Er tat, wie ihm geheißen, und küsste Nina erneut.

Die beiden knutschten eine Weile herum, bis Felix sich schließlich aufrecht setzte, Nina rittlings auf seinen Schoß zog und zaghaft begann, ihre Brüste zu umfassen und über ihren Rücken zu streicheln. Nina zog sich ihren Pullover über den Kopf, umfasste Felix' Gesicht, küsste ihn weiter auf den Mund und wanderte schließlich seinen Hals hinab.

Felix entging ein leichtes Stöhnen. Er öffnete Ninas BH und warf ihn auf den Boden, ließ seine Hände über ihre nackten Brüste gleiten und spürte, wie sie erregt erschauerte und schwer atmete.

Nina griff nach Felix' T-Shirt und zog es ihm aus. Dann stand sie vorsichtig auf, öffnete den Reißverschluss ihrer Hose und ließ sie langsam von ihren Beinen gleiten. Felix tat es ihr nach und warf seine Jeans in die Ecke.

KAPITEL 14

„Ihr habt was?" Schockiert starrte Emily ihre Freundin an.

„Felix und ich haben miteinander geschlafen", wiederholte Nina.

„Wie ist denn das passiert? Ich dachte, du wolltest shoppen gehen!"

„War ich ja auch. Na ja, und dann bin ich im Einkaufszentrum Felix über den Weg gelaufen. Er war kurz im Supermarkt und wollte sich anschließend einen Film in der Ferienwohnung ansehen. Da hat er mich gefragt, ob ich nicht Lust hätte, ihm Gesellschaft zu leisten. Und ich dachte mir: Hey, warum nicht? Shoppen gehen kann ich ja auch noch mit dir", sagte sie grinsend.

„Aber statt den Film zu schauen, habt ihr dann doch lieber ein bisschen Spaß miteinander gehabt?"

Nina lachte. „In der Kurzform könnte man es so beschreiben, ja. Wir haben halt angefangen zu gucken und dann haben wir uns gegenseitig geneckt und plötzlich küsste er mich. Und ich hab' mich nicht gewährt. Ganz im Gegenteil ..." Nina dachte an diesen Moment zurück. „So kam eins zum anderen. Es hat sich irgendwie von selbst ergeben."

Emily schüttelte, entsetzt und amüsiert zugleich, den Kopf. „Du bist unglaublich."

„Was ist schon dabei? Wir sind beide Single, sind im Urlaub und hatten ein bisschen Spaß. Kein Grund, der dagegen spricht", verteidigte sich Nina.

„Da lässt man dich mal ein paar Stunden alleine ..."

„Während du dich ebenso mit deinem Verehrer vergnügt hast!"

„Ich bin aber nicht gleich ins Bett mit ihm gesprungen!"

Nina hielt den Zeigefinger auf ihre Freundin gerichtet und sah sie mit zusammengekniffenen Augen an. „Aber du wärst es gerne, stimmt's?"

„Was?" Emily fühlte sich ertappt. „Das tut doch jetzt nichts zur Sache!"

„Oh, doch, Emily, das tut es. Ich kenne dich gut genug. Und du tust immer so lieb und schüchtern, dabei bist du ganz schön durchtrieben."

Emily lachte laut auf. „Jetzt spinnst du total. Du willst ja nur von dir ablenken."

„Streite es nur ab", sagte Nina unbeeindruckt. „Mir kannst du nichts vormachen."

Erneut musste Emily lachen. Nina kannte sie wirklich gut. Sie hatte ja Recht, aber das würde Emily jetzt nicht zugeben.

„Und was ist jetzt mit Felix?", fragte sie, einerseits, um das Thema wieder auf Nina zu lenken, andererseits, weil sie es wirklich interessierte.

„Was soll sein?"

„Willst du ihn in Berlin wiedersehen?"

„Wir hatten Spaß und ich hätte nichts dagegen, das zu wiederholen. Wenn es bei diesem einen Mal bleibt, ist es aber auch okay. Ich muss ihn nicht gleich heiraten."

Sie verschwieg ihrer Freundin, dass Felix versprochen hatte, sich bei ihr zu melden und dass sie, wenn sie ganz ehrlich zu sich selbst war, hoffte, dass dies nicht nur eine leere Floskel gewesen war. Sie wusste auch nicht, warum sie nicht ehrlich gegenüber ihrer Freundin war. Vielleicht, weil sie dann selbst ihre wahren Gefühle besser verdrängen konnte, solange sie sie nicht laut aussprach.

In der Hoffnung, einen Platz so nah wie möglich an der Bühne zu bekommen, eilten Emily und Nina durch die große Konzerthalle. Sie wollten eine gute Sicht auf Alejandro Rodriguez haben, wenn das Konzert losging.

Gerade versammelten sich noch die Fans in der Halle, kauften Getränke oder suchten ebenfalls nach Plätzen, von denen aus sie Alejandros Show würden genießen können. In knapp fünfundvierzig Minuten sollte es losgehen.

Die beiden Freundinnen hatten sich mit Bier in großen Plastikbechern eingedeckt. Damit waren sie fürs Erste versorgt und würden während des Konzerts hoffentlich nicht ihren Platz verlassen müssen. Es sei denn, ihre Blasen würde sich melden, was sie nicht hofften.

Immer mehr aufgeregte Fans strömten in die Konzerthalle. Der Großteil von ihnen waren Frauen – was nicht überraschend war. Die wenigen Männer, die anwesend waren, waren in weiblicher Begleitung und von ihren Partnerinnen wahrscheinlich dazu verdonnert worden, sie zum

Konzert zu begleiten. Oder sie wollten ihre Frauen lieber im Auge behalten, wenn diese den sexy Latinosänger anschmachteten.

Emily und Nina sahen sich um. Da sie beide nicht gerade die Größten waren und sich immer mehr Leute um sie herum tummelten, die sie locker um einen Kopf überragten, mussten sie sich beeilen, um am Ende nicht irgendwo im Gewimmel zu stecken und nur noch die entzückenden Rücken der anderen Fans statt ihren Alejandro zu sehen.

Vorn an der Bühne war bereits alles voll. Die beiden hatten allerdings Glück und fanden einen Platz in der dritten Reihe, von dem aus sie noch durchaus gut auf die Bühne blicken konnten.

Bis das Konzert losging, breiteten sie ihre Jacken auf dem Boden aus und setzten sich wie der Großteil der Besucher darauf, damit ihnen nicht schon vor Beginn der Show die Füße vom langen Stehen schmerzen würden.

Die Vorband heizte der Meute bereits ordentlich ein. Obwohl sie recht unbekannt war, verbreitete sie gute Laune und erntete begeisterten Applaus von den Fans.

Als dann schließlich Alejandros Song „Tu Corazón" erklang und der Sänger die Bühne betrat, brach die Menge in noch lauteren Jubel aus.

Der attraktive Puerto-Ricaner erntete aufgeregte, schrille Schreie und Pfiffe aus allen Ecken. Die Fans in der ersten Reihe streckten ihre Arme und Hände so weit wie möglich in Richtung Bühne in der Hoffnung, ihr Idol berühren zu können. Was aufgrund der großen Lücke zwischen der Bühne und den Absperrungen, hinter denen die Fans standen, jedoch vergebens war. Umso lauter wurde das begeisterte Geschrei seiner Verehrerinnen, als Alejandro während seiner Performance an den vordersten Rand der Bühne trat und seinen Arm ebenfalls ausstreckte, sodass es tatsächlich ein paar glückliche Damen gab, die in den Genuss kamen, für eine Millisekunde die Hand des Sängers zu berühren.

Eineinhalb Stunden lang bot Alejandro seinen Fans eine unterhaltsame Show. Neben seinen bekanntesten Liedern „Solo Sin Ti" und „Día En La Playa" performte er seinen allerneuesten Hit „La Fiesta". Zwischen den Liedern machte er immer wieder kleine Pausen und erzählte ein wenig auf Englisch und brachte das Publikum mit seinen lustigen Sprüchen zum Lachen.

Zwei Fans hatten sogar das ganz besondere Los gezogen, von Alejandro auf die Bühne geholt und umarmt zu werden. Alle anderen weiblichen Fans hassten diese Frauen wahrscheinlich in diesem Moment, wären sie doch selbst gern an ihrer Stelle gewesen.

Emily und Nina tanzten mit der Menge zu seinen stimmungsvollen und mitreißenden Liedern und waren am Ende völlig durchgeschwitzt. Allein wegen des Konzerts hatte sich der Kurzurlaub in Prag absolut gelohnt!

Dass Emily völlig unverhofft noch einen netten, gutaussehenden Mann kennen gelernt hatte, der zufällig in der gleichen Stadt lebte wie sie, war das i-Tüpfelchen. Sie strahlte vor Glück.

Am nächsten Morgen saßen Emily und Nina im Speisesaal des Hotels bei ihrem letzten Frühstück. Heute war Abreisetag. Ihr Bus zurück nach Berlin fuhr allerdings erst um 17 Uhr. Sie hatten extra eine spätere Rückfahrt gebucht, damit sie den Tag noch nutzen konnten. Gegen 22 Uhr sollten sie in Berlin ankommen. Morgen war Sonntag, bereits der dritte Advent. So hatten die beiden noch einen Tag zum Entspannen, bevor es am Montag wieder zur Arbeit ging. Nun überlegten sie, wie sie die letzten Stunden in Prag gestalten sollten.

„Die Jungs haben uns doch den Wenzelsplatz empfohlen", sagte Emily und sah Nina an, die genüsslich in ihr Nutellabrötchen biss. Emily beneidete ihre Freundin, die ständig Süßigkeiten aß und kaum Sport trieb und trotzdem rank und schlank war.

„Stimmt. Dann fahren wir heute dorthin?"

„Okay", antwortete Emily nickend, während sie auf ihrem Handy herumtippte.

„Schreibst du wieder mit deinem Verehrer?", fragte Nina schelmisch.

Emily sah sie vielsagend an.

„Mensch, keine 24 Stunden voneinander getrennt und ihr habt schon solche Sehnsucht nacheinander!"

Emily grinste. Nina hatte Recht. Kurz, nachdem Ben gestern abgefahren war, hatte er ihr eine Nachricht geschrieben und ihr darin gestanden, wie toll er es fand, dass Felix und er auf Emily und Nina getroffen waren, wie schön er die Tage und vor allem die Verabredung mit ihr allein gefunden hatte und dass er sie in Berlin auf jeden Fall wiedersehen wolle. Überglücklich über sein Geständnis, offenbarte auch Emily ihre Gefühle ihm gegenüber und die beiden hatten allein während der Heimfahrt der Jungs nach Berlin unzählige Nachrichten miteinander geschrieben. Vor dem Konzert hatte Ben ihr dann viel Spaß gewünscht und nach der Show hatte Emily ihm abends, als sie im Bett lag, davon berichtet.

Nach dem Frühstück checkten die Mädels aus ihrem Hotelzimmer aus und machten sich auf zum letzten Besichtigungsziel ihrer Reise. Ihre Koffer ließen sie derweil im Hotel, wo sie vom Personal in einem separaten Raum verschlossen wurden. Das Hotel lag ja nicht weit vom Busbahnhof entfernt, somit würden sie später einfach noch einmal ins Hotel fahren, ihr Gepäck holen und anschließend zum Busbahnhof laufen.

Mit der U-Bahn fuhren sie zum Wenzelsplatz. Als sie aus dem Bahnhof Můstek traten, entdeckten sie den 700 Meter langen Platz, der sich vor ihnen erstreckte und mit seinen vielen Restaurants, Cafés, Bars, Kaufhäusern und Hotels drum herum eher einem Boulevard glich.

In dem Stadtführer, den Emily von zu Hause mitgebracht hatte, las sie, dass der Wenzelsplatz in der Vergangenheit der bedeutendste politische Versammlungsort in Tschechien gewesen war, vor allem 1989 zum Ende des Kommunismus, und als Schauplatz für große Demonstrationen gedient hatte.

Die Freundinnen liefen den Platz hinunter, bis sie vor dem Denkmal des Heiligen Wenzel am

Ende des Platzes standen. Außerdem thronte hier das imposante Nationalmuseum, in dem es Ausstellungen zu Naturwissenschaft und Geschichte gab und regelmäßige Veranstaltungen stattfanden.

Zum Mittagessen machten es sich Emily und Nina in einem Restaurant mit böhmischer Küche gemütlich und nutzten die Chance, noch einmal Knödel zu essen.

Danach stöberten sie in einem Kaufhaus, bis es schließlich Zeit war, zurück zum Hotel zu fahren, ihre Koffer zu holen und sich auf den Weg zum Busbahnhof zu machen.

Leonie saß im Wohnzimmer auf der Couch und sah sich eine Serie im Fernsehen an, als sie hörte, wie sich ein Schlüssel im Schloss der Wohnungstür drehte. Das musste Emily sein! Sie lief in den Flur und entdeckte ihre Freundin, die gerade ihren Koffer in die Wohnung bugsierte.

„Hey, schön, dass du wieder da bist!" Freudestrahlend schloss sie ihre Freundin in eine Umarmung.

„Hi!" Emily freute sich über diese herzliche Begrüßung und drückte Leonie ebenso eng an sich.

„Wie war's?", fragte Leonie.

Emily war schon ganz hibbelig und konnte es kaum erwarten, ihr von Ben zu erzählen. In den Nachrichten, die sie in den letzten Tagen hin und wieder mit Leonie ausgetauscht hatte, hatte sie nur am Rande erwähnt, dass zwei nette Männer ihnen ein wenig Gesellschaft leisteten und den Trip versüßten. Aber was sich konkret zwischen

Emily und Ben noch abgespielt hatte – dass sie sich zu zweit verabredet und sich geküsst hatten sowie dass Ben seit seiner Abreise aus Prag ihr den ganzen Tag über Nachrichten schrieb –, das wollte sie ihrer Freundin lieber persönlich und ganz in Ruhe erzählen.

„Total toll!", sagte sie breit grinsend.

„Wie war das Konzert?"

„Oh, das war so klasse!", schwärmte Emily. „Alejandro macht so eine geile Show!"

Emily hielt kurz inne und sah sich um. „Ist Marlon heute gar nicht hier?"

Leonie und er verbrachten fast jeden Abend zusammen, entweder bei ihr oder bei ihm zu Hause.

„Der ist heute mit seinen Kumpels unterwegs", antwortete sie. „Perfekt für einen Mädelsabend also."

„Das klingt gut", sagte Emily. „Ich räume nur schnell meinen Koffer weg."

„Mach ganz in Ruhe. Ich bereite uns zwei Gläschen mit Sekt vor, wenn du Lust hast. Ach, und falls du noch Hunger hast – ich habe vorhin Spaghetti Bolognese gekocht."

Und was für einen Hunger Emily hatte! Ihre letzte richtige Mahlzeit war die beim Restaurantbesuch mittags gewesen und eine Apfeltasche, die sie vor der Heimfahrt noch am Busbahnhof als Snack geholt und gegessen hatte. Das war nun auch schon sechs Stunden her. Zwar war es fast schon 23 Uhr, aber ihr Magen knurrte, also nahm sie Leonies Angebot gern in Anspruch.

„Oh ja, ich sterbe gleich vor Hunger!"

„Na, dann mach mal schnell, dass du deinen

Kram wegräumst, und dann schwing deinen süßen Hintern wieder hierher. Ich serviere schon mal."

„Das ist ja ein Service!" Dankbar umarmte Emily ihre Freundin. „Du bist die Beste!"

Leonie lachte und Emily schnappte sich ihren Koffer und ihre Handtasche und bugsierte die Sachen in ihr Zimmer.

Als sie ihre Handtasche ablegte, konnte sie nicht widerstehen, noch einen Blick auf ihr Handy zu werfen in der Hoffnung, eine weitere Nachricht von Ben erhalten zu haben.

Vorhin hatte sie ihm geschrieben, dass sie in Berlin angekommen und nun auf dem Weg nach Hause war. Nachdem sie bereits auf der Busfahrt unzählige Nachrichten mit ihm ausgetauscht hatte. Es war schon lange her, dass ihr ein Mann so viel Aufmerksamkeit gewidmet hatte. Sie genoss es, dass Ben sie umwarb. Und sie hatte ein gutes Gefühl bei ihm. Allerdings wollte sie nach der Sache mit David, auf die sie sich wieder einmal zu voreilig eingelassen hatte, nach wie vor vorsichtig sein.

Tatsächlich hatte sie wieder eine neue Nachricht von Ben erhalten. In dieser wünschte er ihr eine gute Heimfahrt und fragte, ob sie Lust hätte, ihn morgen zu treffen.

„Was grinst du denn so vor dich hin wie ein verliebter Teenager?"

Aus ihren Gedanken gerissen, blickte Emily hoch und entdeckte Leonie, die im Türrahmen stand und sie amüsiert ansah.

„Dein Essen wartet."

„Okay, ich bin gleich soweit", sagte Emily, während sie eine Antwort an Ben tippte.

„Alles gut?"

Emily steckte das Handy in ihre Hosentasche und grinste ihre Freundin an. „Alles super. Lass uns anstoßen. Ich hab´ dir was zu erzählen."

Im Wohnzimmer machten es sich die Frauen auf der Couch bequem und stießen mit Erdbeersekt an. Emily verschlang genüsslich ihre Nudeln, während sie Leonie von den Ereignissen der vergangenen Tage in allen Einzelheiten berichtete.

Das Strahlen in Emilys Gesicht, als sie von Ben erzählte, entging Leonie nicht. Sie hoffte, dass ihre Freundin nun endlich Glück in der Liebe hätte und die Fiaskos mit Männern der Vergangenheit angehörten. Bisher hörte sich Ben nach Emilys Erzählungen ja ganz vernünftig an.

KAPITEL 15

Am nächsten Tag wachte Emily am späten Vormittag auf. Sie lächelte glücklich vor sich hin. Heute würde ein toller Tag werden. Mittags war sie bei ihren Eltern zum Essen eingeladen. Auch ihre Geschwister Vivien mit Mann und Kindern und Florian sollten vorbeikommen. Volles Haus also. Emily freute sich darauf, ihre Familie zu sehen und ihnen von ihrer Reise nach Prag berichten zu können.

Und danach, am frühen Abend, war sie mit Ben verabredet. Sie war überglücklich, dass er sich gleich heute mit ihr treffen wollte, wo sie doch erst gestern Abend zurückgekehrt war und sie sich vor Bens Abreise vor zwei Tagen noch in Prag gesehen hatten. Sie selbst konnte es kaum erwarten, ihn wiederzusehen. Und ihn zu küssen. Hach, diese himmlischen Küsse, die konnte sie einfach nicht vergessen.

Unter dem leuchtenden Schriftzug entlang durchquerten Emily und Ben Hand in Hand den Eingang des Weihnachtsmarkts am Schloss Charlottenburg. Dies war einer der schönsten Weihnachtsmärkte in Berlin, wie Emily fand. Aber auch bei vielen anderen Menschen war der Markt sehr beliebt, was die Besuchszahlen jedes Jahr aufs

Neue bewiesen. Gerade heute am dritten Advent tummelten sich wieder unzählige Menschen zwischen den Gängen. Normalerweise nervte es Emily etwas, wenn die Weihnachtsmärkte an den Wochenenden immer so überfüllt waren. Aber heute störte sie das gar nicht, denn sie hatte sowieso nur Augen für Ben. Und je weniger Platz sie beim Laufen hatten, desto mehr konnte sie sich an ihn schmiegen.

Der Weihnachtsmarkt wirkte sehr romantisch mit dem Schloss im Hintergrund, welches mit Scheinwerfern beleuchtet wurde, sowie dem Lichtermeer der Weihnachtsbuden. Am Eingang empfing die Besucher eine übergroße Kerzenpyramide, die im Inneren mit einem Imbiss ausgestattet war. Es gab aber auch weitere Restaurantzelte mit feinen Speisen.

Große, laute Karussells, wie sie auf so vielen anderen Weihnachtsmärkten in Berlin zu finden waren und die Emilys Meinung nach eher an einen Rummel als an Besinnlichkeit erinnerten, suchte man hier vergeblich. Die einzigen Karussells waren die für Kinder in nostalgischem Design auf dem sogenannten „königlichen Kinderweihnachtsmarkt" nebenan vor der kleinen Orangerie.

Was Emily außerdem an diesem Markt gefiel, waren die internationalen Angebote und die ausschließlich aus Naturmaterialien bestehende Dekoration.

„Hast du Lust auf einen Glühwein?", fragte Ben.

„Hmm, gerade ist mir eher nach einer heißen Schokolade mit Schuss", antwortete Emily.

„Alles klar", sagte Ben grinsend. „Das klingt fast noch besser." Ohne ihre Hand loszulassen, steuerte er die große Kerzenpyramide an.

Nachdem Ben die Getränke geordert hatte, setzten Emily und er sich mit ihren Tassen in der Hand in eine ruhige Ecke. Wie gemütlich es hier drinnen doch war!

Während sie genüsslich ihre heiße Schokolade schlurften, unterhielten sie sich miteinander und warfen sich verliebte Blicke zu.

Nachdem sie ihre Tassen geleert hatten, gingen sie wieder nach draußen und steuerten die Buden auf dem Weihnachtsmarkt an.

Während Emily und Ben durch die Gänge schlenderten, hörten sie einen Chor „Stille Nacht" singen. Regelmäßige Bühnenprogramme sowie Sonderveranstaltungen fanden auch auf dem Weihnachtsmarkt statt.

Die beiden liefen vorbei an einem Stand, an dem man Schokolade in Form von originalgroßen Werkzeugen kaufen konnte.

Ein paar Buden weiter machten sie Halt, um sich einen Crêpe zu gönnen. Emily liebte diese Dinger und sie waren für sie Pflichtprogramm, wenn sie auf den Weihnachtsmarkt ging. Am liebsten aß sie sie gefüllt mit Kinderschokolade oder Yogurette. Heute entschied sie sich für Zweiteres. Ben wählte einen Crêpe mit Nutella und Banane.

Emilys Herz machte ununterbrochen Freudensprünge. Das Date mit Ben war einfach traumhaft. So wie auch schon die Zeit in Prag mit ihm gewesen war. Kurze Zeit hatte sie befürchtet, dass das zwischen ihnen für Ben vielleicht nur ein kleiner Urlaubsflirt gewesen war und sie nach ihrem Aufenthalt in Prag nie wieder von ihm hören oder ihn sehen würde, aber sie wurde eines Besseren belehrt. Dieser Mann signalisierte deutliches Interesse an ihr.

Sie genoss jede Minute mit Ben und sog den Duft seines Parfums ein, der ihr gelegentlich bei einem Windzug um die Nase wehte.

„Hast du morgen schon etwas vor?" Ben fuhr sich durch die Haare.

Ist er etwa nervös?, fragte sich Emily.

„Nein, tatsächlich noch nicht", antwortete sie ihm.

„Meinst du denn, du könntest mich schon wieder ertragen?", fragte Ben schmunzelnd.

„Hmm." Emily fasste sich mit dem Daumen und Zeigefinger ans Kinn und tat so, als müsste sie darüber erst nachdenken.

„Hey!", rief Ben und zwickte sie in die Seite.

Emily, die das nicht hatte kommen sehen, entfuhr ein schriller Aufschrei und sie lachte. Dann sah sie Ben aus ihren blauen Augen an.

„Möchtest du mich um ein weiteres Date bitten?"

„Ja", antwortete Ben zaghaft. „Ich hoffe, das wirkt nicht aufdringlich."

Emily lächelte ihn an und schüttelte den Kopf. „Überhaupt nicht. Sehr gerne würde ich dich morgen wiedersehen."

Ben schien erleichtert. Zum ersten Mal wirkte er etwas unsicher. Hatte er etwa befürchtet, sie könne möglicherweise Nein sagen? Das würde sie niemals. Nicht bei diesem wunderbaren Mann.

„Das freut mich", sagte Ben.

Emily trat einen Schritt näher an Ben heran, sodass ihre Körper nun ganz dicht voreinander standen, legte ihre Arme um seinen Hals und gab ihm einen Kuss auf den Mund. Ben ging gern darauf ein.

Für die heutige Verabredung hatte Ben sich Einiges einfallen lassen. Er hatte Emily vorgeschlagen, am Alexanderplatz Schlittschuhlaufen zu gehen. Um den Neptunbrunnen herum direkt gegenüber vom Roten Rathaus gab es eine Open-Air-Eisbahn, die zum dortigen Weihnachtsmarkt gehörte. Hinter der Eisbahn erstreckte sich ein Riesenrad, von dem aus man einen herrlichen Ausblick auf die Berliner Innenstadt hatte. In der anderen Richtung konnte man den Fernsehturm, eines von Berlins bekanntesten Wahrzeichen, erblicken.

Nachdem Ben ihr das Eislaufen vorgeschlagen hatte, hatte Emily zu Hause ihre alten Schlittschuhe herausgekramt, die in den letzten Jahren etwas eingestaubt waren. Auch Ben hatte eigene Schlittschuhe mitgenommen.

Aber es sollte nicht nur beim Schlittschuhlaufen bleiben. Ben hatte wohl noch etwas Anderes geplant, aber was, das hatte er ihr zuvor nicht verraten wollen.

Die beiden waren vor dem Fernsehturm verabredet. Als Emily den Bahnhof Alexanderplatz verließ und auf den 368 Meter hohen Turm zuging, der in seiner Glaskuppel einen atemberaubenden Ausblick über ganz Berlin bot, entdeckte Emily Ben bereits von Weitem und wieder einmal machte ihr Herz bei seinem Anblick einen Aussetzer. Wie er so dastand, eingehüllt in seinen schwarzen Parka, mit seinen goldblonden Haaren, die in der Wintersonne schimmerten, und sich suchend umsah, war Emily wieder aufs Neue überwältigt davon, wie umwerfend er doch aussah und was für Schmetterlinge er in ihrem Bauch verursachte.

Nun entdeckte Ben auch Emily und sein Gesicht hellte sich auf.

„Hallo, schöne Frau!"

Er schlang seine Arme um sie und drückte sie fest an sich, bevor er ihr einen sinnlichen Kuss auf den Mund drückte. Emily bekam weiche Knie.

„Hi", hauchte sie, benommen von dem Kuss, der sie zum Dahinschmelzen brachte, als ihre Lippen sich voneinander lösten.

„Bereit für eine Partie auf dem Eis?"

„Aber klar doch!"

„Na, dann mal los." Er grinste sie an und sein zauberhaftes Lächeln ließ Emily wiederholt dahinschmelzen. Sie ergriff seine Hand und gemeinsam liefen sie zur Eisbahn.

Als sie ihre Schlittschuhe angezogen hatten, begaben sie sich aufs Eis. Emily war noch etwas wackelig auf den Beinen. Ben hingegen zog in seinen Schlittschuhen graziöse Kreise um sie herum, als hätte er nie etwas Anderes gemacht.

„Wow, das sieht ja richtig professionell bei dir aus. Ich bin froh, wenn ich es schaffe, mich nicht hinzupacken", sagte Emily lachend. „Ist schon ´ne

Weile her, seit ich zuletzt Eislaufen war."

„Dann muss ich wohl besonders auf dich aufpassen", antwortete Ben, während er nach ihrer Hand griff und sie langsam die Eisbahn entlang zog.

Emily kicherte und ließ sich von ihm über das Eis gleiten. Im Hintergrund dudelte Weihnachtsmusik aus den Lautsprechern und Emily hörte, dass in diesem Moment Britney Spears' Song „My Only Wish This Year" lief. Wie passend dieses Lied doch gerade war.

Nach dem Eislaufen spazierten Ben und Emily durch das nahegelegene Nikolaiviertel. Das Viertel war bekannt für seine Altstadt. Die kleinen Gassen waren liebevoll mit Lichterketten und anderer Weihnachtsdekoration geschmückt.

Händchenhaltend liefen die beiden vorbei an den vielen kleinen Geschäften, in denen man nach Geschenken stöbern konnte. Hier gab es alles von Antiquitäten, Handwerkskunst aus dem Erzgebirge und Kunstgalerien über Teespezialitäten, Dekorationen und Stoffen, Schmuck und Boutiquen.

Sie spazierten nicht nur an den Geschäften vorbei, sondern auch an gemütlichen Restaurants, aus denen der Duft von Hirschbraten drang, und kleinen Cafés, in denen Glühwein ausgeschenkt wurde.

Als sie weiter durch das romantische Viertel liefen, entdeckten sie eine Stelle mit Sesseln und Sofas, die unter freiem Himmel standen. Auf einer Leinwand wurde der Filmklassiker „Die Feuerzangenbowle" ausgestrahlt. Nostalgische Markthäuschen rundherum luden ein zu Jagertee, heißer Schokolade und Crêpes. Außerdem wurde passend zum Film Feuerzangenbowle zum Trinken angeboten, die in einem Kupferkessel blubberte. Emily und Ben gönnten sich jeweils eine Tasse davon und ließen sich währenddessen auf einem der Sofas nieder. Emily kuschelte sich an Ben heran, der gern darauf einging und seinen Arm um sie legte. Genüsslich schlurften sie an ihrem Punsch und schauten dabei den Film auf der Leinwand.

Anschließend hatte Ben eine weitere Überraschung geplant. Ohne etwas zu verraten, führte er Emily ein weiteres Stück durch die Straßen. Sie liefen die bekannte Prachtstraße Unter den Linden entlang, bis sie am Brandenburger Tor ankamen. Dort steuerte Ben eine Kutsche an, die auf dem Vorplatz stand und an der zwei Pferde gespannt waren. Emily war ganz aus dem Häuschen, als ihr bewusst wurde, was Ben vorhatte. Eine Kutschfahrt durch Berlin! Wie romantisch! Sie konnte sich nicht daran erinnern, jemals ein Date gehabt zu haben, bei dem sich der Mann so etwas Tolles hatte einfallen lassen. Nicht einmal ihre Exfreunde waren auf solche Ideen gekommen.

KAPITEL 16

Emily beeilte sich und räumte den letzten Rest in ihrer Wohnung auf. Dabei war das gar nicht ihr Kram, der herumlag, sondern der von Leonie. Emily ärgerte sich ein wenig darüber, dass ihre Freundin ihre Sachen nicht weggeräumt hatte, bevor sie zu Marlon gegangen war, bei dem sie heute wieder übernachten würde. Eigentlich hatte sie keine Lust, Leonies Kram wegzuräumen, aber sie wollte Ben auch nicht in einer chaotischen Wohnung empfangen. Der würde nämlich gleich zum Plätzchenbacken vorbeikommen.

Bei dem Gedanken daran, Ben zu sehen, ihn zu küssen und seinen Duft einzuatmen, verflog ihr Ärger über Leonies Unordnung sofort wieder. Sie verbrachte so unheimlich gern Zeit mit ihm und konnte immer noch nicht glauben, dass das alles Realität war. Er brachte sie zum Lachen. Mit ihm konnte sie über Gott und die Welt reden. Nach so jemandem hatte sie die ganze Zeit gesucht.

Den Teig für die Kekse hatte sie bereits vorbereitet und in den Kühlschrank gelegt. So würden sie gleich mit dem Ausstechen loslegen können, sobald Ben da war.

Wie vor jedem Treffen mit ihm war sie auch heute wieder aufgeregt und hibbelig. Auch, wenn sie mittlerweile viel Zeit miteinander verbracht und eine Menge voneinander erfahren hatten, jagte es ihr immer wieder einen angenehmen Schauer über den Rücken, wenn er vor ihr stand. Dann klopfte ihr Herz wie wild und sie würde am liebsten direkt über ihn herfallen.

Heute war ihr drittes Date. Zählte man das Mittagessen beim Italiener in Prag dazu, war es sogar das vierte. Plus die Zeit, die sie gemeinsam mit ihren Freunden im Club, auf der Prager Burg und bei dem Spieleabend in der Ferienwohnung verbracht hatten.

Emily dachte darüber nach, ob nun der richtige Zeitpunkt wäre, um einen Schritt weiterzugehen. Und obwohl heute vermutlich die perfekte Gelegenheit dafür wäre – immerhin hatten sie sturmfrei –, hatte sie sich dazu entschieden, noch abzuwarten und nicht mit Ben zu schlafen.

Sie wollte sehen, ob er am ersten Abend, den sie in trauter Zweisamkeit zu Hause und nicht unterwegs unter vielen Menschen verbrachten, seine Chance wittern würde oder ob er bereit wäre, zu warten und die Zeit mit ihr einfach so zu genießen.

Wenn sie ehrlich war, konnte sie sich Ersteres nicht vorstellen. Dafür gab er sich zu viel Mühe, als dass es ihm nur um Sex ging. Sie vertraute ihm. Allerdings hatte ihr Gefühl sie schon oft getrogen und deshalb konnte es nicht schaden, auf Nummer Sicher zu gehen und ihn noch etwas zappeln zu lassen.

Der schrille Ton der Klingel im Flur riss Emily aus ihren Gedanken. Sie flitzte zur Wohnungstür und nahm den Hörer von der Gegensprechanlage.

„Ja?"

„Ich bin's", antwortete Ben und Emilys Herz machte einen Satz, als sie seine Stimme hörte.

„Ich mach' auf. Vierte Etage."

Sie drückte den Summer, öffnete die Wohnungstür und wartete, bis ihr Romeo die Treppenstufen erklommen hatte und in ihrem Stockwerk ankam.

Leicht aus der Puste, aber seinen Atem noch ohne Probleme unter Kontrolle, – schließlich war für ihn als Feuerwehrmann Treppensteigen keine große Hürde – kam Ben freudestrahlend auf Emily zu und küsste sie zur Begrüßung. Sie bat ihn herein.

Im Flur zog sich Ben die Mütze vom Kopf und befreite sich aus seinem dicken Winterparka.

Heute sieht er wieder besonders gut aus, ging es Emily durch den Kopf, während sie ihn in seiner dunkelblauen Slim Fit-Jeans und dem olivgrünen T-Shirt, über das er einen weißen Cardigan trug, betrachtete.

Sie führte ihn durch die Wohnung und zeigte ihm alle Zimmer. Danach liefen die beiden in die Küche, wo Emily Ben etwas zu trinken anbot und sie sich anschließend an den großen runden Esstisch setzten.

„Wie war dein Tag?", fragte Emily. „War viel los?"

Ben hatte bis 18.30 Uhr arbeiten müssen und war direkt nach seiner Schicht zu Emily gefahren.

„Oh ja, so Einiges. Ich war auf dem RTW und wir hatten einen echt heiklen Einsatz."

Emily wusste von Ben, dass die Abkürzung

RTW für *Rettungswagen* stand. Eine Schicht auf dem RTW war oft sehr stressig.

„Wir wurden ins Pflegeheim gerufen, weil eine 80-Jährige einen Herzinfarkt erlitten hatte. Über eine Stunde lang waren wir und ein zusätzlich animierter Notarzt damit beschäftigt, sie zu reanimieren. Leider half alles nichts, also haben wir sie in den RTW getragen und uns auf den Weg ins Krankenhaus gemacht.

Und während der Fahrt dorthin, als der Notarzt weiterhin dabei war, um ihr Leben zu kämpfen, überholten wir einen Radfahrer, der uns daraufhin den Mittelfinger zeigte!"

„Wie bitte?", fragte Emily empört.

„Ja, aber das war noch nicht alles. Der Idiot kam uns doch tatsächlich hinterhergefahren und versuchte, uns einzuholen. Hinter ihm fuhr der Notarztwagen und als der auch zum Überholen ansetzte, fuhr der Typ Schlangenlinien, um den Wagen daran zu hindern."

„Das ist echt unglaublich!"

„Und dann", fuhr Ben fort, „krachte der Trottel in unseren Wagen, sodass wir anhalten mussten. Daraufhin durften wir uns dann noch von ihm beleidigen lassen. Du glaubst nicht, wie ich an mich halten musste! Wirklich, am liebsten hätte ich dem eine reingehauen!"

„Und dass hätte er verdient! Wer macht so was? Was ist das für ein Mensch, der absichtlich einen Rettungswagen im Einsatz behindert?" Emily schüttelte, fassungslos über das Verhalten dieser Person, den Kopf. „Und was war dann mit der Frau?"

„Ihr Zustand hat sich leider verschlechtert. Und draußen mit dem Typen ist die Situation eskaliert. Der hat rumgeschrien und sich aufgeregt und versucht, in unseren Wagen zu dringen. Einfach nur gestört. Wir haben einen Notruf an die Leitstelle gesetzt und die haben die Polizei vorbeigeschickt. Während der ganzen Szene waren wir natürlich weiterhin mit der Reanimation der Patientin beschäftigt. Als dann die Polizei da war, ist ein Kollege vor Ort geblieben und wir sind weitergefahren ins Krankenhaus und haben sie den Ärzten übergeben."

„Krass!" Emily war immer noch erschüttert. Sie hoffte, dass der Frau noch geholfen werden konnte.

„Wenn ihr Personen im Krankenhaus abliefert, erfahrt ihr dann im Nachhinein etwas über ihren Zustand?"

„Wenn wir im Krankenhaus nachfragen, ja, dann geben sie uns Auskunft. Aber glaube mir, manchmal ist es besser, nicht zu wissen, ob es jemand geschafft hat oder nicht. Nach der Schicht musst du mit allem abschließen. Sonst zerbrichst du irgendwann daran."

„Ich hoffe, der Typ bekommt seine gerechte Strafe! Was für egoistische und dumme Menschen es einfach gibt", sagte Emily.

„Ja, und leider gibt es noch viel schlimmere Menschen. Letztes Jahr an Silvester beispielsweise wurden wir mit Feuerwerkskörpern beworfen."

Schockiert riss Emily die Augen auf und schüttelte wieder ungläubig den Kopf. „Es ist wirklich unfassbar, wie manche Menschen ticken."

„Willkommen in meiner Welt", antwortete Ben nüchtern.

„Wie schaffst du das?"

„Ich denke an die Menschen, die unsere Hilfe brauchen. Nur das zählt. Und nach jedem Einsatz, wo ich jemanden retten konnte, bin ich glücklich und das lässt alles andere vergessen."

Emily lächelte. „Du bist wirklich ein toller Mensch, Ben. Ein Held."

„Ach", winkte Ben bescheiden ab, „das ist mein Job, nichts weiter."

Während die beiden Sterne, Tannenbäume, Nikolausstiefel und andere weihnachtliche Motive aus dem Teig stachen, schielte Emily immer wieder unauffällig zu Ben herüber. Er sah noch süßer aus als sonst, wie er so konzentriert seiner Arbeit nachging. In ihrem Bauch kribbelte es ununterbrochen, während er neben ihr stand. Seine bloße Anwesenheit ließ sie innerlich verrückt werden. Verrückt nach ihm, seinem Duft, seinen Zärtlichkeiten.

Wenn sich dann noch hin und wieder ihre Arme zufällig berührten, bekam Emily eine Gänsehaut und am liebsten hätte sie Ben sofort an sich gezogen. Noch nie hatte sie solch eine enorme Anziehungskraft verspürt.

Ben bemerkte Emilys Blick, der gerade auf ihm ruhte, und sah ebenso hinüber zu ihr. Emily kicherte und wandte sich wieder dem Teig auf dem Tisch vor ihr zu.

„Was ist?", fragte Ben grinsend.

Emily sah wieder zu ihm und deutete auf einen

Mehlfleck an seiner Wange. „Du hast da was ..."

Als Ben versuchte, den Fleck an besagter Stelle wegzuwischen, verteilte er mit seinen verschmierten Händen nur noch mehr Mehl im Gesicht. Emily lachte.

„Warte, ich helfe dir." Sie griff nach dem Geschirrtuch und wischte damit vorsichtig das Mehl in seinem Gesicht fort. Sie spürte, wie seine grünen Augen sie wieder einmal mit diesem warmen Blick, den er ihr schon so viele Male zugeworfen hatte, anschmachteten. Sie sah ihm ebenso in die Augen und ein paar Sekunden lang verharrten die beiden in dieser Position.

Emily ließ das Geschirrtuch zu Boden sinken. Dann schlang sie ihre Arme um Bens Hals und küsste ihn. Ben ließ sich von ihrer Leidenschaft mitreißen.

Eine Weile lang knutschten sie wie zwei frisch verliebte Teenager wild herum, bis Ben begann, Emily am Hals hinab zu küssen, was sie fast um den Verstand brachte. Währenddessen packte er sie an ihrer Hüfte und hob sie auf die Arbeitsfläche.

Emily kam so richtig in Fahrt und sie spürte, dass Ben, der seine Hände an ihren Oberschenkeln entlangfahren ließ, auch mehr wollte.

Schweren Herzens löste Emily sich langsam aus dem Kuss. Ihre Arme ruhten noch auf Bens Schultern und sie sah ihn an.

„Würde es dich stören, wenn wir noch etwas warten?", fragte sie.

Im ersten Moment war Ben etwas überrascht, hatte Emily ihm doch gerade andere Signale gesendet, aber er akzeptierte ihren Wunsch. „Nein, natürlich nicht."

„Es ist nicht, dass ich nicht will", erklärte Emily, „ganz im Gegenteil. Ich möchte nur nichts überstürzen."

Ben lächelte. „Natürlich, das verstehe ich. Obwohl du mich schon ziemlich heiß gemacht hast, muss ich gestehen", raunte er ihr ins Ohr. Dann wurde er etwas ernster und sah sie an. „Aber ich finde es gut, dass du nicht so einfach zu haben bist."

„Also ist es wahr, dass es eine Frau interessanter macht, wenn sie den Mann etwas zappeln lässt?", fragte Emily schmunzelnd.

„Ich würde lügen, wenn ich behaupten würde, dass es nicht schon seinen Reiz hat. Aber glaub' mir, Emily, du bist ohnehin interessant für mich, ob du mit mir schläfst oder nicht. Und ich werde dich zu nichts drängen, wenn du nicht selbst dazu bereit bist. Schließlich sollen wir beide daran Spaß haben."

Emilys Herz schmolz dahin. Ben nahm Rücksicht auf sie und akzeptierte ihren Wunsch ohne Diskussion.

„Danke für dein Verständnis!" Überglücklich, diesen Menschen gefunden zu haben, küsste Emily Ben wieder und ließ sich erneut von der Leidenschaft, die in diesem Kuss lag, mitreißen.

Wenn sie so weitermachten, würde sich Emily allerdings selbst stark zusammenreißen müssen, um nicht doch noch schwach zu werden.

Sie hielt inne und löste sich aufs Neue von Ben.

„Ähm, ich glaube, wir sollten mal nach den

Plätzchen schauen", sagte sie zögerlich.

„Natürlich", antworte Ben, verkniff sich ein Grinsen und trat zur Seite.

Während Emily von der Küchentheke hüpfte und zum Ofen lief, sah Ben ihr schmunzelnd hinterher.

Mit einem Blick auf die Küchenuhr stellte Emily fest, dass es bereits 23 Uhr war.

„Wow, die Zeit ist total verflogen."

Nachdem sie und Ben die Plätzchen ausgestochen, gebacken und sich zwischendrin mit einer Pizza vom Lieferdienst gestärkt hatten, waren sie anschließend so vertieft gewesen in das Verzieren der Kekse, dass Emily gar nicht gemerkt hatte, dass es es so spät geworden war.

Doch die Arbeit hatte sich gelohnt. Stolz begutachtete sie die mit rot und grün gefärbtem Zuckerguss und Vollmilchschokolade überzogenen Werke. Getoppt hatten sie die Glasuren mit allerlei Dekor aus bunten Streuseln, Mandeln, Zuckerperlen in allen möglichen Farben sowie goldfarbenem Streuglitzer.

Ben schaute ebenfalls zur Küchenuhr. „Du hast Recht. Ich fürchte, dann muss ich mich langsam auf den Weg machen. Schließlich musst du morgen früh raus."

„Du nicht?"

„Ich hab' Nachtschicht", sagte er grinsend. „Das heißt, ich kann ausschlafen."

Ohne zu überlegen, platzte Emily heraus: „Möchtest du vielleicht hier übernachten?" Sie wollte nicht, dass Ben ging. Sie wollte ihn bei sich haben.

„Bist du sicher?" Ben war überrascht über dieses Angebot.

„Ja. Ich meine, es ist schon spät."

Ben schmunzelte. „Ich bin schon ein großer Junge."

Emily wurde etwas verunsichert. „Ja, das stimmt. Also, du musst nicht ... Ich dachte nur, dass du nicht noch hinaus in die Kälte musst." Verlegen blickte sie zu Boden und wieder hoch zu Ben. „Und ich fände es schön, wenn du bleiben würdest."

Er lächelte sie an. „Ich bleibe gerne."

„Okay." Erleichtert atmete Emily auf, froh darüber, dass Ben heute Nacht an ihrer Seite sein würde. Dann fiel ihr ein, dass das jetzt anders herüberkommen könnte als beabsichtigt, und erhob tadelnd den Zeigefinger, um ihren Standpunkt klarzustellen. „Aber nicht falsch verstehen, unser Deal steht."

„Welcher Deal?", fragte Ben verwundert.

Emily stockte kurz, bemerkte an Bens Grienen aber, dass er sie nur auf den Arm nahm, und reagierte mit einem sanften Boxen auf seine Schulter.

„Du kannst ja auf der Couch schlafen", sagte sie mit einem schiefen Grinsen.

„Alles, was du möchtest", konterte Ben.

Emily trat einen Schritt näher an ihn heran, griff nach seinen Händen und hakte ihre Finger in seinen unter.

„Ich möchte lieber mit dir kuscheln. Bei mir im Bett."

Zärtlich strich Ben ihr eine ihrer losen Haarsträhnen hinters Ohr. „Ich würde liebend gerne kuscheln. Und neben dir einschlafen und wieder aufwachen."

Die Küsse mit Ben brachten Emily beinahe um den Verstand. Während die beiden im Bett lagen und wild miteinander herumknutschten, steigerte sich Emilys Lust von Minute zu Minute mehr. Aber sie wollte doch noch warten …

In diesem Moment bezweifelte sie sehr, dass sie dazu noch imstande war. Ben küsste so unglaublich toll. Und die Art und Weise, wie er sie dabei berührte und über ihre Haut streichelte, ließ sie vor Verlangen erzittern.

Sie wollte ihre Vorsätze nicht brechen, nicht wieder, so wie bei David vor einigen Wochen. Andererseits – konnte sie Ben überhaupt mit David vergleichen? Geschweige denn mit den Männern zuvor? War das nicht sogar schon unfair? Ben hatte ihr schließlich bereits mehr als einmal klar und deutlich gezeigt, dass er ernsthaft an ihr interessiert war. Sie wusste, dass es ihm nicht nur um ein bisschen Spaß ging. Kein Mann würde sich so viel Mühe geben, sich so viele Gedanken machen, um ein schönes Date zu organisieren, und sich täglich bei ihr melden, wenn nicht ernsthafte Absichten dahinter steckten. Vielleicht sollte Emily aufhören, in der Vergangenheit zu leben und sich von ihren negativen Erfahrungen bremsen zu lassen, und stattdessen die Zeit im Hier und Jetzt genießen.

Ben bedeckte ihren Mund weiterhin mit Küssen

und trieb Emily damit weiterhin fast in den Wahnsinn. So langsam konnte sie wirklich nicht mehr an sich halten.

„Du machst mich völlig verrückt, Emily", raunte Ben.

Emily wollte schon erwähnen, dass es ihr andersherum genauso erging, als Ben von ihr abließ, sich räusperte und sie verschmitzt anlächelte.

„Ich glaube, wir sollten hier eine Pause einlegen. Sonst kann ich dir nicht garantieren, dass ich in der Lage sein werde, mein Versprechen oder unseren Deal, wie du es genannt hast, zu halten."

Im ersten Moment war Emily enttäuscht und wollte rufen: „Scheiß auf das, was ich gesagt habe, und mach einfach weiter!"

Aber dann sagte sie sich, dass es besser so war. Wenn sie schon kurz davor gewesen war, ihre Vorsätze über Bord zu werfen, war es gut, dass immerhin Ben sich an ihre Abmachung hielt und vor allem ihren Wunsch akzeptierte. Jeder andere Typ, den sie bisher kennen gelernt hatte, hätte vermutlich weiter sein Glück versucht, bis er sie am Ende herumbekommen hätte. Das zeigte mal wieder, was für ein toller Kerl Ben war.

KAPITEL 17

Am nächsten Morgen hing Emily auf dem Weg zur Arbeit verträumt ihren Gedanken an Ben nach. Und der letzten Nacht. Tatsächlich war es ihr sehr schwer gefallen, standhaft zu bleiben. Und für Ben war es sicherlich auch nicht leicht gewesen. Aber er hatte sein Versprechen gehalten. Die beiden hatten wirklich nur miteinander gekuschelt und waren irgendwann eingeschlafen. Emily hatte sich in Bens Armen so geborgen gefühlt. Die Vertrautheit zwischen ihnen wuchs immer mehr.

Na ja, und vor dem Einschlafen hatten sie endlos miteinander geknutscht. Eigentlich konnte Ben ihr schon leid tun. Es war schon ziemlich gemein gewesen, ihn so heiß zu machen und ihm dann nicht mehr als Kuscheln zu erlauben. Sie konnte sich vorstellen, was für Qualen er insgeheim hatte erleiden müssen.

Als Emily die Eingangstür der Kita durchschritt, ermahnte sie sich, ihre Gedanken an Ben vorerst beiseitezuschieben. Was ihr definitiv nicht leicht fallen würde. Aber sie musste sich in den nächsten Stunden konzentrieren, denn heute Vormittag fand die Weihnachtsfeier im Kindergarten statt und somit auch die Aufführung der Weihnachtsgeschichte, die Emily und Samantha mit den Kindern wochenlang geplant und einstudiert hatten.

Schon gestern waren die Kinder aufgeregt und völlig aus dem Häuschen gewesen. Nachdem sie vor zwei Tagen das Theaterstück bereits ihren Eltern präsentiert und tosenden Applaus dafür geerntet hatten, freuten sie sich darauf, auch den anderen Gruppen in der Kita zu zeigen, wofür sie so lange geübt hatten.

Da die Geschichte aus der Feder des englischen Schriftsteller Charles Dickens stammte und in London spielte, hatten Emily und Samantha sich dazu entschieden, sie in der englischen Version aufzuführen. Samantha als Native Speaker würde als Erzählerin zwischen den Dialogen vorlesen, während Emily den Ablauf hinter der Bühne managen und die Kinder zu ihren jeweiligen Einsätzen hinausschicken würde.

Emily betrat den Personalraum und atmete den Duft des frisch gebrühten Kaffees ein, der ihr in die Nase stieg. Sie liebte diesen Geruch. Fröhlich griff sie nach ihrer Tasse, die neben denen ihrer Kolleginnen und Kollegen auf der Kommode stand, und goss sich etwas von dem Getränk ein, bevor sie sich auf den Weg in ihren Gruppenraum machte.

Der fünfjährige Noah betrat, eingehüllt in schwarzer Kleidung und ausgestattet mit einem schwarzen Hut und einem Gehstock, die Bühne. Er spielte Ebenezer Scrooge und während Samantha auf Englisch von dem alten, kaltherzigen und geizigen Mann erzählte, lief Noah böse dreinschauend und mit seinem Gehstock klappernd hin und her, um seine Figur bestmöglich zu imitieren. Samantha erwähnte, dass Scrooges ehemaliger Geschäftspartner Jacob Marley verstorben und Scrooge seitdem nur noch verbittert und einsam war.

In der nächsten Szene kam Arthur zu Noah auf die Bühne. Er spielte Scrooges Neffen, der seinen Onkel zum Weihnachtsfest bei seiner Familie einlud.

Doch Scrooge wehrte ab und so ging es weiter zur nächsten Szene, in der Noah als verbitterter Scrooge durch die Straßen Londons nach Hause lief und in seinem Haus schließlich von dem Geist Marleys überrascht wurde.

Ella spielte den Geist und warnte Noah vor den kommenden drei Geistern, die ihn in der Nacht noch besuchen würden. In den nächsten Szenen erschienen Charlie, Henry und Kate als besagte Geister: dem Geist der Vergangenheit, dem Geist der Gegenwart und dem Geist der Zukunft.

Während die Kinder in ihren Kostümen auf der Bühne standen, erzählte Samantha im Hintergrund, wie der Geist der Vergangenheit in Scrooges einsame Kindheit, aber auch in seine fröhliche Zeit als jungen Mann zurückblickte, wie der Geist der Gegenwart in Bilder des diesjährigen Heiligabends reiste, in denen Scrooge sah, wie dankbar sein Mitarbeiter Bob ihm trotz schlechten Lohns dafür war, dass Scrooge ihm Arbeit bot, wie der jüngste Sohn Tim vor Freude strahlte, obwohl er ein krankes Bein hatte, und wie Scrooges Neffe das Weihnachtsfest mit seiner Familie verbrachte, während sie alle Scrooge bemitleideten.

Verkleidet in einem schwarzen Umhang mit schwarzer Kapuze, tauchte Kate als Geist der Zukunft auf und sie und Noah spielten die Szene nach, in der der Geist Scrooge durch die trüben Straßen Londons zog und ihn schließlich vor einem Grab stehen ließ, in dessen Stein Scrooges Name geschrieben stand.

Auf einem anderen Grabstein las Noah den Namen des kleinen Tim und rief theatralisch: „Nein, das darf nicht sein! Der arme Junge! Ich hätte Tim retten können, wenn ich nicht so geizig gewesen wäre und seinem Vater mehr Geld bezahlt hätte! Ich werde mich ändern und ab sofort gut zu meinen Mitmenschen sein."

Die Szene endete damit, dass Kate als Geist der Zukunft hinter der Bühne verschwand und Noah alias Scrooge sich in seinem Bett wiederfand, das im Hintergrund auf einem aufgespannten Laken aufgemalt war.

„Am nächsten Morgen erwachte Scrooge und sprang voller Zuversicht aus dem Bett", las Samantha ihren Text auf Englisch vor.

Das war Noahs Einsatz. „Ich danke den Geistern der Vergangenheit, der Gegenwart und der Zukunft", rief er. „Das, was ich in der letzten Nacht gesehen habe, muss nicht geschehen. Ich bin ein neuer Mensch."

Daraufhin ging Noah als fröhlicher Scrooge hinaus auf die Straße und grüßte alle Leute, die ihm über den Weg liefen, ließ seinem Mitarbeiter den größten Truthahn Londons schicken und ging anschließend zum Haus seines Neffen und eröffnete ihm, dass er mit ihm und seiner Familie Weihnachten feiern würde.

In der letzten Szene waren Noah und Emil alias Bob bei der Arbeit zu sehen, als Scrooge seinem Mitarbeiter versprach, ihm von nun an mehr Geld zu zahlen.

Tosender Applaus erfüllte die Turnhalle. Emily und Samantha versammelten sich mit den Kindern aus ihrer Gruppe auf der Bühne und verbeugten sich. Die Kinder strahlten übers ganze Gesicht. Sie waren stolz und freuten sich über die Anerkennung.

„Das habt ihr super gemacht", rief Emily den Kindern zu.

Nachdem der Beifall allmählich erlosch, verließ die Gruppe die Bühne, um Platz für die Nächsten zu machen, und setzte sich auf eine freie Bank in den vorderen Reihen.

Als das Programm dann vorüber war, gingen alle Kinder mit ihren Erzieherinnen und Erziehern in die jeweiligen Gruppenräume. Der Weihnachtsmann, der dieses Jahr von dem Mann einer älteren Kollegin gespielt wurde, würde nun seine Runde machen, und die Kinder waren aufgeregt und erwarteten ihn schon sehnsüchtig.

Für die Weihnachtsfeier, die im Kollegium des deutsch-englischen Kindergartens stattfand, wurden jedes Jahr abwechselnd zwei bis drei Leute bestimmt, die sich um die Planung und Organisation der Feier kümmern sollten. Dieses Jahr hatten sich die Beauftragten wieder etwas ganz Besonderes einfallen lassen. Was, würde Emily allerdings erst vor Ort erfahren. Sie wusste nur, dass sich das gesamte Team nach Feierabend in der Kita treffen sollte. Und jeder war zuvor gebeten worden, etwas, das man zu Hause hatte und nicht mehr benötigte, als Geschenk verpackt zum Schrottwichteln mitzubringen.

Auch Anna, die sich ihre gesamte Schwangerschaft über im Beschäftigungsverbot befand, war eingeladen. Schließlich gehörte sie ebenso zum Team. Allerdings hatte niemand damit gerechnet, dass Anna würde kommen können. Immerhin wäre vorgestern der errechnete Entbindungstermin ihres Kindes gewesen. Der kleine Wonneproppen wollte allerdings noch auf sich warten lassen.

Eine andere Kollegin, Larissa, die sich derzeit in Elternzeit befand, würde heute auch vorbeikommen. Emily freute sich darauf, sie einmal wiederzusehen.

Als sie am Kindergarten ankam, schloss Emily ihr Fahrrad, das sie dank trockenen und recht milden Wetters heute mal wieder nutzen konnte, am Geländer an und betrat das Gebäude. Die Kinder waren alle abgeholt und die Einrichtung offiziell geschlossen. Damit aber alle Kolleginnen und Kollegen hereinkommen konnten, hatte der Spätdienst die Tür noch nicht abgeschlossen. Emily hatte bereits vor zwei Stunden Feierabend gemacht. Zum Glück brauchte sie mit dem Fahrrad nur dreißig Minuten zur Arbeit. Also hatte sie die Zwischenzeit genutzt, um nach Hause zu fahren, die Waschmaschine anzuschmeißen, Staub zu saugen und sich anschließend noch ein wenig für den

Abend aufzuhübschen.

Als sie im Kindergartengebäude den langen Flur zum vereinbarten Treffpunkt, der Küche, entlanglief, hörte sie schon von Weitem die Stimmen einiger ihrer Kollegen. Beim Näherkommen stellte sie fest, dass Anna bereits unter ihnen war.

Emily bewunderte ihre Freundin, die immer noch topfit wirkte. Auch optisch nahm Anna alle Vorteile einer Schwangerschaft mit: Ihre Haut glänzte rosig und ihre kupferroten Haare bildeten einen schönen Kontrast zu dem dunkelblauen Umstandskleid aus Strick, das sie heute trug und unter dem ihr kugelrunder Bauch prangte. Bei ihrem letzten Treffen hatte Emily sich schon nicht vorstellen können, dass die Murmel noch größer werden würde, aber jetzt war Annas Bauch nahezu gigantisch. Der Rest ihres Körpers war immer noch so schlank wie vorher.

Emily begrüßte Anna, die von allen begutachtet und bewundert wurde, und ihre anderen Kollegen. Kurz darauf traf Samantha ein und nach und nach auch der Rest des Teams. Auch der Koch Vincent und seine Küchenhilfe Sandy waren anwesend.

Als alle eingetroffen waren, klirrte Ethan, einer der Leute, die zuständig für die Organisation der heutigen Weihnachtsfeier waren, mit einer Gabel gegen das Glas in seiner Hand. Die Gespräche verstummten und alle Augen richteten sich auf Ethan.

„Hey guys! Schön, dass ihr da seid! Wir", er deutete dabei auf sich und seine Kolleginnen Verena und Meghan, die neben ihm standen, „haben uns für heute überlegt, dass wir nicht nur wie sonst gemeinsam essen, sondern die Gerichte selbst zubereiten. Wir werden uns dafür in Gruppen von drei bis vier Leuten aufteilen. Jede Gruppe bekommt ein Rezept, das sie zubereitet. Dafür dürfen wir heute die Küche benutzen. Vincent und Sandy helfen euch gerne, wenn ihr Küchenutensilien sucht, Fragen habt oder Hilfe beim Zubereiten braucht."

Vincent und Sandy standen vor der Küchentür und nickten bestätigend in die Runde.

„Aus hygienischen Gründen müssen wir die hier tragen", fuhr Ethan mit seinem amerikanischen Akzent fort und hielt blaue Überzieher für die Schuhe, die in einer Kiste auf dem Boden neben dem Kücheneingang lagen, in die Höhe. „Okay, dann sucht euch in Gruppen zusammen."

Für Emily war klar, dass sie mit Anna zusammen kochen wollte. Auch Samantha schloss sich ihnen an. Dann zogen die drei Frauen noch James zu sich. James arbeitete in Emilys und Samanthas Nachbargruppe, war ein Jahr jünger als Emily und immer für einen Witz zu haben. Er alberte gern mit den Kindern herum, brachte seine Kolleginnen oft zum Lachen und hatte mit seiner humorvollen Art schon so manch stressigen Arbeitstag für Emily erträglicher gemacht.

Als sich alle in ihren Gruppen zusammengefunden hatten, las Verena die Gerichte vor, die zubereitet werden mussten, und verteilte die Rezepte an die Gruppen, die sich jeweils dafür meldeten.

Emily, Anna, Samantha und James entschieden sich dafür, das Basilikum-Pesto zuzubereiten. Von der großen Arbeitsfläche in der Mitte der Küche, auf der die Zutaten für alle bereit lagen, griffen sie sich zwei Töpfe Basilikum sowie eine Knolle Knoblauch, eine Flasche Olivenöl, eine Tüte mit Pistazien und ein Stück Parmesan. Außerdem reichte Vincent ihnen eine Käsereibe, damit sie den Parmesan kleinhobeln konnten, sowie einen großen Messbecher und einen Pürierstab.

Anna zupfte die Blätter des Basilikums ab, wusch sie und warf sie anschließend in den Messbecher. Derweil nahm Emily die Knoblauchknolle auseinander, entfernte die Schale und schnitt die einzelnen Knollen in kleine Würfel. Samantha übernahm das Rösten der Pistazien in einer Pfanne und James hobelte den Käse.

Als das erledigt war, warfen sie die Zutaten ebenfalls in den Messbecher. Hinzu kippten sie noch einen halben Liter Olivenöl. Samantha holte einen Stabmixer und pürierte den gesamten Inhalt zu einer cremigen Masse. Dann rührten sie noch den Parmesan unter, würzten das Ganze mit Salz und Pfeffer und fertig war das Pesto.

Aber zu dem Pesto sollte es natürlich noch Nudeln geben. Als die Gruppe Vincent darüber informierte, dass sie fertig waren, zeigte er ihnen, wo die Töpfe waren, und bat sie, Spaghetti zu kochen. Während die Nudeln auf dem Herd standen, entfernten die vier den Abfall auf ihrem Arbeitsplatz, säuberten die Gerätschaften und räumten sie zurück an ihren Platz.

Nachdem die Spaghetti fertig waren, ließ Emily sie mit James in einem Sieb abtropfen und gemeinsam warfen die beiden sie zurück in den großen Kochtopf. Bei der Menge an Nudeln, die für ein Team von dreißig Leuten reichen sollten, war es nicht so einfach, mit dem riesigen Topf und der Masse an Essen zu hantieren. Emily bewunderte es, wie Vincent und Sandy es schafften, täglich für über einhundert Kinder in der Einrichtung zu kochen.

Allmählich wurden auch die anderen Gruppen fertig mit der Zubereitung ihrer Speisen. Im Flur vor der Küche war eine lange Tafel aufgebaut worden. Die Gerichte wurden dort als Buffet angerichtet, sodass sich jeder von allem würde bedienen können.

Sandy hatte den Tisch bereits mit Tellern und Besteck gedeckt und platzierte nun ein paar Sektflaschen an verschiedenen Stellen auf der langen Tafel. Anschließend brachte sie zwei Karaffen Wasser, welches mit Zitronen, Gurken und Minze verfeinert war.

Dann holten alle Mitarbeiterinnen und Mitarbeiter ihre Werke aus der Küche und platzierten sie hübsch angerichtet auf Platten und in Schüsseln ebenfalls auf dem Tisch.

Emily bewunderte den mit lecker duftendem Essen gedeckten Tisch und ihr lief das Wasser im Munde zusammen. Außer den Spaghetti und dem Pesto von Emily, Anna, Samantha und James standen dort andere kulinarische Köstlichkeiten wie Bruschetta, Tomatensuppe, Antipasti aus Oliven, getrockneten Tomaten und eingelegten Zucchini, Lachs-Sahne-Gratin, ein Gemüsesalat mit Feta, Tiramisú und ein Mousse au Chocolat.

Ethan, Meghan und Verena baten alle zu Tisch

und eröffneten das Festmahl.

Alle bedienten sich an den bereitstehenden Gerichten. Es tönten viele „Ohs" und „Ahs" durch den Raum, während die Gerichte verköstigt und den Köchen Komplimente dafür gemacht wurden.

Nach dem Essen fand das Schrottwichteln statt. Alle Geschenke wurden in die Mitte des Tisches gelegt. Ethan, Verena und Meghan hatten ein Spiel herausgesucht, um das Wichteln etwas spannender zu gestalten. Jede Person musste reihum würfeln und die Zahlen, die gewürfelt wurden, hatten eine Bedeutung.

Um überhaupt ein Geschenk vom Tisch nehmen zu dürfen, musste vorab eine Sechs gewürfelt werden. Wenn man bereits ein Geschenk in den Händen hielt und nochmals eine Sechs würfelte, verfiel diese. Wer eine Eins würfelte, durfte sein Geschenk auspacken. Wer eine Zwei würfelte, durfte sein Geschenk mit einer Person seiner Wahl tauschen. Bei einer Drei mussten alle Geschenke linksherum weitergereicht werden. Bei einer Vier passierte das Gleiche andersherum. Wer eine Fünf würfelte, dessen linker und rechter Nachbar mussten ihre Geschenke miteinander tauschen. Zu Beginn wurde eine Zeit festgelegt. Bis diese verstrichen war, lief das Würfelspiel. So wanderten die Geschenke hin und her.

Die Erzieherinnen und Erzieher reichten die Geschenke hin und her und rätselten, was sich unter dem bunten, mit Tannenbäumen, Rentieren und anderen Weihnachtsmotiven gezierten Geschenkpapier befinden könne. Jeder fieberte während des Würfelns mit und hoffte, am Ende das für ihn

Passende zu ergattern.

Als die Zeit schließlich abgelaufen war, öffneten alle gespannt ihre Präsente.

Emily fischte aus ihrem Päckchen eine große magentafarbene Kerze, die bereits beim Öffnen der Verpackung den fruchtigen Duft nach Brombeere verteilte. Sie betrachtete die Kerze, die ihr wirklich gut gefiel, und schnupperte daran, um den Duft noch intensiver wahrzunehmen.

„Die sieht ja schön aus", hörte sie Anna neben sich sagen.

„Ja", bestätigte Emily und nickte. „Und riech mal!"

Sie hielt ihrer Freundin die Kerze unter die Nase.

„Mmhhhhh, die duftet echt gut."

„Was ist in deinem Päckchen?", fragte Emily.

Anna hielt ihr eine alte *Bravo Hits*-CD entgegen.

Emily las die Bandnamen auf dem Cover und lachte. „Blümchen ... Captain Jack ... Aus welchem Jahr stammt die denn?"

„Keine Ahnung", entgegnete Anna, ebenfalls lachend. „Aber klingt sehr nach den 90ern."

„Die 90er waren aber cool."

„Das stimmt. Die kann ich schon mal bereitlegen für die nächste 90er-Party", sagte Anna grinsend.

Der Abend wurde sehr amüsant. Es wurde viel geredet und gelacht. Emily genoss die Zeit mit ihren Kolleginnen und Kollegen außerhalb der Arbeit. Im Dienst sah man einige Leute manchmal gar nicht, da der Kindergarten so groß war, jeder in seiner Gruppe arbeitete und es nicht nur einen, sondern verschiedene Gärten gab, in denen sich die einzelnen Abteilungen aufhielten. Bei Anlässen wie heute konnte man sich auch mal mit Kollegen austauschen, mit denen man während der Arbeitszeit nicht viel zu tun hatte, und über Dinge außerhalb der Arbeit zu sprechen.

Um ein Uhr nachts brachen die letzten Leute, zu denen auch Emily gehörte, auf. Anna war ebenfalls noch dabei. Auch sie hatte es genossen, alle aus dem Team wiederzusehen. Wieder einmal ein Beispiel dafür, dass sie noch fit war wie ein Turnschuh. Während andere schwangere Frauen oft müde waren und früh ins Bett gingen, machte Anna noch hochschwanger die Nacht zum Tag. Zu Hause ging sie meist zusammen mit Tom gegen Mitternacht schlafen, es kam aber auch nicht selten vor, dass sie noch bis zwei oder drei Uhr wach blieb, wenn sie eine Serie schaute und diese gerade so spannend war, dass sie ohnehin nicht würde schlafen können, oder sie ein fesselndes Buch las. Solange ihr Nachwuchs noch nicht da war, nutzte sie die freie Zeit für sich, die sie noch hatte. Sie wusste schließlich nicht, wie stark der Alltag als Mutter sie einnehmen würde.

Allerdings war es Anna dann doch zu heikel, in ihrem jetzigen Zustand noch Auto zu fahren – man konnte schließlich nie wissen, wann es mit der Geburt losgehen würde –, weshalb Tom sie zu der Weihnachtsfeier gefahren hatte und nun auch wieder abholen wollte. Jedoch bot eine Kollegin namens Holly Anna an, sie mitzunehmen, da Annas Wohnung ohnehin auf ihrem Heimweg lag. So würde Tom nicht extra losfahren müssen, und Anna nahm das Angebot dankend an.

Nachdem sie den letzten Rest aufgeräumt, die Kita verlassen und die Eingangstür abgeschlossen hatten, verabschiedete Emily sich draußen von ihrer Freundin und den anderen Kollegen.

Dann zog sie ihre dicken Handschuhe über und setzte ihre warme Wollmütze auf, um gegen die Kälte gewappnet zu sein, schwang sich auf ihr Fahrrad und fuhr nach Hause.

KAPITEL 18

„Möchtest du etwas trinken?", fragte Ben, als Emily sich auf das anthrazitfarbene Sofa in Bens Wohnzimmer setzte.

„Gern, ein Wasser bitte."

Aus der Küche drang ein leckerer Duft von orientalischen Gewürzen. Ben hatte sie heute zum Abendessen zu sich eingeladen. Emily war gespannt, was er Leckeres gezaubert hatte. Sie konnte sich noch an das Risotto mit Garnelen erinnern, das er in Prag gekocht hatte. Es war einfach vorzüglich gewesen. Sie wusste, dass er leidenschaftlich gern kochte, und stets neue und ausgefallene Gerichte ausprobierte. Immer wieder war sie fasziniert davon, wenn er ihr erzählte, was er heute für sich gekocht hatte, und bewunderte ihn für seine Motivation. Sie selbst hatte nach der Arbeit meist nicht mehr großartig Lust, sich an den Herd zu stellen. Schon gar nicht für solch ausgefallene Sachen. Abgesehen davon, ließ ihr Talent zu wünschen übrig. In der Küche hatte sie zwei linke Hände und war froh, dass größtenteils Leonie das Kochen in der WG übernahm. Hin und wieder half sie ihrer Mitbewohnerin, aber glücklicherweise war Marlon häufig bei ihnen, sodass er seine Freundin unterstützen und Emily sich verdrücken konnte.

Während Ben in die Küche ging, sah Emily sich im Wohnzimmer um. Bens Wohnung war spartanisch, aber dennoch gemütlich eingerichtet. Hier könnte sie sich wohlfühlen.

Die Wand gegenüber von ihr, an der ein riesiger Fernseher angebracht und der wiederum von einer modernen, weiß-glänzenden Wohnwand umgeben war, war platingrau gestrichen. Neben der Wohnwand standen zu beiden Seiten große Lautsprecher sowie auch links und rechts vom Sofa zwei kleinere. Sah nach einem Dolby-Surround-System aus.

Die restlichen Wände im Zimmer waren weiß. An einer standen zwei große Bücherregale, die gefüllt waren mit Werken von verschiedenen Bestseller-Autoren, Kochbüchern und einigen Aktenordnern. Neben den Regalen befand sich ein Schreibtisch, auf dem ein Computer, zwei Monitore und anderer elektronischer Krimskams standen, von dem Emily keine Ahnung hatte, was das alles darstellte. Sie musste schmunzeln. Was die Männer immer mit ihrer Technik hatten.

Über dem Sofa prangte ein vierteiliges Bild, das ein schmales Langboot aus Holz in einer Bucht abbildete. Das Wasser leuchtete türkisblau und der Hintergrund war geziert von Kalksteinklippen. Emily überlegte, ob dieses Foto in Thailand gemacht worden war.

„Hier, dein Wasser." Ben kam zurück und reichte Emily das Glas.

„Dankeschön."

Während Emily trank, ließ Ben sich zu ihr aufs Sofa fallen. „Das Essen ist fertig. Hast du schon

Hunger?"

„Oh ja! Aber vorher möchte ich mir noch den Rest deiner Wohnung anschauen."

„Klar. Erwarte aber nichts Spektakuläres. Du weißt ja, ich bin ein alleinstehender Mann."

Vielleicht ja nicht mehr lange, dachte Emily im Stillen.

Ben führte sie durch den langen Flur vorbei am Bad, in welches sie einen kurzen Blick warf, ins Schlafzimmer. Ein breites Boxspringbett mit jeweils einem Nachttisch links und rechts daneben sowie ein großer weißer Eckkleiderschrank standen hier. Auf dem Dielenboden lag vor dem Bett ein flauschiger weißer Teppich. Die Wände waren zur einen Hälfte in hellem Braun und zur anderen sandfarben gestrichen. Über das Bett hatte Ben ein riesiges schwarz-weißes Leinwandbild von einer Hängebrücke, die übers Wasser führte, aufgehängt. Emily gefiel das Foto.

„Das ist mein Schlafreich", sagte Ben.

„Ich finde es sehr gemütlich. Und für einen Mann beweist du viel Liebe fürs Detail", antwortete Emily.

Ben zuckte mit den Schultern und grinste verschmitzt. „Ich hab mir Mühe gegeben."

Emily und Ben gingen wieder in den Flur.

„Fehlt nur noch die Küche", sagte Ben, während er vor besagtem Raum stehen blieb und mit der Hand hineindeutete. Emily trat ein.

Auch hier gefiel ihr, wie Ben sich eingerichtet hatte. Der Raum war schmal und lang geschnitten, wie Emily es aus anderen Altbauten kannte. Rechts an der kompletten Wand entlang befand sich eine schwarze Küchenfront mit vielen Schubläden. Darüber angebracht waren ein paar Hängeschränke. Links von der Eingangstür stand an der Wand ein Hochschrank, vermutlich für Vorräte, ebenfalls in schwarz, und dahinter erstreckte sich der Esstisch, welcher umgeben war von einer Couch, die an der Wand stand, und zwei Stühlen im Gang. Am anderen Ende des Raums, neben dem Esstisch, bot ein riesiges Fenster einen wunderbaren Ausblick auf die bunten Weihnachtsbeleuchtungen in den Wohnungen gegenüber. Außerdem schneite es gerade und man konnte die weißen Flocken vor dem Fenster tanzen sehen.

Sie bemerkte, dass Ben kaum weihnachtliche Dekoration in seiner Wohnung angebracht hatte. Das Einzige, das sie entdecken konnte, war lediglich der Adventskranz an der Wohnungstür gewesen sowie eine Weihnachtstischdecke auf dem Couchtisch und eine Lichterkette im Schlafzimmer.

Ben legte eine Hand auf Emilys Rücken. „Setz dich doch. Ich hole dir dein Wasser aus dem Wohnzimmer."

„Danke, du bist so zuvorkommend." Verliebt sah Emily ihm hinterher und suchte sich einen Platz auf dem Sofa. Der Tisch war bereits eingedeckt mit schwarzen Platzsets sowie Messern und Gabeln.

Als Ben wieder zurück in die Küche kam, sagte sie: „Deine Wohnung gefällt mir. Du hast dich schön eingerichtet. Diese Sitzecke hier finde ich besonders gemütlich."

„Danke." Ben grinste. „Das mit dem Sofa habe

ich mal bei Pinterest gesehen und fand die Idee ziemlich cool. Ist mal was Anderes."

„Das stimmt, nicht jeder hat ein Sofa in seiner Küche zu stehen", kicherte Emily.

„Okay, dann tische ich uns mal auf."

„Soll ich dir helfen?"

„Nein, nein, ich mach' das. Du bist mein Gast. Entspann' dich einfach und lass dich bedienen."

„Okay."

Ben hatte Thai Curry mit Hähnchen und Erdnüssen zubereitet. Wieder einmal war Emily begeistert von seinen Kochkünsten und ließ es sich schmecken. Nach dem Hauptgang holte er aus dem Kühlschrank noch ein Dessert hervor. Es gab Tiramisú. Emily war im siebten Himmel. Danach war sie pappsatt. Wenn das jetzt immer so ablief, würde sie wohl langsam aufpassen müssen, nicht zuzunehmen. Aber wie hieß es so schön – Liebe geht durch den Magen. Das konnte Emily eindeutig bestätigen.

Ben räumte das Geschirr ab und Emily half ihm dabei.

„Wollen wir die noch leeren?", fragte Ben mit verschmitztem Blick auf die Rotweinflasche, aus der sie zum Essen getrunken hatten.

Emily nickte und grinste. „Da sag' ich nicht nein."

„Okay", sagte Ben, „wenn du magst, dann lass uns doch ins Wohnzimmer gehen."

Emily nickte wieder und griff nach den Gläsern. Ben nahm die Flasche in die Hand und zusammen liefen sie hinüber ins Wohnzimmer. Derweil zog Ben sein Handy aus der Hosentasche und öffnete

Spotify, um im Hintergrund ein wenig Musik über seine Anlage abzuspielen.

Die beiden nahmen auf der Couch Platz. Während Ben ihre Gläser mit dem Wein befüllte, lauschte Emily der gefühlvollen Musik.

„Ist das so was wie Kuschelrock?", fragte sie amüsiert.

Ben zuckte verlegen mit den Schultern. „Ich wollte für ein wenig romantische Stimmung sorgen ... Willst du lieber etwas Anderes hören?"

Emily schüttelte den Kopf und lächelte. „Nein, die Musik ist super."

Ben grinste zufrieden, reichte Emily ihr Glas und stieß mit ihr an.

„Auf dich, den besten Koch der Welt", sagte Emily und nippte an ihrem Glas. „Das Essen war wirklich super. Vielen Dank, dass du dir solch einen Aufwand für mich gemacht hast."

„Du bist die Mühe wert", sagte Ben und bei seinen Worten und seinem Blick schmolz Emily wieder einmal dahin. „Auf dich, die schönste Frau der Welt!"

Emily kicherte verlegen. „Du Schmeichler! Jetzt übertreibst du wirklich!"

Ben schüttelte den Kopf. „Ganz und gar nicht."

Verliebt blickte Emily ihn an, stellte ihr Glas beiseite und drückte ihm einen Kuss auf den Mund.

„Ich finde das total süß von dir, aber so toll bin ich doch gar nicht", sagte Emily leise.

„Doch, bist du", flüsterte Ben. „Mach dich nicht selbst klein. Du bist die wundervollste Frau, die mir je begegnet ist."

Mit großen Augen schaute Emily ihn an.
„Meinst du das ernst?"

„Ja", sagte Ben.

„Aber ..." Ben hinderte sie daran, weiterzusprechen, indem er begann, an ihren Lippen zu knabbern, und währenddessen mit den Fingern über ihren Hals strich. Emily erschauerte und vergaß ihren Gedanken. Bei diesen Berührungen war es unmöglich, sich auf ein Gespräch zu konzentrieren und klare Sätze zu formulieren.

Ben entging nicht, wie sehr Emily seine Zärtlichkeiten genoss, und murmelte amüsiert: „So bringt man dich also dazu, keine Widerworte zu geben."

Im Normalfall hätte Emily gekontert, aber dazu war sie gerade nicht imstande. Denn Ben hatte vollkommen Recht. Ein lustvolles Seufzen war das Einzige, was sie in diesem Moment herausbrachte.

Ben küsste sie hingebungsvoll. Emily schmeckte den lieblichen Rotwein auf Bens Zungenspitze, die, auf der Suche nach der ihren, sanft gegen ihre Lippen stieß. Emily öffnete ihre Lippen und ließ ihn gewähren.

Während ihre Zungen sich spielerisch umkreisten, schwang Emily ihr Bein herum und setzte sich rittlings auf Bens Schoß. Ben umfasste ihre Hüfte und strich ihr zärtlich über den Rücken.

Dann bedeckte er ihren Hals mit Küssen und wanderte hinab bis hin zu ihrem Dekolleté. Emily stöhnte und warf den Kopf in den Nacken. Ihre offenen Haare strichen über Bens Hände.

Er hielt kurz inne und sah Emily fragend an.

„Bitte mach weiter", flehte sie.

„Bist du sicher?"

Sie nickte und hauchte, während sie ihn begierig ansah: „Ja. Nicht aufhören."

Heute war Emily bereit. Sie wollte mit Ben schlafen. Dessen war sie sich schon vor dem Treffen sicher gewesen.

Er streichelte ihre nackte Haut, die der weite Ausschnitt des Oberteils, das Emily heute trug, freigab. Ihr entfuhr ein leises Stöhnen. Dann schob Ben seine Hand unter den Stoff ihres Oberteils und streichelte zuerst über ihren nackten Rücken und ihren Bauch, bis seine Hände zu ihren Brüsten wanderten. Zaghaft umfasste und streichelte er sie durch Emilys BH hindurch. Emilys Körper wandt sich unter Bens Liebkosungen. Als seine Hände schließlich hinunter zu ihrer Jeans wanderten und den Knopf öffneten, war es um sie geschehen. Sie riss sich das Shirt sowie ihren BH vom Leib.

Ben blickte auf ihre nackten, wohlgeformten Brüste und begann, sie mit dem Mund zu liebkosen. Emily stöhnte laut auf. Sie konnte jetzt schon kaum noch an sich halten. Durch die Hose spürte sie deutlich, dass auch Ben bereit war.

Getrieben von Verlangen, begann sie, langsam ihre Hüfte zu kreisen und hörte das leise Stöhnen, das Ben entfuhr. Seine rechte Hand fuhr an Emilys Bauch hinab in Richtung ihrer Hose. Bei dem Gedanken daran, was Ben gleich tun würde, stieg Emilys Lust noch mehr.

Langsam ließ Ben zwei Finger in Emilys Slip gleiten. Wieder warf sie entzückt ihren Kopf nach hinten. Ihr Körper bebte. Seine Finger bewegten sich kreisend hin und her, während Ben den Anblick seiner sich vor Lust windenden Angebeteten genoss.

Emily blickte Ben direkt in die Augen. Sein Verlangen war unverkennbar. Langsam bewegte sie sich auf seinen Fingern auf und ab und schloss ihre Lider, bevor ihr ein paar Sekunden später ein lautes, lustvolles Stöhnen entfuhr. Ihre Finger krallten sich fest in Bens Oberarme, während sie am gesamten Leib erzitterte.

Emilys Orgasmus törnte Ben unheimlich an und er spürte, dass auch er nicht mehr lange aushalten würde.

Er hob Emily von sich und legte sie auf den Rücken neben sich aufs Sofa.

„Ich bin sofort da, rühr dich nicht von der Stelle", erklärte er, als sie ihn fragend ansah, und flitzte ins Schlafzimmer. Als Ben zurückkam, hielt er grinsend, wie einen kleinen Trumpf, ein Kondom in der Hand, welches er auf die Couch warf. Dann zog er sein T-Shirt aus und beugte sich über Emily. Sie zog ihn an sich, um ihn zu küssen, und öffnete indes den Knopf und den Reißverschluss seiner Jeans, streifte sie, soweit ihre Arme reichten, ab und Ben half mit seinen Beinen und Füßen nach, bis seine Hose auf dem Boden landete. Seine Unterhose wanderte direkt hinterher.

Emily beäugte seinen durchtrainierten nackten Körper, der sich ihr nun in all seiner Pracht präsentierte. Dieser Anblick erregte sie nur noch mehr. Sie konnte immer noch nicht glauben, dass ihr solch ein Adonis über den Weg gelaufen war.

Auch Bens Verlangen war nach wie vor in dem

hungrigen Blick, den er ihr zuwarf, nicht zu übersehen. Ungeduldig zog er Emily die Jeans und den Slip vom Körper, riss das Kondom aus der Verpackung und zog es sich über.

Emily zog ihn an sich. Sie konnte es nicht mehr erwarten. Sie wollte Ben endlich in sich spüren. Leidenschaftlich küsste sie ihn, während sie ihre Beine um seinen Körper schlang und ihn fest an sich drückte.

Als Ben sanft in Emily eindrang, blickten sie sich tief in die Augen. In regelmäßigem Rhythmus bewegten sie sich hin und her, bis sie nach einer Weile gemeinsam den Gipfel erklommen und sich unter lautem Keuchen vollends ihrer Leidenschaft hingaben.

Die Sonne schien durch das Fenster. Emily spürte die angenehm warmen Strahlen im Gesicht und öffnete langsam die Augen. Sie blickte auf die gegenüberliegende hellbraune und sandfarbene Wand.

Ihre Lippen formten sich zu einem Lächeln, denn sie erinnerte sich daran, dass sie ja gar nicht zu Hause war, sondern bei Ben. In seinem Bett. Nachdem sie die Nacht mit ihm verbracht hatte.

Bei der Erinnerung daran wurde Emily kribbelig und warm ums Herz. Sie war überglücklich. Ihr erstes Mal mit Ben war einfach unglaublich gewesen. Romantisch und leidenschaftlich. So, wie sie es sich vorgestellt hatte. Nein, viel besser noch!

Nachdem sie beide nach einer Runde noch nicht genug voneinander bekommen hatten, hatten sie sich ein zweites Mal geliebt. Also war Emily nicht viel zum Schlafen gekommen. Aber das nahm sie gern in Kauf. Sie wunderte sich allerdings, wo Ben jetzt war. Der Platz neben ihr im Bett war leer. Sie setzte sich auf und blickte sich im Zimmer um. Da sie Ben nirgends entdecken konnte, beschloss sie, aufzustehen und nach ihm zu sehen.

Über den Flur wehte ihr ein leckerer Duft entgegen. Emily folgte dem Geruch, der sie in die Küche führte und aus der sie außerdem das Geräusch klappernden Geschirrs vernahm. Sie entdeckte Ben, der dort herumhantierte und so konzentriert in sein Tun war, dass er Emily erst bemerkte, als sie direkt neben ihm stand.

Er strahlte sie an. „Guten Morgen! Hast du Hunger?" Mit einer ausschweifenden Armbewegung präsentierte er ihr den Tisch, der gedeckt war mit diversen Leckereien: Rührei, gebratenem Speck, Pfannkuchen, Nutella, Ahornsirup, Honig und Erdbeermarmelade. Sogar zwei Gläser gefüllt mit einer grünen Flüssigkeit – Emily vermutete, dass Ben Smoothies gemixt hatte – standen auf dem Tisch.

„Wow! Das sieht ja toll aus!", rief Emily begeistert.

„Das heißt, die Überraschung ist mir gelungen?"

„Und wie! Du hättest dir doch aber nicht solche Mühe machen müssen. Schließlich hast du gestern schon für mich gekocht."

„Ich wollte aber", hauchte Ben ihr ins Ohr, als er näher an sie herantrat und sie küsste. Emily bekam weiche Knie.

„Okay, dann nehme ich deine Gastfreundlichkeit dankend an", antwortete sie lächelnd.

„Und, was hast du heute so geplant?", fragte sie beiläufig, als sie sich an den Tisch setzte, in der Hoffnung, auch den heutigen Tag mit Ben verbringen zu können. Sie war überrascht darüber, wie viel Zeit sie mit ihm verbringen konnte und es nie langweilig wurde. Immer wieder fanden die beiden neue Gesprächsthemen und Emily hatte immer noch so viele Fragen an Ben. Sie wollte einfach alles über ihn wissen.

Ben schaute lächelnd zu ihr hinüber. „Genau das wollte ich dich auch fragen. Ich bin heute Abend nämlich auf einem Geburtstag eingeladen und würde mich freuen, wenn du mich begleiten würdest."

„Das klingt gut. Also, ich habe nichts vor", sagte Emily und freute sich riesig darüber, dass Ben sie seinen Freunden vorstellen wollte.

„Dann kommst du mit?"

„Sehr gern."

„Das freut mich." Ben kam mit einem Körbchen, in dem Croissants und Brötchen lagen, in der Hand zum Tisch gelaufen, um den Korb dort abzustellen, und lief anschließend wieder zurück zum Herd.

„Eigentlich wollte dich schon vor ein paar Tagen fragen, aber um ehrlich zu sein, wollte ich erst einmal noch schauen, wie sich das mit uns entwickelt, und dir nicht das Gefühl geben, dich einzuengen."

„Mich einengen? Ich verbringe doch total gern Zeit mit dir!" Am liebsten wäre sie jede Sekunde an seiner Seite, aber das wollte sie ihm jetzt noch nicht gestehen.

„Ich freue mich, dass du mich fragst", fuhr sie fort und lächelte. „Wessen Geburtstag wird denn gefeiert?"

„Der von Danny, dem Freund meiner Freundin Alexa."

Ben hatte ihr zuvor bereits einige Male von Alexa und den Jungs erzählt, die alle zu einer eingeschworenen Clique gehörten und sich schon ewig kannten. Mit den jeweiligen Lebenspartnern hatte die Gruppe inzwischen Zuwachs bekommen.

„Danny wird dreißig und feiert in einem Club. Im *Rio*, falls du das kennst", fuhr Ben fort. „Er hat eine Etage nur für seine Gäste reserviert, mit Sitzecken und so. Freidrinks gibt es auch."

„Hört sich gut an", sagte Emily. „Das *Rio* kenne ich vom Hörensagen. Spielen die da nicht auch viel Salsa und Reggaeton und so?"

Ben grinste, denn er wusste schließlich von Emilys Vorliebe für lateinamerikanische Musik. „Ganz genau."

„Na, da kann ich doch nicht sein sagen", antwortete Emily und grinste ebenfalls. „Dann lerne ich heute also deine besten Freunde kennen?"

Sie freute sich zwar darauf, die Menschen zu treffen, die Ben am längsten und besten kannten, aber ebenso machte der Gedanke sie etwas nervös. Sie fragte sich, ob Bens Freunde sie mögen und akzeptieren würden. Es war ihr sehr wichtig, was diese Leute über sie dachten, denn schließlich waren sie ein wichtiger Teil von Bens Leben, zu dem Emily auch gehören wollte. Antipathie zwischen dem Partner oder der Partnerin und den engsten Freunden war mit das Schlimmste, was sie sich in einer Beziehung vorstellen konnte.

„Ja. Wenn du bereit dazu bist?" Fragend schaute Ben sie an.

Emily nickte. „Dann möchte ich dir demnächst aber auch meine Freunde vorstellen."

„Na, aber liebend gerne."

Sie ging zu Ben, der sich gerade um die Rühreier, die in der Pfanne brutzelten, kümmerte, legte ihre Hand unter sein Shirt und streichelte über seinen Rücken.

Es war deutlich zu spüren, welche Wirkung Emilys Berührung auf Ben hatte. Er hielt inne und schien Emilys warme weiche Hände auf seiner Haut zu genießen.

Dann drehte er seinen Kopf zur Seite, bemüht, die Unterhaltung fortzuführen. „Wenn du Lust hast, können wir tagsüber noch etwas unternehmen."

„Liebend gerne", antwortete Emily. Sie ließ nicht von ihm ab. Einmal damit angefangen, konnte sie nicht aufhören, diesen wunderbaren Körper zu berühren.

„Du weißt, wohin das führt?", fragte Ben mit einem Blick auf Emilys Hände, die nun zu seinem trainierten und wohlgeformten Bauch wanderten.

„Oh ja", antwortete Emily und ihre Augen schielten Ben hungrig an. „Hast du Einwände?"

Ben schüttelte den Kopf und Emily entdeckte das Aufflackern der Lust in seinen Augen, als er sich zu ihr umdrehte. „Ganz und gar nicht."

Sie grinste und zog ihm ohne weitere Worte das

T-Shirt über den Kopf. Ihre Hand glitt an Bens Körper hinab, bis sie den Bund seiner Boxershorts erreichte. Ben atmete scharf ein und aus.

Emily gefiel es, ihn in Stimmung zu bringen. Ihre Hand wanderte unter den Hosenbund.

„Oh, Emily ..."

KAPITEL 19

Emily schaute aus dem Fenster auf die bunten Lichter der Stadt, die an ihr vorbeizogen.

Nachdem sie und Ben sich am Morgen noch einmal geliebt hatten, hatten sie sich mit dem leckeren, von Ben zubereiteten Frühstück gestärkt und sich später auf den Weg in den Britzer Garten gemacht, in dem an den Adventswochenenden allerlei Veranstaltungen stattfanden.

Dann war sie nach Hause gefahren, wo sie nicht gerade wenig Zeit damit zugebracht hatte, sich aufwendig zu schminken und geeignete Klamotten für den Abend herauszusuchen. Schließlich würde sie heute Bens engste Freunde kennen lernen. Da wollte sie einen guten Eindruck hinterlassen.

Nach langem Überlegen und mehrmaligem Umziehen hatte sie sich für ein schickes, aber schlichtes Outfit entschieden, das aus einem eng anliegenden weißen Oberteil, einem schwarz-weiß gepunkteten Faltenrock, einer schwarzen Baumwollstrumpfhose und schwarzen Stiefeln bestand und welches ihr zumindest dabei helfen würde, sich hübsch zu fühlen und Selbstbewusstsein auszustrahlen.

Nun saß sie mit Ben, der sie abgeholt hatte, in seinem Auto auf dem Weg zum Club und war nach wie vor ein wenig nervös.

„Willst du heute gar nichts trinken?", fragte sie, um sich abzulenken, und angesichts der Tatsache, dass Ben hinterm Steuer saß.

„Ach, vielleicht ein, zwei Bier zu Beginn, das reicht mir. Lieber sitze ich auf dem Heimweg gemütlich in meinem Wagen statt mich im Club volllaufen zu lassen."

Das fand Emily schon mal gut. Kerle, die sich sinnlos besoffen, schreckten sie sowieso ab. Bereits in Prag hatte sie bemerkt, dass Ben, was Alkohol betraf, etwas zurückhaltender war. Zwar trank er, aber er kannte seine Grenze und griff dann zu Wasser, bevor er riskierte, wie ein Bedürftiger von seinen Begleitpersonen nach Hause getragen zu werden.

„Und die ganzen Idioten unterwegs muss ich dann auch nicht ertragen", fuhr Ben fort.

Da hatte er wohl Recht. Emily liebte Berlin und den Charme, den diese Stadt versprühte. Aber hier lebten auch viele durchgeknallte und schräge Menschen. Manchmal wünschte sich Emily auch ein Auto, um den gruseligen Gestalten zu entgehen, die sich vor allem abends und nachts auf den Straßen und in den öffentlichen Verkehrsmitteln tummelten. Und komfortabler war ein eigenes Fahrzeug sowieso.

In der Nähe des Clubs fand Ben einen Parkplatz und nachdem er sein Auto abgestellt hatte, schlenderten er und Emily Hand in Hand zu dem Gebäude.

„Da sind sie", sagte Ben und deutete mit einem Kopfnicken zu einer Gruppe von fünf Leuten, die vor einem Zaun stand und sich anregend miteinander unterhielt und lachte.

Emily sah vier Männer und eine Frau. Die Frau musste Alexa sein. Sie hatte die Jungs bereits zu Teenagerzeiten durch eine damalige Freundin kennen gelernt.

„Hey, da kommen sie!", rief sie, als sie Emily und Ben erspähte. Die Männer folgten ihrem Blick.

„Hey Leute", rief Ben seinen Freunden zu.

Die Frau ging direkt auf Emily zu und streckte ihr ihre rechte Hand entgegen. „Du musst Emily sein. Ich bin Alexa."

Emily hatte also richtig vermutet. Alexa strahlte Sympathie aus und war sehr hübsch mit ihren langen dunkelbraunen Haaren, die ihr auf die Schultern fielen.

„Hallo", antwortete Emily lächelnd, als sie Alexas Hand schüttelte.

„Hi, ich bin Jan", sagte einer der vier Männer. Die anderen drei stellten sich ebenfalls vor. Ben hatte ihr zuvor bereits die Namen seiner Freunde aufgezählt und nun hatte Emily endlich ein Gesicht zu ihnen. Neben Alexa und Jan waren da noch Kai, Joshua und Robert. Sie alle waren langjährige Freunde von Ben.

Jan kannte Ben noch aus dem Kindergarten. Mit ihm hatte er auch die Grundschule besucht. Dann waren sie auf verschiedenen Oberschulen gelandet, wo Ben mit Kai und Joshua im gleichen Jahrgang gewesen war und Robert in der gleichen Klasse wie Jan. Der Kontakt zwischen Ben und Jan war weiterhin sehr eng geblieben und somit hatte sich aus allen eine große Clique gebildet.

Bens Freunde waren sehr nett und Emily fühlte sich auf Anhieb in guter Gesellschaft.

„Wo ist denn dein Liebster?", fragte Ben Alexa. Damit meinte er wohl ihren Freund Danny, dessen Geburtstag heute gefeiert wurde. „Wir wollen ihm schließlich gratulieren."

„Der ist schon drinnen mit seinen Leuten. Wollen wir auch reingehen? Mir wird langsam echt kalt."

„Ja, lasst uns endlich feiern gehen!", rief Jan begeistert. Er war ein Partygänger, wie Emily von Ben wusste, und besuchte fast jedes zweite Wochenende einen Club. Dabei trank er laut Bens Aussage auch gern mal ein Bier zu viel und konnte, je betrunkener er wurde, sehr rührselig werden. Dann kam er immer an, drückte und knuffte seine Freunde und gestand ihnen, wie froh er doch war, sie zu haben und wie wichtig sie ihm waren.

Emily musste schmunzeln, als sie sich in ihrem Kopf das Bild dazu vorstellte.

Als die Gruppe das Lokal betrat, dudelte im Eingangsbereich gerade ein Weihnachtslied von Ariana Grande. Passend zum bevorstehenden Fest war der Gang geschmückt mit Lichterketten und Lametta, die neben der Musik weihnachtliche Atmosphäre versprühten. Auch die Räume mit den verschiedenen Dancefloors, die Emily, Ben und dessen Freunde anschließend durchliefen, waren mit festlichen Accessoires verschönert.

„Das ist jetzt nicht wahr", hörte Emily Ben hinter zusammengekniffenen Zähnen murmeln.

Seine Gesichtszüge verhärteten sich und Emily spürte, wie auch sein Körper sich bei dem Anblick der Frau, die gerade auf die beiden zukam, versteifte.

„Wer ist das?", flüsterte Emily und sah ihn fragend an.

„Vanessa", antwortete Ben in angespanntem Ton.

„Deine Ex?"

Er nickte.

„Hi Ben."

Bevor Emily noch etwas sagen konnte, stand Vanessa direkt vor ihnen. Der Duft ihres fruchtig-sinnlichen Parfums wehte Emily um die Nase. Ihr dunkelbraunes, fast schwarzes, volles Haar bildete einen schönen Kontrast zu dem trägerlosen mintgrünen Kleid, das sie trug. Vanessa war eine dieser Frauen, die makellos erschienen und einen schnell in den Schatten stellten. Sie hatte eine perfekte Figur, perfekte Haut und perfekte Haare. Zudem strahlte sie ein enormes Selbstbewusstsein aus. Kein Wunder bei der Kombination.

Emily spürte ein leichtes Aufkeimen von Neid und Eifersucht in sich. Vanessa sah einfach atemberaubend aus. Neben ihr kam Emily sich vor wie ein Mauerblümchen.

Vanessas volle, dunkelrot angemalte Lippen verzogen sich zu einem Lächeln, nein, sie strahlte förmlich, als sie zu Ben sprach.

„Wie schön, dich zu sehen. Wie klein die Welt doch ist!"

„Hallo", antwortete Ben brummend. Es war unübersehbar, dass er sich überhaupt nicht freute, ihr zu begegnen.

Vanessa ließ sich davon allerdings nicht verunsichern und fragte: „Wie geht es dir?"

„Alles bestens."

„Das freut mich", antwortete Vanessa und setzte weiterhin ein Lächeln auf.

Emily blickte unsicher von einem zum anderen. Diese Zusammenkunft hier war alles andere als angenehm.

„Und wie ich sehe, bist du in netter Begleitung?" Vanessas große, braune Augen blickten Emily an.

Mann, sie ist wirklich enorm hübsch!, dachte Emily. Sie konnte sich nicht vorstellen, dass irgendein Mann nicht schwach wurde bei ihr.

Bei der Erwähnung von Emily wurde Bens Blick wieder sanfter. Er legte den Arm um sie, während er stolz verkündete: „Ja, das ist Emily."

„Hi, ich bin Vanessa."

Vanessa streckte Emily die Hand entgegen, woraufhin Emily diese schüttelte.

„Hallo."

„Okay, dann will ich euch mal nicht weiter aufhalten. Ich wünsche euch einen schönen Abend."

„Danke", sagte Ben und wandte sich bereits zum Gehen.

„Dir auch", ergänzte Emily freundlich. Ihr tat es schon fast etwas leid, wie forsch Ben Vanessa gegenüber war. Schließlich war das doch alles Vergangenheit zwischen ihnen.

„Dass wir ausgerechnet die hier treffen müssen", zischte Ben, als Vanessa außer Hörweite war. „Tut mir leid. Meine Ex ist wahrscheinlich die Letzte, der du begegnen möchtest."

„Ach, so schlimm war es nicht. Sie wirkte eigentlich ganz nett."

„Glaub mir, das ist nur Show. So wickelt sie erst mal jeden um den Finger."

„Echt? So wirkte sie gar nicht. Vielleicht hat sie sich ja wirklich nur gefreut, dich zu sehen."

„Ach, Emily." Ben drückte sie an sich. „Du bist einfach zu lieb und gutgläubig für diese Welt. Siehst immer das Gute in den Menschen. Aber dafür mag ich dich." Er blieb stehen und küsste sie auf den Mund. „Jetzt lass uns nicht mehr von meiner Exfreundin sprechen. Ich möchte den Abend mit dir genießen."

Emily schmiegte sich an Ben und lächelte, zufrieden, den Platz in Bens Herzen erobert zu haben. „Okay."

Vanessa, die sich nicht von der Stelle gerührt hatte, beobachtete die beiden von Weitem und verdrehte beim Anblick ihrer Vertrautheit genervt die Augen.

„Wir haben Vanessa getroffen. Du kennst sie ja sicher?"

„Wenn du die Vanessa meinst, an die ich denke – oh ja, die kenne ich", antwortete Alexa.

Emily nickte. „Genau die meine ich."

„Oh Mann, die ist hier? Na, da wird Ben ja nicht begeistert gewesen sein."

„Nein, das war er ganz und gar nicht."

„Du weißt, was zwischen ihnen war? Und warum Ben die Beziehung beendet hat?", fragte Alexa.

„Ja, so grob hat er es mir mal erzählt. Unter anderem, weil sie keine Kinder wollte."

Alexa nickte. „Weißt du, er wünscht sich auf jeden Fall Kinder. Wenn du also ähnlich ticken solltest wie Vanessa oder dir nicht sicher bist ..."

„Was? Nein, nein! Ich möchte doch ebenso Kinder haben! Das war mir schon immer klar. Sonst wäre ich auch nicht Erzieherin geworden, wenn ich Kinder nicht lieben würde."

„Das hört sich schon mal gut an."

„Ja, mir geht es da genauso wie Ben. Und ... ich kenne ihn zwar noch nicht lang, aber ich denke, mit ihm könnte ich mir tatsächlich vorstellen, eine Familie zu gründen."

Emily war erstaunt über ihre Offenheit. Sie kannte Alexa doch erst seit ein paar Stunden und hätte normalerweise ihre Gefühle und Gedanken nicht jemand Fremdem anvertraut. Aber bei Alexa hatte sie das Gefühl, so offen sein zu können und auch keine Angst haben zu müssen, dass sie sich über sie lustig machen oder Ben etwas davon erzählen würde.

„Na, Mädels, was geht?" Joshua gesellte sich zu ihnen.

Emily wusste nicht, ob sie Joshua über den Zusammenstoß mit Vanessa auch einweihen sollte. Sie sollte nicht Thema des Abends werden und Ben hatte ja bereits deutlich genug gemacht, dass er nicht über seine Exfreundin reden und immerzu an sie erinnert werden wollte. Allerdings übernahm das Tratschen schon Alexa.

„Stell dir vor, Vanessa ist hier!"

„Ehrlich?"

Alexa nickte. „Und natürlich läuft sie ausgerechnet Ben und Emily über den Weg." Sie rollte mit den Augen.

Joshua sah Emily an, die mit den Schultern zuckte. „Scheiße. Von allen Clubs in Berlin muss sie ausgerechnet hier sein."

„Ja, aber ist schon okay", warf Emily ein. „Lasst uns nicht mehr darüber sprechen. Und erwähnt bitte vor Ben nicht, dass ich euch das erzählt habe. Er war vorhin schon angefressen genug."

„Das glaube ich", antwortete Joshua. „Die beiden sind wirklich nicht im Guten auseinandergegangen. Ich werde nichts sagen." Er machte eine Geste, die darstellte, dass sein Mund verschlossen bleiben würde.

„Ich auch nicht", sagte Alexa und zwinkerte Emily zu.

„Lasst uns doch lieber über dich reden, Emily", bat Joshua. „Ben hat schon Einiges von dir erzählt, aber ich möchte noch ein bisschen mehr über dich erfahren. Schließlich sehen wir dich jetzt bestimmt öfter."

Emily spitzte die Ohren. Was genau meinte er damit? Spielte er darauf an, dass Emily vielleicht bald die Partnerin an Bens Seite wäre?

„Was hat Ben denn so von mir erzählt?"

„Er schwärmt in einer Tour von dir", antwortete Alexa grinsend.

„Er schwärmt von mir?"

„Ja. Ich denke, bei ihm hat es richtig gefunkt."

Joshua nickte bestätigend. „Oh ja, das ist nicht zu übersehen, wenn er von dir spricht. Und auch, wenn man euch zusammen sieht. Er himmelt dich an."

Wow! So ein Geständnis von den beiden zu hören, damit hatte sie nicht gerechnet. Es war schön, von Außenstehenden, die Ben sehr gut kannten, bestätigt zu bekommen, dass sie sich seine Gefühle nicht eingebildet hatte. Die beiden ahnten ja gar nicht, wie glücklich sie Emily in diesem Moment machten!

„Aber sag ihm bloß nicht, dass wir dir das erzählt haben!", sagte Alexa.

Emily schüttelte den Kopf und grinste dabei wie ein Honigkuchenpferd. „Keine Sorge, euer Geheimnis ist bei mir sicher."

Emily drängte sich durch die verschwitzte Menschenmasse. Wo waren denn nur die Toiletten? Es war nicht gerade einfach, wenn in einem überfüllten Club alle Menschen größer waren als man selbst und man sich recken und strecken musste, weil einem stets die Sicht von jemandem versperrt wurde.

Von weitem entdeckte sie endlich das leuchtende Schild, auf dem WC geschrieben stand. Dann sah sie auch die kleine Schlange, die sich vor den Damentoiletten gebildet hatte.

Das war ja klar, dachte sie genervt. Warum musste man als Frau bei öffentlichen Klos fast immer anstehen, während bei den Männern alles leer war?

Sie reihte sich ein und hoffte, dass es schnell vorangehen würde. Während sie wartete, beobachtete sie die Menschen um sich herum.

Ihr Blick fiel schließlich auf die Bar in weiter

Ferne und sie entdeckte eine bekannte Silhouette. War das nicht Ben, der da am Tresen stand? Und er unterhielt sich mit der Frau neben ihm. Sie wirbelte mit ihren langen dunklen Haaren herum. Im Halbdunkel des Clubs war Emily nicht sicher, ob sie richtig sah, aber war das nicht Vanessa?

Auf jeden Fall trug die Frau das gleiche mintgrüne Kleid wie Bens Exfreundin vorhin. Und die Schuhe sahen, soweit sie das erkennen konnte, auch identisch aus. Emily konnte sich an diese Details erinnern, weil sie Vanessa sehr gut inspiziert hatte. Das konnte doch kein Zufall sein, dass die Frau genauso aussah wie sie.

Warum redete Ben mit ihr? Nicht, dass Emily an sich ein Problem damit gehabt hätte. Allerdings hatte Ben zuvor doch so allergisch auf Vanessa reagiert, dass sie keinen Sinn darin sah, dass er nun mit seiner Ex fröhlich an der Bar plauderte. Obwohl sie ja gar nicht wusste, ob er tatsächlich fröhlich dabei war. Immerhin konnte sie ihre Gesichter nicht erkennen und vielleicht hatte Vanessa ihn ja einfach angesprochen, so wie vorhin auch, und Ben konnte nicht weg, weil er auf seine Bestellung wartete.

Emily reckte und streckte sich, in der Hoffnung, mehr sehen und die Situation besser einordnen zu können.

„Es geht weiter", hörte sie eine Stimme hinter sich rufen. Emily drehte sich um und sah auf zu einer großen, recht korpulenten Dame, die sich in ein für ihre Figur viel zu enges Kleid gequetscht hatte und deren Gesicht, aus dem sie Emily einen nicht gerade freundlichen Blick zuwarf, mit viel zu viel und zu buntem Make-up beschmiert war.

„Wird´s noch was?"

Bevor diese reizende Dame ihr womöglich noch ein verpassen würde, ging Emily schnell ein paar Schritte vor, um die entstandene Lücke in der Schlange zu schließen. Jetzt war die Bar allerdings nicht mehr in ihrem Sichtfeld.

Mist!, dachte sie. Sie hätte die Szene gern noch etwas verfolgt.

Während sie noch einige Minuten warten musste, bis endlich eine Kabine für sie frei wurde, grübelte Emily weiter darüber nach, was sie soeben gesehen hatte. Waren das wirklich Ben und Vanessa gewesen oder hatte sie sich doch getäuscht? Sollte sie Ben später darauf ansprechen? So ganz beiläufig? Oder interpretierte sie gerade einfach nur zu viel in die Sache? Ihr Kopf schwirrte. Das war ihr Laster. Sie dachte zu viel nach. Machte sich selbst verrückt.

Deshalb beschloss Emily schließlich, es einfach gut sein zu lassen. Womöglich hatte sie die Personen, die sie da gesehen hatte, einfach nur verwechselt. Immerhin hatte sie auch schon zwei Cocktails intus.

Später stieß Felix noch zur Geburtstagsparty hinzu. Emily hatte ihn seit Prag nicht mehr gesehen und freute sich, ihn heute zu treffen. Nachdem sie sich herzlich umarmt hatten, plauderten sie gemeinsam mit Ben ein wenig in der reservierten Sitzecke, während die anderen auf der Tanzfläche zugange waren.

„Wie geht es Nina?", erkundigte sich Felix nach

einer Weile.

„Sehr gut, soweit ich weiß. Ich habe sie seit unserem Urlaub noch nicht gesehen, aber wir haben ein paar Mal telefoniert."

Felix nickte. „Das ist schön."

Ob Felix ahnte, dass Emily wusste, was zwischen ihm und Nina in Prag passiert war?

„Hast du dich denn bei ihr gemeldet?", fragte Emily.

„Wir haben mal kurz miteinander geschrieben", antwortete er.

„Mehr nicht?"

Felix sah sie mit großen Augen an, als würde er sich ertappt fühlen.

Emily beugte sich zu ihm vor und sagte ihm ins Ohr: „Ich weiß, dass ihr ... du weißt schon. Dass zwischen euch was gelaufen ist, während Ben und ich unser Date hatten."

„Nina hat es dir erzählt?"

„Allerdings. Frauen erzählen sich alles", antwortete Emily und zuckte entschuldigend mit den Schultern.

„Okay. Vielleicht kannst du mir dann ja auch sagen, ob sie mich wiedersehen möchte?"

Emily schmunzelte. „Sie würde sich schon gern mit dir treffen. Allerdings wirst du den ersten Schritt machen müssen, denke ich. Von ihr wird nicht viel kommen."

Felix hob die Augenbrauen. „Sie steht wohl auf die altmodische Art, wo der Mann sie umwerben muss?"

Emily lachte. „Ja, so kannst du dir das vorstellen. Auch, wenn sie sonst sehr emanzipiert ist, da hat sie dann doch ihre Prinzipien."

„Was tuschelt ihr denn da?", rief Ben, der während Emilys und Felix' Unterhaltung die anderen Leute im Club beobachtet hatte, und nun auch am Gespräch teilhaben wollte.

Emily wusste nicht, wie weit sie Ben einweihen sollte und durfte. Sie hatte keine Ahnung, ob Felix ihm von seiner Liaison mit Nina erzählt hatte. Deshalb überließ sie es Felix, auf Bens Frage einzugehen.

Bevor der aber antworten konnte, ertönte ein Lied von Alejandro Rodriguez, und Emily konnte nicht an sich halten. Es war sein neuer Song „La Fiesta", den Emily auch auf dem Konzert gehört und dazu ausgelassen gefeiert hatte.

„Oh, zu dem Lied müssen wir tanzen!", rief sie den Männern zu.

Ben vergrub das Gesicht in seinen Händen. „Oh nein!" Im Gegensatz zu Emily hatte er nicht viel für den Latinosänger übrig.

„Komm schon", flehte Emily Ben an. „Schließlich war er der Grund, weshalb Nina und ich nach Prag gereist sind. Sonst wären wir uns vielleicht nie begegnet." Sie griff nach seinen Händen und hakte ihre Finger in seinen unter.

Ben schaute in ihre blauen Kulleraugen. Ihrem Hundeblick konnte er nicht widerstehen.

„Da hat sie wohl Recht", warf Felix von der Seite ein.

Ben warf seinem Kumpel einen bösen Blick zu.

Dieser ergriff mit den Worten „Ich besorge mal noch Nachschub" die Flucht und rettete sich an die Bar.

Emily drehte Bens Gesicht wieder zu sich.

„Ich bin so glücklich, dich getroffen zu haben", gestand sie ihm über die laute Musik hinweg.

Ben lächelte und verdrehte dabei die Augen. „Schon gut, du hast mich ´rumbekommen."

Emily lächelte ebenso zufrieden und drückte Ben einen langen Kuss auf den Mund, bevor sie ihn auf die Tanzfläche zog.

KAPITEL 20

Am nächsten Tag, nachdem Ben und Emily nach der Nacht im Club, die ziemlich lang geworden war, ausgiebig ausgeschlafen hatten, frühstückten sie gemeinsam.

Anschließend verabschiedete sich Ben, weil er vor seiner nächsten Schicht, die am Abend beginnen würde, zu Hause noch Einiges erledigen wollte.

Emily hatte das Glück, heute frei zu haben. Besser gesagt begann heute ihr Weihnachtsurlaub.

Also nutzte sie die Zeit, indem sie, nachdem sie sich geduscht, angezogen und ein wenig Make-up aufgetragen hatte, sich auf den Weg ins nächstgelegene Einkaufszentrum machte, welches nur zehn Minuten zu Fuß von ihrer Wohnung entfernt lag.

Heute war der 23. Dezember. Sie wollte ein Weihnachtsgeschenk für Ben kaufen und morgen, noch bevor sie ihre Eltern besuchen würde, bei ihm vorbeigehen und ihn damit überraschen.

Zuerst war Emily nicht sicher gewesen, ob sie Ben wirklich etwas schenken sollte, da sie offiziell ja kein Paar waren.

Sie hoffte allerdings, dass es bald darauf hinauslaufen würde und es nur eine Frage der Zeit war. So, wie es zwischen ihnen lief, deutete jedenfalls alles daraufhin, dass sie ihn bald als ihren Freund bezeichnen würde können: Sie und Ben sahen sich fast jeden Tag – und wenn nicht, schickten sie sich unaufhörlich WhatsApp-Nachrichten zu oder telefonierten. Sie übernachteten regelmäßig beieinander und Bens Freunde hatte Emily nun auch schon kennen gelernt. Es war, als wäre es nie anders gewesen und Emily konnte sich ein Leben ohne Ben schon nicht mehr vorstellen. Dabei kannten sie sich doch erst seit knapp zwei Wochen! Doch mit ihm fühlte sich einfach alles richtig an.

Sie war sich noch nicht sicher, was genau sie ihm schenken sollte, und hoffte, Inspiration in den Läden zu finden. Für ihre Familie hatte Emily längst alle Geschenke beisammen und eingepackt. Sie kaufte ungern auf dem letzten Drücker ein. Auf den Stress, den man dabei hatte, in die überfüllten Läden zu stürmen und händeringend nach irgendetwas zu suchen, das als gescheite Gabe durchgehen konnte, konnte sie gut verzichten. Abgesehen davon, dass vieles bereits vergriffen war. Und unnötigen Krimskrams wollte Emily nicht verschenken. Weihnachten war das Fest der Liebe und sie suchte die Präsente für ihre Liebsten mit viel Bedacht und Mühe aus. Das war doch mit das Schönste an dieser wunderbaren Zeit.

Nur hatte sie vor einigen Wochen, als sie die letzten Geschenke besorgt hatte, noch nicht ahnen können, dass sie Ben kennen lernen würde. Nun blieb ihr nichts Anderes übrig, als sich den Last-Minute-Käufern anzuschließen und zu hoffen, etwas Sinnvolles für ihren Liebsten zu finden, das zugleich ihre Gefühle Ben gegenüber widerspiegelte.

Natürlich war das Einkaufscenter krachend voll. Sie war eben nicht die Einzige, die vor den Feiertagen noch shoppen ging.

Wie wäre es mit einem Parfum?, überlegte sie.

Über einen sinnlichen Duft freute sich doch jeder Mann. Zudem hätte Emily auch gleich noch etwas davon. Allerdings ... da fiel ihr etwas ein. Sie erinnerte sich daran, dass Ben einmal erzählt hatte, dass er abergläubisch sei und deshalb in einer Beziehung weder Parfum noch Schuhe verschenkte – und das andersherum von seiner Partnerin ebenso erwartete. Sein Argument war, dass man mit gut duftendem Parfum andere Männer auf die eigene Gattin aufmerksam machen und diese dazu anregen würde, sie zu umwerben, und dass mit den Schuhen die Liebste wegrennen könnte.

Das Parfum fiel also weg.

Emily grübelte weiter, während sie sich ins Getümmel stürzte.

Der eiskalte Wind pfiff ihr um die Ohren, als Emily durch die Straßen eilte. Warum musste sie ausgerechnet heute ihre Mütze vergessen? Die Temperaturen waren in den letzten vierundzwanzig Stunden auf -11 Grad Celsius gesunken. Solch eine Kälte war man in Berlin gar nicht mehr gewohnt, hatte es hier in den letzten Jahren recht milde Winter gegeben.

Sie war auf dem Weg zu Anna. Bevor die Feiertage kamen, wollte Emily sich noch einmal mit ihrer Freundin treffen. Auch über das Wochenende hatte Annas Nachwuchs sich noch nicht auf den Weg gemacht und spannte alle weiterhin auf die Folter.

Endlich erreichte Emily das Haus, in dem Anna wohnte. Mit bibbernden Fingern drückte sie den Klingelknopf.

Anna öffnete ihr und Emily erklomm die drei Stockwerke in dem Neubau, in dem Anna und Tom vor zweieinhalb Jahren eingezogen waren, nachdem sie sich auf die Suche nach einer größeren Bleibe für den geplanten Nachwuchs gemacht hatten.

Emily hätte auch den Fahrstuhl nutzen können, aber ihre Devise war, nicht nur im Fitnessstudio, sondern auch im Alltag sportlich zu bleiben, wo es nur ging.

Freudestrahlend wurde sie von Anna, die in der offenen Wohnungstür stand, empfangen.

„Wow, du siehst toll aus", schmeichelte Emily ihrer Freundin, als sie sich umarmten. Annas Schwangerschaft ließ sie immer noch erstrahlen.

„Findest du? Ich komme mir vor wie eine dicke Sehkuh", antwortete Anna lachend.

„Ach, Quatsch, du bist wunderschön!"

„Dankeschön." Anna freute sich über die Komplimente ihrer Freundin. Ein bisschen Schmeichelei konnte sie derzeit gebrauchen. Nicht, dass sie ihren Babybauch nicht ebenso schön gefunden hätte und stolz darauf gewesen wäre. Schließlich wuchs ein kleines Wunder in ihr heran. Ihr kleines Wunder. Aber trotzdem war da tief in ihrem Inneren ein kleines bisschen die Angst, nach der Geburt ihrer Tochter möglicherweise nicht mehr in ihre alte Form zurückzufinden.

Emily streichelte Annas Bauch. „Außerdem soll die Kleine doch auch groß und stark werden."

„Da hast du Recht", stimmte Anna ihr zu.

„Wie geht's dir?", fragte Emily, nachdem sie sich die Schuhe und die Jacke ausgezogen hatte und Anna ins Wohnzimmer gefolgt war.

„Also, ich will es nicht herausschreien, aber ich muss sagen, dass ich mich immer noch sehr gut fühle. Ein bisschen Rückenschmerzen habe ich ab und zu, aber es ist ertragbar. Und das Sodbrennen hat zum Glück auch nachgelassen."

„Und, hast du das Gefühl, dass sie sich bald auf den Weg macht?"

„Bisher nicht."

„Sie kommt bestimmt an Weihnachten", sagte Emily grinsend.

Anna seufzte. „Kann gut möglich sein.

„Eine Geburt an Weihnachten wäre doch toll."

Anna lachte. „Dass du das als absoluter Weihnachtsfan sagst, war ja klar. Mir wäre es lieber, wenn sie bis nach den Feiertagen wartet."

Anna konnte sich vorstellen, dass es für ein Kind gar nicht so toll war, direkt an Weihnachten Geburtstag zu haben. Sicherlich war das etwas Besonderes. Andererseits gab es nur einmal im Jahr die Vorfreude auf Geschenke. Außerdem wollten die meisten Kinder an ihrem Ehrentag doch im Mittelpunkt stehen und nicht im Feiertagstrubel untergehen. Sollte ihre Tochter tatsächlich in den den nächsten drei Tagen auf die Welt kommen, schwor sich Anna, dass der Geburtstag ihres Kindes nie in den Hintergrund rücken würde. Es würde ihr Ehrentag sein und bleiben und Priorität vor dem Weihnachtsfest haben.

Aber vielleicht brauchte sie sich auch gar keine Sorgen zu machen und ihr kleiner Schatz würde sich noch Zeit lassen bis nach Weihnachten.

„Letztendlich ist es das Wichtigste, dass sie gesund zur Welt kommt", sagte Emily. „Lassen wir uns überraschen, wann sie bereit dazu ist, zu uns zu stoßen." Sie lächelte ihre Freundin aufmunternd an.

„Da hast du Recht. Wenn die Geburt in den nächsten Tagen nicht von selbst losgeht, werden die Ärzte vermutlich sowieso einleiten. Das haben sie mir gestern bei dem Termin im Krankenhaus gesagt. Immerhin wäre ich dann auch zwei Wochen über dem errechneten Termin."

„Oh."

„Ja, aber ich habe da vollstes Vertrauen in die Ärzte und Hebammen", winkte Anna ab.

„Das ist gut. Es wird alles gut werden. Ich bin schon so gespannt, wie ihr sie nennen werdet!" Emily klatschte begeistert in die Hände.

Anna und Tom hatten sich dazu entschieden, den Namen, dem sie ihrer Tochter geben wollten, bis zur Geburt geheim zu halten. Emily hatte schon ein paar Mal versucht, etwas aus Anna herauszukitzeln, aber sie blieb hartnäckig.

Das Einzige, was Anna preisgegeben hatte, war, dass es lediglich ein einziger Vorname sein würde, nicht zwei oder drei, wie es gerade im Trend lag. Und kurz und einfach.

„Habt ihr das Kinderzimmer schon komplett

eingerichtet?", fragte Emily.

„Vor ein paar Tagen hat Tom alles fertig gemacht", antwortete Anna.

„Darf ich das Zimmer sehen?"

„Aber klar!"

Anna führte ihre Freundin ins Kinderzimmer. Emily sah sich in dem Raum um. Zwei gegenüberliegende Wände waren fliederfarben und die anderen zwei in einem hellen Grauton gestrichen.

In einer Ecke stand ein Gitterbett in weiß, daneben ein ebenfalls weißer Wickeltisch mit verschiedenen Aufbewahrungsfächern und hellgrauen Stoffkisten darin.

„Die ersten Monate schläft sie bei uns im Schlafzimmer im Beistellbett", erklärte Anna. „Das große Gitterbett ist dann für später."

In einer Ecke des Zimmers stand ein Schwingstuhl und daneben der Kleiderschrank, außerdem ein paar Regale, in denen bisher ein paar Kuscheltiere und die Babyspielzeuge, die Anna und Tom bei der Babyparty bekommen und auch schon selbst gekauft hatten, ihren Platz gefunden hatten.

„Schön habt ihr das Zimmer eingerichtet. Die Kleine wird sich hier bestimmt wohlfühlen."

Anna grinste zufrieden. „Ich hoffe doch. Wollen wir ins Wohnzimmer gehen? Ich bin total gespannt, was du alles von Ben zu erzählen hast! Letztens kamen wir ja nicht wirklich dazu."

Die beiden hatten sich zwar erst vor ein paar Tagen bei der Weihnachtsfeier in der Kita gesehen, jedoch waren sie die ganze Zeit von ihren Kollegen umgeben gewesen, sodass sich keine Gelegenheit ergeben hatte, bei der Emily Anna in

Ruhe von Ben hätte erzählen können. Sie hatte auch nicht gewollt, dass die Anderen alles mitbekamen. Sie mochte ihre Kollegen zwar sehr, jedoch mussten sie nicht alles aus ihrem Privatleben wissen und solange sie und Ben kein festes Paar waren, erzählte Emily nur ihren engen Freundinnen von ihm. Und Samantha hatte sie auch ein paar Anekdoten erzählt. Schließlich verstanden sie sich gut, waren im gleichen Alter und Emily sah sie mittlerweile auch als eine Freundin an. Immerhin hatten sie sich in den vergangenen Monaten auch ein paar Mal privat zum Shoppen, Essengehen oder für einen Barbesuch verabredet.

„Oh, Anna, er ist einfach unglaublich!", schwärmte Emily. „Ich bin so glücklich, dass wir nach Prag gefahren sind und ich ihn dort kennen gelernt habe! Er ist so zuvorkommend und romantisch. Wir kennen uns zwar noch nicht lang, trotzdem kommt es mir vor, als würde ich ihn schon ewig kennen. Wir haben uns in dieser Woche fast jeden Tag gesehen und total schöne Dinge miteinander unternommen und so viel voneinander erfahren. Er legt sich immer richtig ins Zeug, etwas für unsere Verabredungen zu planen."

„Wow, das hört sich toll an!", sagte Anna.

Emily nickte. „Gestern zum Beispiel waren wir im Britzer Garten", fuhr sie fort. „Und den Abend davor war ich bei ihm und er hat für mich gekocht." Ihre Augen strahlten, während sie ihrer Freundin von Ben erzählte.

„Und als wäre das alles nicht genug, sieht er so gut aus und küsst unglaublich!"

Anna lächelte ihre Freundin an. „Ich freue so

mich für dich. Du wirkst total glücklich."

Emily nickte bestätigend. „Oh, ja, das bin ich. Dieser Mann ist einfach perfekt, in allen Bereichen. Bis jetzt kann ich einfach nichts Negatives an ihm finden. Was mir schon ein wenig Angst macht."

„Nach deinen ganzen Erfahrungen ja auch kein Wunder. Aber genieße einfach die Zeit mit ihm und lass es auf dich zukommen." Sie machte eine kurze Pause. „Jetzt hast du mich allerdings neugierig gemacht. Du sagtest in allen Bereichen – meinst du auch …?" Anna beendete den Satz nicht und sah ihre Freundin grinsend mit erhobenen Augenbrauen an.

„Eine Lady genießt und schweigt."

„Als ob! Wir wissen doch beide, dass du das gar nicht für dich behalten kannst", antwortete Anna lachend.

Emily grinste. „Du kennst mich zu gut." Sie schloss theatralisch die Augen und holte tief Luft. „Es war einfach unglaublich, Anna. Ich kann es gar nicht anders beschreiben. Ich sage ja: Dieser Mann ist perfekt! Ich glaube, ich habe meinen Deckel gefunden."

„Dann solltest du ihn gut festhalten."

Emily nickte zustimmend und erneut strahlten ihre Augen. „Definitiv."

KAPITEL 21

Das Vibrieren ihres Handys weckte Emily aus ihrem Tiefschlaf. Sie griff nach dem Telefon und blickte mit noch halb geschlossenen Augen auf das Display. Als sie allerdings feststellte, von wem die gerade eingegangene Nachricht stammte, wurde sie schlagartig wacher. Tom, Annas Verlobter, hatte ihr geschrieben, und das konnte nur eines bedeuten.

„*Wenn aus Liebe Leben wird, bekommt das Glück einen Namen: Unsere Tochter Mia erblickte am 24. Dezember um 7.25 Uhr mit einer Größe von 51 cm das Licht der Welt. Wir sind alle wohlauf und glücklich, unsere kleine Prinzessin in unseren Armen halten zu dürfen.*"

Nachdem Emily die Zeilen gelesen hatte, setzte sie sich aufrecht hin. Nun war sie hellwach. Es war soweit! Sie konnte es gar nicht glauben. Gestern Abend hatte Emily ihre Freundin doch noch besucht und da gab es keinerlei Anzeichen dafür, dass die Geburt losgehen würde. Und jetzt, zwölf Stunden später, war Mia da. Das war doch verrückt!

Sie betrachtete die Fotos, die Tom geschickt hatte. Das kleine Baby mit seinen blauen Kulleraugen und seinem Stupsnäschen blickte verwundert in die Kamera. Die Haut war noch etwas zerknautscht, aber sie war jetzt schon zuckersüß. Emily war erstaunt darüber, wie viele Haare bereits auf dem kleinen Köpfchen prangten. Auf einem anderen Bild lag Mia schlafend auf Mamas Brust, wo sie sich sehr wohlzufühlen schien.

Emily sprang aus dem Bett. Sie war so aufgeregt, dass sie aus ihrem Zimmer rannte, in der Hoffnung, Leonie anzutreffen. Sie musste sich gerade jemandem mitteilen und die freudige Nachricht verkünden.

„Annas Kind ist da!", rief sie freudestrahlend, als sie Leonie erblickte, die am Esstisch saß und gerade in einen Marmeladentoast biss. Im Hintergrund dudelte „Do They Know It´s Christmas" im Radio.

„Oh, das ist ja toll!", murmelte Leonie mit vollem Mund.

Emily setzte sich zu ihr und fuhr sich durch die Haare. „Ich kann es gar nicht glauben. Gestern Abend war ich noch bei ihr!"

„Wurde sie heute geboren?"

„Ja, um halb acht."

„Wow, an Heiligabend also. Ein Christkind. Dann hattest du ja den richtigen Riecher. Frohe Weihnachten übrigens!"

Emily lachte. „Frohe Weihnachten! Ja, da lag ich tatsächlich richtig mit meiner Vermutung. Guck mal, wie niedlich sie ist."

Emily hielt Leonie ihr Handy vor die Nase.

„Oh, die ist ja wirklich süß", schwärmte Leonie. „Und noch so klein, ach Gott!"

„Einundfünfzig Zentimeter groß", sagte Emily.

„Krass."

Schmachtend betrachteten die beiden Freundinnen noch ein paar Sekunden lang die Bilder des kleines Mädchens. Sie konnten sich gar nicht satt sehen.

„Das ist doch mal ein Weihnachtswunder", sagte Leonie.

„Ja", stimmte Emily ihr zu. „Ich bin gespannt, was Anna von der Geburt zu erzählen hat."

„Schien auf jeden Fall ja ziemlich schnell gegangen zu sein, wenn ihr euch gestern Abend noch gesehen habt. War da schon was zu erahnen?"

„Nein, gar nicht", sagte Emily. „Ich kann es kaum erwarten, sie kennen zu lernen."

Verliebt betrachtete sie noch einmal die Fotos, die Tom ihr geschickt hatte. Beim Anblick dieses kleinen Wesens verstärkte sich wieder einmal Emilys Wunsch nach eigenen Kindern. Sie wollte auch solch ein zartes Würmchen in ihren Armen halten. Ein Würmchen, durch dessen Adern ihr Blut floss.

Dabei fiel ihr ein, dass sie vor lauter Aufregung Tom noch gar nicht zurückgeschrieben hatte.

Während Emily in ihr Handy tippte, um den frischgebackenen Eltern ihre Glückwünsche auszusprechen, aß Leonie die letzten Bissen von ihrem Toast. Dann stand sie auf, um neue Scheiben in den Toaster zu werfen, und fragte ihre Freundin, ob sie auch etwas wolle.

„Gern", antwortete Emily.

„Und, wie sieht der Heiligabend heute bei dir aus?", fragte Leonie beiläufig, als sie das Brot aus der Packung fischte.

„Am Nachmittag gehe ich zu meinen Eltern.

Und davor wollte ich bei Ben vorbeischauen und ihn mit einem Geschenk überraschen."

„Uhhhh! Was hast du ihm denn gekauft?"

Emily grinste breit. „Einen Gutschein für einen Thermenbesuch. Den können wir dann gemeinsam einlösen."

„Das ist eine schöne Idee", sagte Leonie. „Ich freue mich wirklich für dich, dass es so gut läuft mit Ben. Ist es denn schon offiziell mit euch?"

„Nein, bisher noch nicht", seufzte Emily. Dann lächelte sie. „Aber ich bin guter Dinge, dass es nicht mehr lange dauern wird. Zumindest fühlt es sich so an, als wären wir schon längst ein Paar."

Leonie entging der verliebte Ausdruck in den Augen ihrer Freundin nicht und sie lächelte ebenfalls, denn sie freute sich so sehr für Emily.

„Und du? Verbringst du den Tag heute mit Marlon oder seid ihr beide jeweils bei euren Familien?", fragte Emily.

„Heute gehen wir zu meinen Eltern und morgen sind wir bei seinen. Am zweiten Feiertag entspannen wir dann ein bisschen."

Die Brotscheiben sprangen aus dem Toaster. Leonie nahm die Toasts in die Hand und ging wieder zum Esstisch.

Emily wartete an der roten Ampel neben der Bushaltestelle, an der sie gerade ausgestiegen war, und trat nervös von einem Bein aufs andere. Es waren nur noch ein paar Gehminuten bis zu Bens Wohnhaus. Sie konnte es kaum erwarten, sein Gesicht zu sehen, wenn sie ihn an seiner Tür überraschte, und noch mehr, wenn er sein Geschenk auspackte.

Das grüne Männchen erschien und Emily zog mit dem Strudel an Menschen um sich herum mit und überquerte die Straße. Dann lief sie weiter geradeaus den ihr bereits bekannten Weg entlang.

Sie begutachtete die vielen Wohnhäuser, von denen sich eines an das nächste reihte. In dieser Gegend gab es überwiegend Altbauten und in den Erdgeschossen tauchten immer wieder kleine Cafés, Weingeschäfte oder Antiquitätenläden auf.

Aus einer Pizzeria, deren Tür gerade von Besuchern geöffnet wurde, wehte Emily im Vorbeigehen der leckere Duft des italienischen Hefegebäcks entgegen.

Wie schade, dass es heute nicht schneite. Waren sie in den letzten Wochen in der Hauptstadt mehrere Male von der weißen Pracht überrascht worden, ließ ausgerechnet an Heiligabend der Schnee auf sich warten.

Als Emily schließlich das Haus, in dem Ben wohnte, erreichte und gerade klingeln wollte, öffnete sich die Eingangstür von innen und ein Nachbar trat aus dem Haus. Freundlich hielt er die Tür für Emily geöffnet, sodass sie eintreten konnte.

Das war ja noch besser. Jetzt konnte sie direkt vor Bens Wohnungstür stehen, bevor er wusste, dass sie es war, die klingelte.

Emily schritt die Stufen hinauf. Sie musste in den vierten Stock. Als sie im dritten Stockwerk ankam, hörte sie deutlich Stimmen im Hausflur. Eine davon war männlich ... und klang stark nach Ben. Unterhielt er sich mit jemandem? Oder bilde te sie sich seine Stimme ein?

Sie ging weiter die Treppe hinauf und lugte vorsichtig um das Geländer herum, um nicht direkt von Ben – sollte er wirklich im Hausflur stehen – gesehen zu werden und den Überraschungsmoment zu zerstören.

Als sie um die Ecke schaute, gefror ihr das Blut in den Adern. Es war tatsächlich Ben gewesen, den sie gehört hatte. Vor ihm stand eine Frau – und sie küssten sich!

Das ist ein böser Traum, oder?, schwirrte es Emily durch den Kopf.

Sie fühlte sich, als hätte man ihr einen Dolch ins Herz gerammt und ihn noch dreimal umgedreht.

Sie wollte wegrennen und dieses Bild aus ihrem Kopf verbannen, aber einen Moment lang war sie wie gelähmt. Wer war diese Frau, verdammt noch mal!?

Ben löste sich aus dem Kuss und in jenem Moment entdeckte er Emily. Seine Augen weiteten sich. Natürlich hatte er nicht erwartet, dass sie plötzlich da wäre. Zu dumm, dass sie ihn zugleich ertappt hatte.

Die schlanke Frau vor ihm folgte Bens Blick. Sie warf ihre langen, schwarzen Haare zur Seite, als sie sich zu Emily umdrehte. Und Emily traute ihren Augen nicht.

Vanessa? Bens Exfreundin? Die, der Ben zwei Tage zuvor im Club nicht schnell genug aus dem Weg hatte gehen können? Und über die er sonst kein gutes Wort gelassen hatte? Mit dieser Frau knutschte er nun vor seiner Wohnungstür herum?

Ben holte Luft, aber bevor er etwas sagen konn

te, kam Emily wieder zur Besinnung und rannte los. Sie rannte, als ginge es um ihr Leben, nur, um aus diesem Haus heraus und diesem Anblick und Ben zu entkommen.

Während sie die Stufen hinuntersprintete, hörte sie Ben ihren Namen rufen, doch das würde sie nicht aufhalten. Sie konnte und wollte sich seine Erklärungen nicht anhören. Ein Bild sagte mehr als tausend Worte. Und dieses Bild eben war deutlich gewesen.

Als Emily die Eingangstür erreichte, riss sie diese auf und blickte sich draußen einen kurzen Moment um. Sie hatte wirklich keine Lust, dass Ben ihr hinterherkommen und mit ihr reden würde. Also rannte sie ein paar Meter weiter um die Ecke des Wohnhauses und konnte sich in einem kleinen Torbogen, der in den Hinterhof führte, verstecken. Dort lehnte sie sich an die Wand, ließ sich kraftlos auf den Boden sinken und fing an zu schluchzen.

Es war ihr egal, ob jemand vorbeilaufen und sie hier zusammengekauert und weinend sehen würde. Alles war gerade egal. Ihre Welt war zusammengebrochen – wieder einmal. Aber dieses Mal war es schlimmer als je zuvor.

Ein paar Minuten später hörte Emily jemanden ihren Namen sagen. Aber es war nicht Ben.

Ihr Blick wanderte hoch zu der Person, die vor ihr stand. Hoch in das Gesicht der attraktiven Frau, die neben Ben gerade der letzte Mensch war, den sie ertragen konnte. Und den sie darüber hinaus am liebsten gepackt und erwürgt hätte.

„Was willst du?", zischte Emily Vanessa an.

„Reicht es nicht, dass du mir Ben weggenommen hast!?"

„Es tut mir leid, dass du es so erfahren musstest", sagte Vanessa. „Ben hat mir erzählt, was zwischen euch lief, und du hast vermutlich gehofft, dass mehr aus euch werden würde."

„Kommst du deshalb zu mir, um mir deinen Triumph direkt unter die Nase zu reiben?" Wütend schaute Emily ihre Rivalin an.

Vanessa sah von Kopf bis Fuß einfach umwerfend aus. Ihre braunen Augen waren dezent mit schwarzem Eyeliner betont und ihre vollen Lippen von dunkelrotem Lippenstift umzogen, passend zu ihrer Mütze, die wiederum einen schönen Kontrast zu ihrem schwarzen Haar bildete. Ihre Haut hatte den richtigen Teint und war nicht so leichenblass wie die von Emily. Schon vor zwei Tagen im Club war Emily von ihrer Schönheit eingeschüchtert gewesen und hatte sich ganz klein neben ihr gefühlt. Jetzt im Tageslicht sah Vanessa noch atemberaubender aus.

Sie selbst dagegen kauerte hier auf dem dreckigen Boden wie ein Häufchen Elend, mit verheulten Augen und wahrscheinlich völlig verschmiertem Mascara.

Welcher Mann sollte einer Frau wie Vanessa widerstehen können? Und sich stattdessen mit ihr zufriedenstellen?

„Ich wollte dir nur sagen, dass es mir ehrlich leid für dich tut", antwortete Vanessa. „Du scheinst ein nettes Mädchen zu sein, aber Ben und ich lieben uns einfach, wir haben uns immer geliebt. Und du hast es nicht verdient, mit jemandem zusammen zu sein, dessen Herz in Wahrheit für eine andere schlägt."

„Ihr liebt euch?", schrie Emily. Sie konnte nun nicht mehr an sich halten. „Weshalb hat er dann nur schlecht über dich geredet und dich vorgestern so abweisend im Club behandelt?"

„Ach Schätzchen." Vanessa trat einen Schritt näher an Emily heran und lächelte schief. „Das war doch nur ein Schutzmechanismus. Er wollte nicht zeigen, wie er wirklich für mich empfindet, vor dir nicht und vor allem wollte er es sich selbst nicht eingestehen. Ich habe in der Vergangenheit Fehler gemacht, die ich zutiefst bereue. Im Club habe ich sofort gemerkt, dass Ben mit dieser Abwesenheit nur seine wahren Gefühle verbergen wollte. Im Endeffekt war es nur eine Frage der Zeit, bis wir wieder zusammenfinden. Unser Band ist eben stark – das reißt nicht so einfach."

Wortlos blickte Emily zur Seite. Vermutlich hatte Vanessa Recht.

Vanessa ging in die Hocke, um auf Augenhöhe mit Emily zu sein, die weiterhin ihren Blick mied.

„Du wirst auch noch den Richtigen finden. Ich wünsche dir alles Gute." Mit diesen Worten stand Vanessa wieder auf und bewegte sich wie eine Gazelle davon.

Wie konnte er nur? Wie konnte er das nur tun?

Hatte sich Emily so in ihm getäuscht? War sie so blind gewesen vor Liebe? Hatten ihre Gefühle sie wieder einmal getrogen, wie schon so oft in ihrem Leben?

Es musste ja so kommen. Es war einfach zu

schön gewesen. Wer auch immer da oben saß, wollte Emily offenbar nicht glücklich sehen.

Emily erinnerte sich an die damalige Situation mit ihrem Exfreund Nick, als sie überraschend vorbeigekommen war und diese platinblonde Tussi nackt auf ihm erwischt hatte. Und jetzt erlebte sie fast das Gleiche mit Ben, nur dass dieser es immerhin geschafft hatte, seine Klamotten noch anzubehalten. Sie hatte wohl ein Händchen dafür, Männer in flagranti zu erwischen. Diese Erfahrungen wären ihr jedoch lieber erspart geblieben.

Sie fragte sich, ob sie denn nie gut genug für die Männer war. Erst war da ihr Ex gewesen, der sie betrogen hatte, dann David, der zwei- , nein, mehrgleisig gefahren war, und jetzt auch noch Ben! Niemandem genügte sie.

Immer noch zog sich Emilys Herz vor Schmerz zusammen, wenn sie sich daran erinnerte, wie sie Ben und Vanessa sich hatte küssen sehen. Sie wollte dieses Bild aus ihrem Kopf verbannen, doch sie wusste, so schnell würde sie es nicht vergessen.

Nachdem Emily noch einen kurzen Moment im Torbogen gekauert hatte, hatte sie sich auf den Weg zurück nach Hause gemacht.

Sie wollte weg. Weg von Ben, weg aus der Gegend, in der er wohnte und die sie nun mit ihm verband.

In der U-Bahn hatte sie apathisch aus dem Fenster gestarrt, auch, wenn sie nichts hatte sehen können außer den dunklen Tunneln, durch die die Bahn gefahren war. Welch Ironie. Genauso sah es in ihrer Seele aus und sie fragte sich, ob sie jemals

– im Gegensatz zur Berliner U-Bahn, die irgendwann in einen hellen Bahnhof einfuhr – das Licht am Ende des Tunnels entdecken würde.

In ihrer Wohnung angekommen, ließ Emily ihrem Kummer wieder freien Lauf. Die Tränen flossen in Strömen an ihrem Gesicht herunter und sie schluchzte so laut und heftig, dass sie kaum noch Luft bekam. So sah also ihr diesjähriges Weihnachten aus: Sie wäre zerfressen von Liebeskummer und hatte nicht einmal mal mehr Lust, zu ihrer Familie zu fahren.

Doch das konnte sie ihren Eltern nicht antun. Und sich selbst durfte sie nicht noch unglücklicher machen als sie ohnehin schon war.

Emily sah auf ihre Smartwatch und versuchte, durch den Tränenschleier auf ihren Augen die Uhrzeit zu erkennen. Ein paar Stunden waren es noch, bis sie sich alle in der Wohnung ihrer Eltern treffen würden. Bis dahin konnte sie sich in ihrem Kissen vergraben.

Als Leonie vom Einkaufen nach Hause kam, entdeckte sie Emilys Mantel und ihre Schuhe in der Garderobe und wunderte sich. Hatte Emily nicht zu Ben gehen wollen?

„Hey, du bist ja da", rief sie den Flur hinunter und ging in die Küche, um den Einkauf dort abzustellen.

„Emily?" Keine Antwort. Leonie zuckte mit den Schultern und begann, die Beutel auszupacken und die Lebensmittel im Kühlschrank und in den Schränken zu verstauen. Vielleicht war Emily doch nicht zu Hause und hatte einfach einen an deren Mantel und andere Schuhe angezogen.

Hat sich wohl noch mal richtig hübsch gemacht für ihren Liebsten, dachte Leonie amüsiert und musste schmunzeln.

Als sie alles eingeräumt hatte, legte sie die Einkaufsbeutel in die Schubläden im Flur.

Und dann, gerade, als Leonie ins Bad gehen wollte, vernahm sie ein leises Wimmern. Sie hielt inne und lauschte aufmerksam. Es kam aus der Richtung von Emilys Zimmer. War ihre Freundin doch da?

„Emily?", fragte sie noch einmal und stieß langsam die Tür des Zimmers auf.

Tatsächlich entdeckte sie Emily, die zusammengekauert und mit dem Rücken zu Leonie auf ihrem Bett lag. Oje. Dieses Bild kannte sie.

„Hey, alles in Ordnung?"

Emily schniefte. „Nichts ist in Ordnung", presste sie mühsam hervor.

Leonie ging zu ihrer Freundin ans Bett und blickte in ein völlig verheultes Gesicht.

„Was ist passiert?", fragte sie besorgt und legte ihre Hand auf Emilys Arm.

„Ach, das gleiche Prozedere wie immer", sagte Emily unter Tränen. „Du kennst es ja schon."

„Geht es um Ben?"

Emily nickte.

Leonie ließ die Schultern hängen und setzte sich neben Emily auf die Bettkante. Sah so aus, als müsse sie ihre Freundin wieder einmal trösten, nachdem sie von einem Kerl verletzt worden war.

„Willst du mir alles erzählen?"

KAPITEL 22

Nachdem Emily Leonie ihr Herz ausgeschüttet hatte, – sie war so dankbar dafür, dass ihre Freundin stets für sie da war und sich ihre Liebeseskapaden anhörte – war diese schockiert gewesen über das, was passiert war. Leonie verfluchte Ben für das, was er Emily angetan hatte. Dieses Mal war es noch viel schlimmer als bei David vor einigen Wochen. Das mit Ben und Emily hatte echt gewirkt – das hatte auch Leonie gespürt. Zwar hatte sie ihn nicht persönlich kennen gelernt, doch sie hatte ja mitbekommen, wie oft er ihrer Freundin geschrieben und sie angerufen hatte, wie oft die beiden sich getroffen hatten und was Ben sich für schöne und romantische Aktivitäten für ihre Verabredungen überlegt hatte – von Emilys Erzählungen, in denen sie von ihm geschwärmt und nur Positives erzählt hatte, ganz zu schweigen. Leonie war überzeugt davon gewesen, dass Ben es wirklich ernst mit ihrer Freundin war und hätte ihm niemals zugetraut, nebenbei mit einer anderen anzubandeln, schon gar nicht mit seiner Exfreundin. Denn natürlich hatte Emily ihr erzählt, was er von Vanessa hielt – besser gesagt, vorgegeben hatte, von ihr zu halten.

Immer wieder bekam Emily Nachrichten von Ben, die sie direkt ungelesen löschte.

Er hatte auch mehrmals versucht, sie anzurufen. Emily hatte die Anrufe ignoriert, bis irgendwann Leonie nach dem Telefon gegriffen und Ben angefaucht hatte, Emily gefälligst in Ruhe zu lassen. Er konnte ihr gestohlen bleiben und nie wieder wollte sie mit diesem Menschen zu tun haben.

Und nun, ein paar Stunden später, saß Emily mit ihrer Familie zusammen, bereit, Weihnachten zu feiern. Oder auch nicht.

Angesichts der jüngsten Erlebnisse und ihrer dementsprechenden Gefühlslage, würde es heute wohl kein schöner Heiligabend für Emily werden. Als wäre es nicht schon schlimm genug, dass Ben ihr das Herz gebrochen hatte, nein, er hatte das auch noch ausgerechnet an Weihnachten tun müssen und ihr somit ihre Lieblingsfeiertage versaut. Er war Schuld, dass es ihr schlecht ging, und sie die Zeit mit ihrer Familie nun nicht genießen konnte, weil ihre Gedanken ständig zu Ben wanderten, so sehr sie auch dagegen ankämpfte. Das konnte einfach nicht wahr sein!

Vor allem war sie wütend auf sich selbst, dass dieser Kerl sie immer noch so in den Bann zog. Ben hatte ihr das Herz gebrochen und er sollte sich zum Teufel scheren! Aber leider war es leichter gesagt als getan, ihn aus ihrem Leben zu verbannen. Auch, wenn dieser Mistkerl sie verletzt hatte, waren ihre Gefühle noch da. Sie konnte nicht aufhören, darüber nachzudenken, was sie falsch gemacht oder möglicherweise völlig falsch gedeutet hatte. Vielleicht hatte Ben nie die Gefühle ihr gegenüber gehegt wie sie für ihn.

Nachdem Emily vorhin bei ihren Eltern angekommen war und alle begrüßt hatte, war ihre Laune den Familienangehörigen nicht entgangen, und besorgt hatten sie nachgefragt, ob alles in Ordnung sei. Abgesehen davon, dass sie keine Lust hatte, ihre katastrophalen Liebesgeschichten vor der gesamten Familie offenzulegen, wollte Emily die Stimmung der anderen nicht herunterziehen und sich das Mitleid ersparen, weshalb sie vorgegeben hatte, nur ziemlich müde zu sein.

Ihr Handy klingelte. Sie blickte auf das Display. Schon wieder Ben. Konnte er sie nicht einfach nicht in Ruhe lassen? Sollte er doch mit seiner Vanessa glücklich werden, aber musste er es noch schwerer machen für Emily, indem er sie immer wieder kontaktierte!?

Kurzerhand blockierte sie Ben in ihrer Kontaktliste. Jetzt konnte er sie weder anrufen noch Nachrichten schreiben. Anschließend löschte sie seine Nummer, um in schwachen Momenten ja nicht auf dumme Gedanken zu kommen.

Für immer aus meinem Leben verbannt, dachte Emily dabei und spürte wiederholt den stechenden Schmerz in ihrer Brust. Sie musste sich sofort ablenken, sonst würde sie gleich wieder in Tränen ausbrechen.

Sie legte ihr Handy beiseite und lief in die Küche.

„Mama, kann ich dir helfen?", fragte sie an Regina gewandt.

Emilys Mutter lächelte sie an, dankbar für das Angebot, und antwortete: „Tatsächlich könnte ich gerade eine unterstützende Hand gebrauchen."

„Okay, was soll ich machen?"

„Sei bitte so lieb und hole aus dem Schrank schon mal das Kaffeegeschirr."

„Gibt es gleich Kuchen?", fragte Luis, der gerade angerannt kam.

„Oh ja", antwortete Regina. „Ihr könnt euch schon mal die Hände waschen und an den Tisch setzen."

„Okay, Oma." In freudiger Erwartung auf den Kuchen, flitzte Luis ins Bad und informierte laut rufend die anderen Familienmitglieder darüber, dass es gleich etwas zu essen geben würde.

Während Emily das Kaffeeservice sowie Kuchengabeln aus der Vitrine im Wohnzimmer holte und den Tisch eindeckte, platzierte Regina einen Christstollen in der Mitte. Dann holte sie Keksdosen, die gefüllt waren mit selbstgebackenem Gebäck, und stellte sie ebenfalls auf den Tisch.

„Frank, hol doch bitte schon den Kaffee", sagte sie zu ihrem Mann und deutete auf die Kanne in der Kaffeemaschine, die gerade mit dem Brutzeln des Gebräus fertig geworden war.

Die Familie war mit dem Essen fertig und Emily wollte es sich gerade mit Luis und Charlotte auf dem Sofa gemütlich machen und ihnen aus einem Kinderbuch vorlesen, als es an der Tür klingelte. Regina ging nach vorn in den Flur und erschien ein paar Sekunden später wieder im Wohnzimmer.

„Emily, es ist für dich."

„Für mich?", fragte Emily verwundert.

„Ja, ein junger Mann", antwortete ihre Mutter.

„Uhhhhh", mischte Florian sich ein und feixte. „Tauchen hier jetzt deine Verehrer auf?"

Emily warf ihrem Bruder einen genervten Blick zu.

„Blödsinn!", rief sie und fragte sich im selben Moment, wer sie an der Tür erwarten könnte. Sie konnte sich keinen Reim darauf machen.

„Ich komme gleich zurück", sagte sie zu ihrer Nichte und ihrem Neffen und lief eiligen Schrittes zur Wohnungstür.

„Das ist jetzt nicht dein Ernst!" Verdutzt und wütend zugleich starrte Emily Ben an, der vor ihr stand. Was zum Teufel machte er hier?

„Kann ich mit dir reden?", fragte er nur.

„Ich möchte nicht mit dir reden. Nie wieder. Und woher hast du bitte die Adresse meiner Eltern?" Abweisend verschränkte sie die Arme vor der Brust.

„Leonie hat sie mir gegeben", gestand Ben. Er hörte Emily scharf einatmen und bevor sie etwas sagen und sich aufregen konnte, hielt er beschwichtigend die Hände hoch und erklärte: „Sei bitte nicht sauer auf sie. Ich habe bei euch geklingelt, um mit dir zu reden. Ich wollte dir alles erklären. Und da du nicht da warst, habe ich Leonie alles erzählt und sie angefleht, mir die Adresse deiner Eltern zu geben, damit ich dir auch alles erklären kann."

„Und dass ich deine Anrufe und Nachrichten geblockt habe, hat dir nicht zu denken gegeben? Mutierst du jetzt zum Stalker? Was möchtest du überhaupt von mir? Du hast doch jetzt wieder deine Vanessa."

„Ich möchte dir alles erklären. Emily, du hast da was in den falschen Hals ..."

Sie ließ Ben nicht aussprechen. „Verkauf' mich nicht für dumm! Bist du auch so ein Arsch, der mit mehreren Frauen gleichzeitig was am Laufen hat? Vanessa hat mir gesagt, dass ihr jetzt wieder fest zusammen seid."

„Wie bitte!?" Jetzt blickte Ben sie völlig entgeistert an.

„Ja, als hätte mir nicht schon gereicht, was ich da zwischen euch gesehen habe, nein, diese blöde Kuh musste mir danach noch unter die Nase binden, dass ihr euch ja ach so sehr liebt und immer geliebt habt, bla bla. Das Schlimmste ist", Emily schluckte und der verletzte Ausdruck in ihren Augen brach Ben fast das Herz, „dass du mir hast weismachen wollen, dass du absolut nichts mehr für sie empfändest." Beim Aussprechen dieser Worte spürte sie den schweren Kloß in ihrem Hals, blinzelte die aufkommenden Tränen weg und blickte hastig zu Boden, bevor Ben noch bemerkte, wie schwer es ihr fiel, ihn zu hassen.

„Das stimmt nicht!", protestierte er.

Emily schüttelte ungläubig den Kopf, während Ben fortfuhr.

„Nichts von dem, was Vanessa dir da erzählt hat, stimmt! Das musst du mir glauben!"

Nun sah Emily ihn wieder an. „Ach ja? Du willst mir sagen, dass du keine Gefühle für sie hast?"

„Ja, genau das will ich sagen: Ich habe keine Gefühle für Vanessa! Du bist die, die ich will! Und die Einzige, die ich will!"

„Und wie erklärst du mir dann bitteschön den Kuss zwischen euch? Den kannst du nicht leugnen! Ich habe ihn mit eigenen Augen gesehen."

„Du hast Recht, aber glaube mir, das kam völlig falsch rüber. Vanessa hat mich einfach geküsst."

Emily lachte bitter und schüttelte den Kopf. „Ach, und der arme Ben konnte sich nicht dagegen wehren? Hältst du mich eigentlich für total bescheuert?"

„Ich halte dich für ganz und gar nicht bescheuert und ich kann vollkommen verstehen, dass du so aufgebracht bist. Aber bitte glaube mir, Emily, wenn ich dir sage, dass der Kuss einzig und allein von Vanessa ausging und sie mich damit überrumpelt hat. Sie stand vor meiner Tür und hat mich einfach geküsst. Ungefähr so ..."

Ben trat einen Schritt vor, zog Emily ohne Vorwarnung eng an sich und küsste sie.

Im allerersten Moment setzte ihr Herz aus, als sie Bens weiche Lippen auf ihren spürte, so wie immer, wenn sie sich küssten. Doch dann erinnerte Emily sich wieder daran, was hier gerade los war, und stieß Ben wütend von sich.

„Sag mal, hast du sie noch alle?"

„So kannst du dir die Situation mit Vanessa vorstellen. Ganz genau so."

„Häh?"

„Nur, dass exakt in diesem Moment, bevor ich mich aus dem Kuss mit ihr gelöst habe, du da plötzlich an der Treppe gestanden und uns gesehen hast. Und dann, bevor ich irgendetwas sagen und klarstellen konnte, du gleich abgedüst bist. Es war eine reine Momentaufnahme, Emily. Leider

der komplett falsche Moment, der zu einem totalen Missverständnis geführt hat."

Emily blinzelte und überlegte. Ein paar Sekunden lang war sie sprachlos.

„Das heißt, du wolltest sie gar nicht küssen? Sie hat dich wirklich damit überfallen?", fragte sie, als sie sich wieder gefangen hatte.

Ben nickte. „Du wolltest mich doch gerade auch nicht küssen, so wütend, wie du auf mich bist, oder?"

Emily blickte ihn an und ignorierte seine Frage, denn allmählich dämmerte es ihr.

„Dann bist du nicht wieder mit Vanessa zusammen?", fragte sie stattdessen.

„Um Gottes Willen, nein! Und wie schon gesagt, habe ich auch keine Gefühle für sie."

Emily überlegte kurz, bevor sie erwiderte: „Wenn das wirklich stimmt, was du sagst – warum hat Vanessa mir erzählt, ihr wärt wieder zusammen? Warum sagt sie so was nach all den Monaten? Und warum taucht sie aus dem Nichts bei dir auf? Hatte das damit zu tun, dass wir sie vorgestern beim Feiern getroffen haben?"

„Mitunter, ja." Ben seufzte. „Etwas habe ich dir verschwiegen. Als ich mich von Vanessa getrennt habe, kam sie sehr schwer damit zurecht und konnte nicht akzeptieren, dass es vorbei ist. Immer wieder kam sie zu mir oder hat mich angerufen, mir gesagt, wie leid ihr das alles doch tue und mich angefleht, es noch mal miteinander zu versuchen. Sie war der Meinung, wir seien füreinander bestimmt. Ich war damals kurzzeitig sogar noch so doof gewesen zu glauben, dass sie es wirklich ernst meinen könnte, dass sie tatsächlich Reue verspürte. Vanessa versteht es, ihren Charme spielen zu lassen und überzeugend zu wirken. Ich sagte dir ja bereits, dass sie eine gute Schauspielerin ist. Bis ich dann erfahren habe, dass sie gleich nach unserer Trennung einen anderen Typen am Start, sich mit diesem dann aber zerstritten und er die Sache zwischen ihnen beendet hatte. Ich war also der Lückenbüßer. Damit war sie endgültig bei mir unten durch. Aber sie wollte das nicht wahr haben. Sie kam immer wieder an, die ganzen Monate. Sie meinte, ich war der einzige Kerl, der wirklich gut zu ihr gewesen wäre. Ich glaube, es geht ihr nur um ihren Stolz. Sie ist so eitel, dass sie es nicht ertragen kann, wenn sie verlassen wird. Und nun hat sie mitbekommen, dass ich dich kennen gelernt habe."

„Warum hast du dich im Club mit ihr unterhalten?", fragte Emily.

Stirnrunzelnd sah Ben sie an.

„Ich meine nicht die Situation, als ich dabei war", fuhr Emily erklärend fort. „Ich habe euch später an der Bar gesehen. Ich war mir nicht sicher, ob ihr das wirklich wart, weil ihr zu weit weg wart und das Licht so schlecht. Aber ich habe Recht, oder?"

Ben nickte. „Ja, das hast du. Aber glaub' mir, auch im Club kam sie auf mich zu und hat mich zugetextet, während ich auf meinen Drink gewartet habe. Ich habe sie gebeten, mich in Ruhe zu lassen. Aber sie ist nicht weggegangen. Natürlich hat sie nachgefragt, wer du bist, und ich habe ihr klipp und klar gesagt, dass es mir ernst mit dir ist und sie mich, verdammt noch mal, in Ruhe lassen und akzeptieren soll, dass es aus ist. Hast du denn nicht gesehen, wie sie dann wütend abgerauscht ist?"

Überrascht sah Emily ihn an. Mehr als ein „Oh" und ein beschämtes Kopfschütteln brachte sie nicht heraus. Sie hatte wohl auch ein Händchen dafür, voreilige Schlüsse zu ziehen.

Ben zog seine rechte Augenbraue in die Höhe, da auch ihm diese Erkenntnis kam.

„Na ja, jetzt weißt du's", sagte er. „Leider hat diese Ansage wohl immer noch nicht gefruchtet und sie tauchte heute vor meiner Tür auf. Und zum gleichen Zeitpunkt kamst du auch vorbei."

Ben griff nach Emilys Hand. Sie ließ ihn gewähren. Seine Berührung und seine Nähe, allein sein Anblick, ließen sie deutlich spüren, dass ihre Gefühle Ben gegenüber sich nicht geändert hatten, wie viel Groll auch sie gegen ihn hegte. Und wenn er gerade tatsächlich die Wahrheit erzählte, hatte sie umso weniger Grund, überhaupt sauer oder verletzt zu sein.

„Ich habe ihr vorhin noch einmal unmissverständlich zu verstehen gegeben, dass sie keine Chance mehr bei mir hat", fuhr Ben fort.

„Okay. Das hab' ich jetzt nicht erwartet. Aber", Emily sah ihn fragend an, „warum hast du mir denn nicht vorher erzählt, wie Vanessa drauf ist?"

Ben seufzte wieder. „Ich weiß auch nicht. Ich hatte gehofft, dass das endlich mal aufhören würde. Und ich wollte dich mit dieser Geschichte nicht verschrecken. Wer ist schon begeistert, wenn die Ex ständig ankommt und nervt? Irgendwann habe ich einfach nicht mehr auf Vanessas Anrufe und Nachrichten reagiert. Was sie nicht daran gehindert hat, vor meiner Tür zu stehen, wie man sieht." Bei dem Gedanken daran, wie ironisch es war, das zu sagen, hatte er sich heute ebenso Emily gegenüber verhalten, musste er schief lächeln. „Na ja, und mich hat es auch nicht davon abgehalten, mit dir zu sprechen."

„Ach, Ben ..." Ein Blick in seine warmen Augen verriet Emily, dass er die Wahrheit sagte. Wie hatte sie nur je an ihm zweifeln können? Es war doch Ben, ihr Ben.

„Ich habe mich in dich verliebt, Emily. Du bist die Einzige, die ich will."

„Du ... hast dich in mich verliebt?", wiederholte Emily stotternd.

Ben lächelte sie an. „Ja. Wie kann man sich nicht in so eine wundervolle Frau verlieben?"

Oh mein Gott!, schrie Emily in Gedanken. Er liebt mich!

Bei Bens Worten wurde ihr so warm ums Herz, dass sie ihm überglücklich um den Hals fiel und vor Freude ein paar Tränen vergoss.

„Es tut mir leid, dass ich dir nicht gleich zugehört habe", sagte sie, während sie ihr Gesicht in seinen Mantel grub.

„Na ja, du dachtest, ich mache mit meiner Ex herum. Da wäre ich auch sauer", sagte Ben und drückte Emily fest an sich. Er schloss die Augen, während er ihren Duft einatmete und den Moment genoss. Für ein paar Sekunden verharrten sie in dieser Position und rührten sich nicht von der Stelle.

Schließlich hob Emily den Kopf und sah Ben tief und fest in die Augen.

„Ich habe mich ebenfalls in dich verliebt", gestand sie ihm.

Wieder lächelte Ben. Mit einer Hand streichelte er über Emilys Haar, strich ihr eine Strähne hinters Ohr und zog behutsam ihren Kopf zu sich heran, um sie zu küssen.

„Um in der Zukunft weitere Missverständnisse zu vermeiden und es offiziell zu machen, frage ich dich hiermit, liebe Emily: Möchtest du meine Freundin sein?" Ben grinste sie an. „Nicht, dass ich nicht sowieso vorhatte, dich das zu fragen."

Emily lachte und antwortete freudestrahlend: „Ja, ich will!"

Bei ihrer Antwort strahlte Ben ebenfalls. Noch einmal küsste er sie. „Frohe Weihnachten, mein Schatz!"

Es fühlte sich toll an, diesen Kosenamen für sie aus seinem Mund zu hören. Emily lehnte sich vor, um Ben erneut einen Kuss auf den Mund zu drücken.

„Frohe Weihnachten!"

EPILOG
Zwei Jahre später

Emily betrat das Wohnzimmer in ihrer neuen Wohnung, die sie und Ben vor einigen Monaten bezogen hatten. Ein paar Kleinigkeiten fehlten hier noch, aber größtenteils hatten die beiden sich eingerichtet und gut eingelebt.

Emily beobachtete ihre Eltern und Bens Eltern, die allesamt auf dem Sofa saßen und sich angeregt miteinander unterhielten. Sie war glücklich darüber, dass sie sich so gut miteinander verstanden.

Auch ihre Geschwister sowie Viviens Mann und Kinder waren da. Sie alle waren heute zu Emily und Ben gekommen, um gemeinsam Weihnachten zu feiern.

Gerade ging die mittlerweile gar nicht mehr so kleine Charlotte zu ihrer Oma und setzte sich mit einem Buch auf ihren Schoß, wobei Bens Mutter Irene jeden Schritt des Mädchens begeistert beobachtete.

Vivien, Matthias, Florian und Ben standen in der offenen Küche, die direkt in das Wohnzimmer überging, und Luis spielte auf dem Boden mit seinen Spielfiguren.

Der bunt geschmückte Weihnachtsbaum daneben, unter dem bereits die Geschenke verteilt lagen, erhellte mit seinen Lichtern das Zimmer.

Emily lächelte. Ihre Familien ahnten ja noch nicht, welches Geschenk sie heute erwartete.

Das plötzliche Ertönen ihres Lieblingssongs riss sie aus ihren Gedanken.

Bevor Emily loslaufen und ihr Smartphone vom Wohnzimmertisch nehmen konnte, war Luis schon aufgesprungen und kam damit angerannt.

„Tante Emily, dein Handy!", rief er und drückte ihr das Telefon in die Hand.

„Danke, Luis, das ist lieb, dass du es mir bringst", sagte sie zu ihrem Neffen. Ein Blick auf das Display verriet ihr, dass Nina, die sie auf ihrem Profilbild anlächelte, über Facetime anrief.

„Ich bin gleich wieder da", sagte Emily zu Luis.

Sie zog sich ins Schlafzimmer zurück und drückte den Button mit dem grünen Hörer, um den Videoanruf anzunehmen. Auf ihrem Display erschienen die sonnengebräunten Gesichter von Nina und Felix. Im Hintergrund leuchtete türkisblaues Wasser und ein paar Palmen konnte Emily auch entdecken.

„Hola chica!", begrüßte Nina sie.

„Hallo Emily", sagte Felix.

„Hey, ihr beiden. Wow, das sieht ja traumhaft bei euch aus!", rief Emily begeistert. „Da wird man ja richtig neidisch!"

Nina und Felix grinsten triumphierend in die Kamera.

„Ja, es hat schon was, Weihnachten am Strand zu verbringen", sagte Felix.

„Es ist wirklich wunderschön hier, das glaubst du nicht", fuhr Nina fort. Verliebt sah sie Felix an, der ihren Blick erwiderte. Emily musste schmunzeln bei dem Gedanken daran, wie sehr sich Nina anfangs noch dagegen gesträubt hatte, eine feste Beziehung mit Felix einzugehen. Obwohl es während der Affäre, die sie zu Beginn geführt hatten, bereits nicht zu übersehen gewesen war, was Nina für Felix empfand. Wie gut, dass er hartnäckig geblieben war und um seine Liebste gekämpft hatte. Nachdem Nina jahrelang ihr Singleleben ohne Verpflichtungen genossen hatte, war es ihr anfangs schwergefallen, diese Freiheit aufzugeben. Doch Felix hatte ihr bewiesen, dass er es wert war. Seit fast eineinhalb Jahren waren die beiden ein glückliches Paar und Nina bereute diesen Schritt keineswegs. Und nun gönnten sie sich ihren ersten gemeinsamen Urlaub in Mexiko.

Emily hörte, wie die Tür hinter ihr sich öffnete, und sah Ben hereinkommen.

„Hey Ben", riefen Nina und Felix im Chor, die ihn ebenfalls gerade auf dem Bildschirm entdeckten.

„Na, ihr Turteltäubchen! Lasst ihr es euch gutgehen in der Sonne?"

„Auf jeden Fall", antwortete Felix.

„Wir wollten uns auch nur kurz bei euch melden und euch frohe Weihnachten wünschen", sagte Nina.

„Dankeschön, das ist lieb von euch", sagte Emily. „Wir wünschen euch natürlich ebenfalls fröhliche Weihnachten!"

„Genießt die Wärme, hier in Berlin ist es bitterkalt", rief Ben.

„Das machen wir", sagte Felix.

„Und, wurden die Geschenke schon übergeben?", fragte Nina und zwinkerte.

Emily schüttelte den Kopf. „Nein, aber gleich geht die Bescherung los."

„Okay, alles klar. Dann berichte später mal. So, wir springen jetzt ins Meer."

„Schwimmt eine Runde für mich mit", sagte Emily sehnsüchtig.

„Machen wir", antwortete Felix, immer noch über beide Ohren grinsend. „Also, macht's gut, habt eine schöne Zeit mit euren Familien!", sagte Felix, während er und Nina in die Kamera winkten.

„Danke euch", sagte Ben. „Bis dann!"

„Ciao, ciao", rief Emily. Sie drückte den roten Hörer, um das Telefonat zu beenden.

„Ich will auch", sagte Emily und schaute Ben mit heruntergezogenen Mundwinkeln an. Wie sehr sie sich doch ebenfalls nach einem Urlaub im Warmen sehnte!

Ben lächelte sie an. „Irgendwann werden wir auch nach Mexiko reisen ... und wohin du sonst noch möchtest." Während er sprach, legte er behutsam seine Hand auf Emilys Bauch, der sich unter ihrem weiten Pullover noch gut verstecken ließ. „Bereit für die Bescherung?"

Emily grinste Ben an und nickte.

„Das ist für euch." Emily verteilte jeweils ein Geschenk an ihre Eltern, ihre Schwiegereltern, ihren Bruder und ihre Schwester und deren Familie.

„Aber ihr müsst es alle gleichzeitig öffnen", forderte Ben.

„Okay", sagte Florian und zog verwundert die Augenbrauen in die Höhe. In den Gesichtern der anderen waren die Fragezeichen ebenfalls nicht zu übersehen und Emily und Ben mussten schmunzeln.

„Na los, macht schon!", rief Emily ungeduldig.

Langsam zerrissen alle die bunten Geschenkpapiere.

Luis, dem seine Mutter das Öffnen des Geschenks überlassen hatte, weil er ganz aufgeregt und gespannt auf den Inhalt war, öffnete als Allererster die kleine Pappschachtel mit den weihnachtlichen Motiven und zog ein Stück Papier heraus.

Verwirrt betrachtete er das Bild darauf und fragte ahnungslos: „Was ist das?"

Vivien schielte auf das Bild und ihre Augen weiteten sich.

Im gleichen Moment öffneten auch Florian sowie Emilys und Bens Eltern ihre Schachteln. Die Freude war groß, als sie das schwarz-weiße Ultraschallbild darin erkannten.

„Du bist schwanger?" Regina schlug sich die Hand vor den Mund, völlig sprachlos, aber ihrer Mimik war anzusehen, dass sie sich unheimlich freute. Bens Mutter brach in Freudentränen aus.

„Wir werden Großeltern!", rief ihr Mann und klatschte begeistert in die Hände.

Nach und nach kamen alle auf die werdenden Eltern zu, nahmen sie in die Arme und sprachen ihre Glückwünsche zur Schwangerschaft aus.

„Ich freue mich so für euch!", sagte Vivien. „Jetzt werde ich auch endlich Tante."

Luis, der noch nicht richtig verstanden hatte, was los war, fragte erneut, was das Bild darstellte. Vivien erklärte ihm und ihrer Tochter, die ebenso verwundert über den Freudentaumel war: „Tante Emily hat ein Baby im Bauch. Und das ist ein Foto von dem Baby."

„Ich sehe kein Baby", sagte Luis, der das Ultraschallbild ganz genau untersuchte.

„Tante Emily bekommt ein Baby?", ertönte Charlottes piepsige Stimme.

Matthias nickte seiner Tochter zu und fuhr fort: „Das Baby ist noch ganz klein. Schaut, hier, es sieht noch aus wie eine kleine Raupe." Er zeigte auf den Fötus auf dem Bild. „Erst ist das Baby winzig klein und dann wird es immer größer und auch sein Kopf, seine Arme und Beine bilden sich. Und irgendwann ist es soweit, dass das Baby geboren wird. Aber vorher muss es im Bauch der Mama wachsen, um groß und stark genug für die Welt zu sein."

„So winzig habt ihr auch mal ausgesehen", sagte Vivien zu Charlotte und Luis. Fasziniert hörten die beiden ihren Eltern zu und löcherten sie anschließend mit weiteren Fragen.

„In welcher Woche bist du?", fragte Florian seine Schwester.

„In der vierzehnten", antwortete Emily und zeigte auf eine Ecke im Bild. „Schau mal, hier steht's."

„Mensch, da werde ich zum dritten Mal Onkel. Aber um ehrlich zu sein, konnte ich mir schon denken, was ihr uns heute verkündet."

„Echt?" Erstaunt blickte Emily ihren Bruder

an. "Wie kamst du darauf?"

Florian zuckte mit den Schultern. „Ich weiß nicht, irgendwie hatte ich es im Gefühl." Dann hielt er den Zeigefinger in die Luft. „Aber mir ist auch aufgefallen, dass du in den letzten Wochen bei jedem Familienessen auf den Wein verzichtet hast. Erst hab´ ich mir nichts dabei gedacht, aber dann explizit darauf geachtet und da ich ja wusste, dass ihr Nachwuchs plant, hatte ich da schon so meine Vermutung." Er zwinkerte seiner Schwester zu.

Emily lachte. Ihr Bruder war anscheinend aufmerksamer, als sie erahnt hätte.

„Lasst uns anstoßen!", rief Emilys Vater Frank. Dann warf er seiner Tochter einen mahnenden Blick zu. „Für dich natürlich nur alkoholfrei." Emily verdrehte gespielt genervt die Augen.

„Keine Sorge, wir haben Kindersekt", antwortete Ben grinsend. Er sah Luis und Charlotte an. „Ihr wollt ja sicherlich auch mit uns anstoßen, oder?"

„Klar!", rief Luis.

„Ja!", stimmte Charlotte ein.

Ben holte die Sektflaschen aus dem Schrank und sein Vater half ihm dabei, die Gläser zu füllen und an alle zu verteilen.

„Auf eure baldige kleine Familie!"

„Und auf Weihnachten!"